我这人，很脆弱、爱多想又不愿意主动，但我还是希望，在我任性、固执、自私、不回头而认死定，他都能很望定地先走向我。

郭远
2023.5.27

海棠花下

舒远
著

江苏凤凰文艺出版社
JIANGSU PHOENIX LITERATURE AND
ART PUBLISHING

一个五笔组成的「他」字，需要你的上下牙齿咬着舌尖轻轻地说出来，那是一种很微妙的感觉。

『我这人很脆弱、爱多想又不愿意主动。』
『但我还是希望,在我任性、固执、自私、不回头的时候……』
『他都能坚定地先走向我。』

图书在版编目（CIP）数据

海棠花下 / 舒远著 . -- 南京：江苏凤凰文艺出版社，2023.8
ISBN 978-7-5594-7423-0

Ⅰ. ①海… Ⅱ. ①舒… Ⅲ. ①长篇小说 - 中国 - 当代 Ⅳ. ① I247.5

中国国家版本馆 CIP 数据核字 (2023) 第 112855 号

海棠花下

舒远 著

出版统筹	曾英姿
责任编辑	张　倩
选题策划	喻　戎
特约编辑	RONG
装帧设计	棱角视觉
内页设计	刘芳英
出版发行	江苏凤凰文艺出版社
	南京市中央路 165 号，邮编：210009
网　　址	http://www.jswenyi.com
印　　刷	湖南天闻新华印务有限公司
开　　本	880mm×1230mm　1/32
印　　张	10.25
字　　数	295 千字
版　　次	2023 年 8 月第 1 版
印　　次	2023 年 8 月第 1 次印刷
书　　号	ISBN 978-7-5594-7423-0
定　　价	49.80 元

江苏凤凰文艺版图书凡印刷、装订错误，可随时向承印厂调换

目录

序
···· 001

第 一 章
一座城，
一群人
·········· 003

第 二 章
什么都回不去
的夏天
·········· 021

第 三 章
童话是没有说
完的谎言
·········· 041

第 四 章

生逢灿烂的
日子啊

······· 068

第 五 章

他是个很好的
恋人

······· 092

第 六 章

那些年一起
走过的岁月

······· 113

第 七 章

跋涉三万里的
寓言

······· 152

第 八 章

我们都曾这样
寂寞生活

.... 183

第 九 章

再见昭阳,
你好何东生

.... 200

第 十 章

就这样慢慢过
吧,我爱的人

.... 225

第 十 一 章

布鲁克林
有棵树

.... 251

番 外 一
夜深人静的
时候
.... 268

番 外 二
西城
往事
.... 277

番 外 三
过去，现在，
未来
.... 286

后 记
.... 305

# 序

二〇一八年，我二十四岁。

写了几本小说，开始被一些善良的人喜欢；去过几座大城市，认识了很多优秀又努力的人；有过几次失败和对现实的妥协，于是我找了一份还算安稳的工作，开始一个人生活。我把自己曾经的痛苦和艰难写在故事里，后来发现这样不断重复过往是一种很严重的错误。

当然，我喜欢写作，它和呼吸一样重要。

很多时候我会有一种写不好、不会写的恐惧，到最后总是因为心底的那一点热爱选择了坚持。至今经历过很多事，我依然会有不冷静的时候，看问题不够深刻，也会难过。有一天清晨醒来，窗外鸟语花香，我忽然明白过来，对于写作这件事，好像才刚开始，于是我慢慢去寻找新的故事，坦诚且毫无保留。

今年春天，我去了一趟林州。

来机场接我的是一个作者朋友，她写作的时间比我还要早。我们是被同一个责编介绍认识，并且逐渐熟悉起来的，然后一起写故事、探讨人生。我们的经历是那样相似，为了理想"不撞南墙不回头"，直到后来撞得头破血流，才逼迫自己去相信普通生活其实也挺难能可贵。

但她比我要幸运多了。

那两年我一个人经历残酷成长，眼泪都要往肚子里流，总是大半夜被噩梦惊醒，然后便开始焦虑。当时她也正站在人生的十字路口迷茫，

所幸无论走去哪里，回头总有人在。

离开机场的时候，她接了一个电话。

微风吹拂过她的脸庞，她的表情看起来温柔极了。我悄悄退后两步，假装去看林州的天，好像刚下过大雨，空气湿漉漉的。

她挂断电话，对着我笑了笑。

"男朋友？"我问。

"昨天还算。"她笑起来，"今天早上领的证。"

我惊喜地叫了一声，有些说不出话来。不知道她丈夫现在是什么样的心情——刚盖了章的女人丢下他就去找朋友了。

"走吧。"她拉着迟钝的我上车，"路上说。"

第一章
一座城，一群人

何东生背靠在课桌上，头向后仰着。

他闭着眼睛将校服外套盖在脸上，身上的黑色短袖随意地掀起一角。夜晚的风从窗外吹进来，桌上的书本被风一页一页刮了起来。

笑声传来，有人敲了敲他的桌子。

何东生皱了皱眉头，将校服从脸上扯下来，揉了揉惺忪的眼睛，视线里有两个男生坐在了他对面。

"还睡呢你。"李胖子说，"都几点了。"

何东生伸了个懒腰，露出精瘦的腰。

宋霄瞥了他一眼，叹了口气说："兄弟我昨晚一夜没睡着，也不知道怎么回事，失眠了，今天还是没有睡意，真羡慕你能随时睡着。"

何东生嗤笑一声。

宋霄说："你传授一点经验。"

何东生："边儿去。"

李胖子却插上一嘴道："别是做什么梦吧，哎，我说你和那个（二）班的吕游是不是挺不错的朋友，改天叫出来大家一起聚一聚。"

这话说得很有涵养。

何东生眉毛一挑。

宋霄笑了："我说李钊……"

话音刚落，何东生的脸色一变，握拳抵在嘴边咳了两下。宋霄压根不知道啥意思，还在自顾自地说着，脑袋就被人重重地拍了一下。

宋霄回头一看，吕游的眼睛都眯了起来。

"敢情在这儿说我坏话是吧。"吕游咬着牙道，"闲着没事干是不是？"

她话还没说完，宋霄嘿嘿一笑，从座位上跳起来跑开了，何东生闷声笑起来。吕游白了他一眼，伸手拿起一本书就朝他扔去。

何东生抬手一挡，接住了书。

"行了啊。"他扬声，"我又没惹你。"

吕游冷哼一声："那你们也是狼狈为奸。"

"瞧见了吗？"何东生偏头对李胖子道，"她可不好惹。"

说罢，何东生好像预料到吕游会动手一样，立刻将身体往后一闪，果不其然，一本书又砸了过来。他将校服往桌肚里一塞，人站了起来。

"有事说事。"他道。

吕游气得真想揍他，可为了自己，她忍了。

"你的一模数学卷给我。"吕游说，"晚自习我们老师要讲。"

何东生对着自己桌上那一堆乱七八糟的资料抬了抬下巴。

"自己过来找。"他说。

吕游气急败坏道："你就不能给我找一下？"

"爱要不要。"何东生说着就笑了，"我又不急。"

说完，他踢开凳子走了。

"你干吗去？"吕游问。

"男生的事儿多着呢。"何东生懒洋洋地说道，"管那么宽。"

他从后门出去了，正好晚自习的预备铃声响了起来，他双手插兜，加快了下楼的步伐。

周逸是在二楼拐角碰见他的。

两个人隔空对视了一下，何东生似乎也愣了一下，随即对着她淡淡地点了一下头，然后下了楼。

那时候是高三下学期，校园里一片水深火热。

距离周逸认识他已经有近一年的时光了，她都快忘记第一次见他的样子了。那是一个酷热的夏日，吕游带她去亲戚的婚礼上玩。他从她身边经过，吊儿郎当地和吕游开玩笑，带来一阵清风。

他和谁都玩得很好，如阳光般耀眼。

吕游说："我很好奇你将来会和什么样的女生结婚。"

他缓缓抬头，看着参加婚礼的满堂宾客，目光落在新娘身上。那天他穿了一件松松垮垮的灰色短袖，喝饮料的时候，抬手的动作扯出一个衣角挂在黑色皮带上。

"应该……"他端起杯子抿了一口，指着新娘说，"比她漂亮。"

不知道怎么会想起这些，周逸等他已经走远才收回视线，慢慢地抬脚上楼，一步一步走回了教室。晚自习结束后，吕游过来等她一起走，愤恨地跟她吐槽何东生的种种劣迹。

"你都不知道当时他那个样子。"吕游气道，"跩得跟二五八万似的。"

周逸笑了一下："有这么让人生气吗？"

她们沿着学校的操场边走边聊，周逸笑了一路。

回到家，母亲陈洁留了夜宵给她，周逸简单吃了一点便回房间看书了。

高考临近，她紧张了起来，每天晚上复习到十二点多才睡觉。本以为自己已经很努力了，结果听别人说起深夜一两点还在做《5年高考3年模拟》，不胜惶恐。她时常被物理折磨得死去活来，大半夜被磁场向心力弄得一晚上睡不好。

"谁让你当初不学文的？"吕游还笑过她，"文采那么好，却偏偏学理。"

她那时候什么都不懂，只是随大溜。好像所有人都对文科有偏见，觉得那是学不好的学生才走的路，爸妈也说学理将来好找工作，即使她的生物、物理、化学一塌糊涂。

十七岁的时候，她过得惨不忍睹。

那是一个很普通的下午，她和往常一样找了个地方，打算背完书就回教室。

路过操场的时候，她看见一群男生在打乒乓球，何东生就那样出现在她的视线里。他高高的个子，倚着乒乓球桌，浅淡地笑着。

他穿着蓝白相间的短袖校服，将衣领给竖了起来。

周逸静静地看了一眼，便收回目光继续往前走，余光看见他一边玩着乒乓球，一边和周围的男生在说话。肩膀突然被人拍了一下，周逸被吓了一跳。

"想什么呢你？"吕游看着她，"这么认真。"

周逸正要说话，被远处的一声口哨声吸引了注意力，吕游已经看了过去。

宋霄伸着胳膊直招手，笑眯眯地看着这边。

"过来打一局。"宋霄喊。

周逸还在愣神，吕游已经拉着她的手走了过去。

宋霄将自己的乒乓球拍递给吕游，然后看了一眼身后的男生。

"三局两胜？"宋霄问。

"谁说我要打了？"何东生好笑，"自己点的火自己灭。"

周逸心里觉得好笑，这个叫宋霄的男生或许不知道吕游的球打得有多好。她看了一眼何东生，这人则一脸看好戏的表情瞧着他们。

"到底打不打？"吕游装出一脸平静的样子，"还是你怕输？"

"我会怕你？"宋霄怒目而视。

结果还没打几个回合，宋霄就败下阵来，那模样简直想找个洞把自己给塞进去。

周逸忍不住轻声笑了一下，何东生侧头看过来，只淡淡一眼便挪开了。

那一眼弄得周逸紧张起来，半晌不再抬头。

他们认识近一年，说过的话寥寥无几。很多时候是他"满嘴跑火车"，一副肆意热烈的样子。

像他那样的男生应该有很多人喜欢才对。周逸曾经问过吕游，何东生有没有女朋友，吕游当时笑着对她说了"他眼光太高了，一般女生都不放在眼里"之类的话，惹得周逸笑得合不拢嘴。

后来，在一阵上课铃声中，几个人散了场。

没想到她和吕游前脚刚走，被打惨的宋霄后脚就差点哭了出来。

两个男生踩着铃声闲庭信步地往回走，宋霄一路都在惊讶吕游的球技。

"那假小子跟谁学的？"宋霄不可思议道，"这么厉害。"

何东生笑了一下。

"她爸曾经是省队乒乓球陪练。"他双手插兜，"你说呢？"

宋霄啧啧了两声。

教室里这个时间段闹哄哄的，一群人将一本书传来传去。

晚自习的时候，书落在了宋霄手里，宋霄又扔给何东生看。何东生翻了几页觉得没意思，将书扔在一旁，被他的同桌拿去看了。

过了一会儿，宋霄扭头敲了敲他的桌子。

"看了没有？"宋霄问，"那篇《春去花还在》。"

何东生刚解开一道物理题，悠然地转了转手里的笔，问："什么花还在？"

宋霄从他同桌手里拿过书，翻到一页指给他看。

"这个。"宋霄说，"作者梁逸舟。"

何东生大致瞄了一眼："讲爱情的？"然后就一脸"我没兴趣"的表情推开宋霄的手，又撂下一句，"没事少看这种东西。"

"不看你就等着后悔吧。"宋霄说。

何东生又埋头开始做题，一边思考一边转着笔。做完一套模拟卷，还有半个小时才放学，他便将桌上的东西往桌肚里一塞，睡起觉来。

不知睡了多久，他听到耳边有人说话。

宋霄在跟李胖子讲故事，声情并茂，简直能吓死人。何东生不耐烦地坐起来揉了把脸，从桌肚里掏出校服外套。他懒得理那两个人，一边穿一边往外走。

宋霄和李胖子随后跟上，嘴里还在讨论刚才的话题。

教学楼都快空了，只有他们几个人清晰的脚步声，宋霄忽然叫了何东生一声。

"今天吕游身边那个女生是谁呀？"宋霄问。

何东生皱眉想了一会儿。

"她的一个朋友。"他轻描淡写地说，"问这个干什么？"

宋霄犹豫了一下说："你没觉得她长得挺不错的？"

闻言，何东生下意识地抬了抬头。在他的印象里，那个女生不爱说话，很是内向腼腆，吕游每次带着她一起玩，她总是一个人坐在那儿。

"好看是好看，"何东生说，"就是太单纯了。"

李胖子瞧了宋霄一眼。

"别误会啊。"宋霄双手摊开挡在胸前，"我就问问。"

何东生笑了一声。

"急什么？"他说，"又没人说你。"

夜晚的月亮明亮得跟探照灯似的，几个男生在校门口分了手。

何东生去车棚骑了车就走，回到家看到奶奶正坐在十二英寸的小电视机前给他缝衣裳。

祖孙俩说了一会儿话，然后他回房看书做题。何东生做了一会儿题就扔下笔往床上一躺，静静地看着天花板。良久，他偏头将目光落向窗外，轻微地叹了一口气。

转眼到了三月底。

星期一的清晨，学校要给高三年级学生开百日誓师大会。一千多号人站在操场宣誓，听着国歌看国旗冉冉升起。

周逸想起高二有一次升国旗时她掉下了眼泪，吕游笑说自己还是第一次见有人看国旗升起会哭的。

宣誓完毕，校长开始发表长篇大论。

周逸听得有些乏味，抬头看天。天灰蒙蒙的，像蒙了一层毛玻璃。她又随意瞥了一下，看见隔了好几个班的理（十）班，队伍后面一大群同学都在说话。

何东生身边站了一个女生，正捂着嘴在笑。

后来散了会他们走在一起，被一群人起哄。

周逸再抬头，此时太阳已经出来了。

回到教室里，她又开始埋头做题，生物、物理、化学做得她简直要原地爆炸。

那两天毕业会演开始提上日程。

吕游参加的是合唱团,每个周六的下午都要去校舞蹈厅排练。周逸一般会在教室里待到他们排练得差不多了才过去,然后一个人戴着耳机坐在外面的台阶上等。

那个下午排练得有点久,周逸趴在自己的腿上睡着了。

耳边模模糊糊地听见吕游的声音,还有另一个女生在说话,她迷迷糊糊地抬头,双眼有些迷茫地寻找吕游,却在抬头的一瞬间看见了何东生。

他背着黑色书包,视线也扫了过来。

"真睡着了?"吕游跳到她跟前,"周逸,你可真行。"

何东生身边的女生问他:"你认识啊?"

何东生淡淡地"嗯"了一声,周逸有些不好意思地站起来,然后听见吕游介绍她的时候嘴里蹦出来几个温柔的词,嘴角一抽。

"这娃有些腼腆。"吕游说。

周逸配合着笑,然后偷偷伸手到吕游的背后掐了一把,后者倒吸一口气,挤了个笑。她收回手的时候,何东生的目光扫了过来,又轻轻地移开。

"何东生,"那个女生转头看他,"你坐几路车?"

"他从来不坐公交车。"吕游抢先一步说完,又问那个女生,"你坐几路啊?"

女孩像是没听见一样,一直看着何东生。

女孩又问:"你不坐车怎么回家?"

何东生看了一眼吕游。

"她骑车送我。"他有些无耻地说。

等那个女生失望地走开后,吕游恼了,盯着何东生,半晌说不出一句完整的话来。

"那种话你都说得出来。"吕游指着他道,"我一个八十八斤的娇弱女生带得动你吗?"

何东生自上而下睨了吕游一眼。

"八十八斤?"他的语调很欠扁,偏头看向周逸,"你信吗?"

周逸被他这突然的一问弄得一愣,接着认真地打量了一下吕游。

"你想听真话还是假话?"她问。

"你们俩真行。"吕游有些气急,"周逸,你什么时候被他带坏了?"

何东生"啧"了一声。

"话不能这么说。"他说,"你家周逸我能带坏吗?"

吕游翻了个白眼:"谅你也不敢。"

他们小学就在一起玩,说起话来口无遮拦。周逸在一边看他们抬杠,沉默地笑着。后来他们在校门口分开,何东生骑车先走了。

等他走远了,周逸问吕游:"刚才那个女生是谁啊?"

"(四)班的学习委员。"吕游撇了撇嘴说,"跟他一起跳街舞的女生队长。"

"街舞?"周逸十分诧异,"何东生吗?"

"有这么惊讶吗?"吕游说,"他玩这个好多年了,毕业会演他们班没别的节目,是老师让他上的。"

周逸看着前方渐渐消失的人,沉默了下来。

公交车站等车的人很少,吕游先她一步上车走了。她们不顺路,周逸又等了好一会儿还没有车来,于是低头去摁 MP3 换了一首歌。

脚边多了一个影子,慢慢地朝她靠近。

"还没走?"那声音淡淡的,猝不及防地响起,吓得她把 MP3 直接扔到了地上。

何东生也愣住了,随即从自行车上下来,俯身捡起 MP3 还给她:"我有这么吓人吗?"

周逸抿了抿嘴巴。

"你——"她慢慢地问,"怎么又回来了?"

"有东西忘拿了。"他说完又问,"你的 MP3 没事吧?"

周逸忙低头去检查,再插上耳机才发现有些听不清,于是她将 MP3 轻轻塞回兜里,然后特别诚恳地看着他,淡定地道:"没事。"

何东生挑了一下眉,目光带有几分玩味。

那会儿刚好她要坐的公交车驶了过来,周逸对他点了点头,便上车走了。

有风从窗口吹进来,周逸慢慢清醒了。她从兜里掏出MP3,轻轻地抚摸着。公交车上的人越来越多,周逸又将MP3塞回兜里。有一站上来几位老人,她让了座就走去后门处站着。

周逸回到家时,陈洁正在看电视剧。

她扔了书包也往沙发上一躺,拿了一个小橘子剥起来。电视里播的是宫斗戏,陈洁一边看一边评论,然后瞅她一眼。

"今天回来得这么晚?"陈洁问。

"等吕游一起走的。"周逸说着想起什么,去摸兜,可兜里什么都没有。她想了一下,泄气地垂下脑袋,"我完了,妈。"

"怎么了?"

"爸送我的MP3丢了。"

后来她想过要出去找一下,但一想那就像是大海捞针,还是放弃了。为此她难过了整整一个星期,即使模拟考试总分比上一次多了二十分也没能让她开心起来。

高考临近,时间越来越紧张。

四月底的一个傍晚,她出去读书,迎面走来一个戴着耳机的女孩和她擦肩而过。她一瞬间没了读书的心情,找了个地方就地一坐。

陈洁提过重买一部MP3,周逸说不要。

远方的夕阳缓缓落下山去,周逸坐了很久,直到预备铃响了才回教室。经过操场的时候,她下意识地瞥了一眼,没有看见那个熟悉的身影。

那天晚自习结束后,吕游过来找她一起回家。

她们刚穿过人群走到二楼,便看见何东生和上次那个女生走在一起,谈笑风生的样子,那画面实在惹人艳羡。

"怪不得最近都不怎么见他。"吕游有些愤慨。

"你们的排练应该快结束了吧。"周逸从他身上挪开眼,"都这么久了。"

吕游"嗯"了一声:"还有两周。"说完她莫名其妙地笑了一下,又对周逸说道,"明天周六,聚个餐吧。"

"好端端的,聚餐干吗?"她问。

"不是要毕业了吗?"吕游转了转眼珠子,说,"再说,都排练这么久了,吃个饭总可以吧。"

周逸问:"那你都请谁了啊?"

"到时候你就知道了。"吕游笑道。

周逸看着前面那对身影慢慢走远,才回了吕游一个"哦"字。

直到第二天下午吕游请大家吃大排档,周逸才知道她是什么意思。

何东生进来的时候,身后跟着一个女生,吕游班里一起排练的男生忽然鼓起掌来。那女生腼腆地笑了笑,跟着何东生一起坐下。

宋霄和李胖子交换了一个眼神,拿起杯子就吆喝大家喝起来。

"你们在后头干吗呢?"吕游故意阴阳怪气的,"排练结束都半个小时了才到。"

何东生往椅背上一靠,随意地抬头。

"你说干吗?"他轻描淡写地撂下一句。

李胖子感觉这情势不对,忙接话道:"刚才老师叫东子过去说了一会儿话。"接着他看了一眼脸色不太好的何东生,"这不就来晚了嘛。"

吕游"哟"了一声,看他:"你刚才怎么不说?"

"不想说。"何东生将杯子往前一推,语气不太好,"行吗?"

吕游不知道自己哪儿惹着他了,听着那声调就不舒服。

"何东生,你什么意思?"吕游把音量提高。

他却似乎连话都懒得说了。

"好好的一顿饭,干吗呀你们?"宋霄咳了几声,"来、来、来,动筷子。"

"动什么动?"吕游说,"有人摆明了想挑事儿呗。"

"这小子心情不好,算了。"李胖子说,"咱吃咱的,别理他。"

吕游忽然站了起来,狠狠地瞪着宋霄。

"吃死你。"说完她就走了。

宋霄一脸茫然:"关我什么事儿?"

周逸没想到会弄成现在这样。她跟着跑了出去,看到吕游生气地站在路口拦出租车。

周逸跑近了,拉住吕游的袖子:"你怎么了?"

"我还想知道呢。"吕游的声音里满是怒气,"我招他惹他了?"

周逸斟酌着措辞,眼神中带着小心翼翼。

"因为那个女生?"她轻声问。

吕游似是被说中了心事,神情有些闷闷不乐。

"就是看她不顺眼。"吕游又道,"还想着压压她的气焰,这下脸都丢尽了。"

周逸问:"她惹你了?"

吕游狠狠地吐了一口气,说:"就是不舒服,你知道吧。"她举了个例子,"你要是和别的女生那么亲近,我也会不舒服。"

周逸问:"这能一样吗?"

"废话。"

她们站在马路边一直没有拦到车,此时夕阳已经一点点下山。

吕游恨不得把所有的气都给吐出来,周逸站在一旁洗耳恭听。

"咱们还是进去吧。"周逸说,"我书包都没拿。"

"不去。"吕游斩钉截铁道。

"李钊说他心情不好,可能是真的。"周逸开始打感情牌,"气头上的话不要太在意。"

印象里,吕游第一次与何东生吵起来时,吕游气得几天都没理他。后来三个人迎面遇上,吕游白眼一翻,擦肩走过,留下周逸和何东生。

周逸傻乎乎地对他说"要不你哄哄她",何东生听完就笑了。

"她就那脾气。"何东生当时漫不经心地说,"闹两天就好了。"

细想起来,他们俩十几年的交情还真是深了去了。

"我告诉你啊,周逸,你别为他说话。"吕游忽然撞了一下她的胳膊,"你可是我的人。"

周逸有些哭笑不得。

"那我怎么说?"她配合地歪了一下头,声音里带了点劲,"难道说何东生不学无术、吊儿郎当，性格也差到令人发指？"

吕游的眼神有些微微变化，慢慢看向她身后。

"更让人难以忍受的是——"周逸的眼睛眯了起来，"名字简直不能更土。"

吕游咳了一下，对她使了个眼色。

周逸不解："干吗？"

"后面。"吕游咬着牙吐出几个模糊不清的字，"何东生。"

周逸瞬间感觉后背都僵硬了。

她咬着下唇，狠狠地闭了一下眼睛。然后她慢慢转过身，何东生就站在距离她大概四米远的地方。他一只手插兜里，另一只手拎着她的书包，目光里带着些许玩味。

马路两旁的树被忽然而起的春风吹动，地面扬起了尘土。

何东生静静地凝视着对面的女孩，眼皮垂下又懒懒地抬了起来。周逸被他看得有些不知所措，她从背后伸手去拽吕游的衣服，嘴角用力地扯出一个尴尬的笑。

吕游要面子，死咬着嘴唇就是不肯先开口说话，最后还是被周逸的手挠得妥协了。

"说几句又怎么了？"她瞪着何东生，"周逸说得不对吗？"

周逸觉得自己更无地自容了。

站在何东生身后的宋霄终于忍不住笑出声来，抬手拍了拍他的肩。他的目光慢慢从周逸身上移开，转向吕游，露出一个似笑非笑的表情。

"怎么不对？"他语气忽然吊儿郎当起来，"您说什么都对。"

吕游冷哼了一声："还算识相。"说完她朝着何东生走过去，一下子抓过他手里的书包，"突然这么好心？"

"像我这样性格差到令人发指、名字还土的……"他说着，有意无意地瞥了一眼头都快低到胸口的女孩，笑着说，"善良一点儿有错吗？"

吕游扑哧一声笑出来。

"差不多可以了啊，还不能说两句？"吕游说着拉过周逸的手，"给我们叫辆车。"

宋霄凑上前问:"不吃了?"

"人家身边有美女。"吕游语气酸酸地说,"我们俩在,多碍事啊。"

周逸一直低着头看向马路边,不敢再抬头。

何东生笑着从她身边经过伸手拦了一辆车。

吕游走前还傲娇地睨了何东生一眼,撂下"这事没完"四个字,然后心满意足地拉着周逸上车。周逸上车前才抬起头,硬着头皮轻轻颔首,然后钻进车里。

出租车里,吕游握着她的手,大笑不止。

周逸有气无力地靠着车窗,看着窗外一闪而过的绿树红花,不停地叹气,甚至还在想以后还怎么有脸见何东生。

那一夜,周逸失眠了很久。

她抱着娃娃靠在床头,一脸沮丧,恨不得现在就找个地洞钻进去。很多时候你无法去解释当时的事,但它就是发生了。

星期一她去学校,总觉得背后有一双眼睛在看她。

第一节课下课的时候,吕游跑过来找她。她闷闷不乐地趴在课桌上,斑驳的光影打在她的脸颊上。

"周逸,"吕游憋着笑,"你不会还在想那天的事儿吧?"

周逸看了吕游一眼,眉头皱得更紧了。

"不过,敢把他说得这么差的人也就只有你了。"吕游说完又大笑,"你这样下去都可以做我的女神了。"

周逸有些头疼:"我都快烦死了。"

"这有什么好烦的。"吕游说,"他还能把你怎么着?"

可那会儿无论吕游怎么说,周逸就是听不进去,她觉得自己没脸再见何东生了。那天她一直小心翼翼的,生怕会在哪里碰见他。

高三的理科楼就那么一栋,任她怎么躲都没用。

下午第二节课下课后,她去上了一趟厕所,然后往回走,在二楼拐角处就遇到了何东生。

何东生和宋霄正靠在教室的后门上聊天。

那一瞬间,他的目光也移了过来。他漆黑的眸子里盛着漫不经心的意味,接着目光淡淡地移开,又和身边的人去说笑,好像什么都没有发生过一样。

周逸立刻转身上了楼,浑身松软。

不知道忽然从哪儿吹了一阵风过来,打开的玻璃窗开始摇摇晃晃,然后重重地甩关上发出"砰"的一声响。楼里有人喊起来,跟狼嚎似的。

在周逸走后,宋霄对着何东生"哎"了一声。

"刚看见周逸了吧。"宋霄不怀好意地笑,"什么感觉?"

何东生轻轻一抬眼皮,没有说话。

"之前谁说的'好看是好看,就是太单纯了'?"

何东生垂眸笑了一下,想到刚才她看见自己的那一刻,惊慌失措到眼睛都不知道该往哪看的样子,笑意更深。

"我以前怎么就没发现这个女生这么好玩?"宋霄说。

何东生一只手插进裤兜里,神色淡然。

"不学无术、吊儿郎当。"宋霄啧啧两声,"她对你的评价倒也还算中肯。"

何东生闻言,踢了宋霄一脚:"活腻了你?"

宋霄迅速躲开,嘿嘿直笑。

何东生没有再听宋霄废话,转身回了教室,踢开凳子翻出一本厚厚的《5年高考3年模拟》。后门那边,李胖子和宋霄聊起来,何东生做了几道题后丢开了笔。

上晚自习的时候,他直接拎着书包去了舞蹈练习室。

他就像不知道累似的跳了很久的街舞,最后重重地躺在地板上,呼吸粗重。

他盯着头顶海蓝色的天花板看了很久,然后捡起丢在一旁的校服外套出了门。

十点的青城依旧灯火通明。

何东生骑着自行车到了公交车站,等了好一会儿才看见那两个女生走过来。

周逸看见他时明显瑟缩了一下,脚步都停下了,吕游忍不住笑了起来。

"怕什么?"吕游拉她,"他还能吃了你?"

何东生听到这话,觉得有些好笑,骑车过去停在她们俩跟前,跟变戏法一样拿出两杯奶茶。

吕游睨了他一眼:"你以为这样我就原谅你了?"她冷哼了一声,又说,"想得美。"

"骂也骂过了,"何东生问,"你还没消气?"

吕游看了一眼周逸,说:"我可没骂你。"

"那行。"何东生低头认错,"您说怎么着?"

吕游拉过身边的女孩,看着何东生。

"问我家周逸。"吕游仰头道,"她说怎么着就怎么着。"

何东生慢慢抬头看向周逸,那双眼睛看起来有些不一样,眼神紧张又无辜。他将奶茶递到她跟前,头略微偏了一下。

"周大小姐,"他的声音在这黑夜里清晰又干净,"赏脸吗?"

周逸有点拘谨地看着他,表情有点复杂。

"那天……"她看了他一眼后,立刻收回目光,"对……对不起啊。"

何东生愣住了。

吕游也愣了一下,然后扑哧一声笑出来:"太逗了吧你,双子座的人都这样吗?"

何东生低低地笑了一声。

公交车慢慢减速,随后停在路边,周逸抓住机会赶紧上车,吕游接过何东生手里的奶茶,在她上车时递给她。周逸还是不太敢看他的眼睛,上了车就往后走。

公交车开走了,车站只剩下吕游与何东生。女生还在笑,何东生百无聊赖地转了一圈脚踏板,蹙着眉头看面前的人。

"有这么好笑吗?"他忍不住问。

"你不觉得我家周逸很可爱吗?"吕游还在笑,"为了我把你说得一无是处。"

何东生笑:"有点儿。"

017

"有点儿……吗？"吕游"喊"了一声，"那是你不了解她。"

何东生淡淡地"嗯"了一声。

"你不知道她有多逗。"吕游说，"看国旗升起都会哭。"

闻言，何东生抬了抬眼皮。

"要是今天不叫你出来，依她那性子迟早会闷死。"说着她又补充道，"跟林黛玉一样。"

何东生说："你很了解她？"

"比了解你这个浑蛋还要了解。"

"至于吗？"何东生笑着说，"咱们俩十几年的交情了，你还气着呢？"

"我有那资格吗？"吕游朝他翻白眼，"你看上谁，我拦得住才怪。"

何东生笑笑没说话，一只手插在兜里，目光偏向一旁。从他们身旁走过两个学生，讨论的话题是有关高考的。

吕游瞄了一眼何东生，轻轻吸了一口气。

"大学……"吕游慢慢问，"你考哪儿？"

何东生有些好笑地看了吕游一眼。

"还能去哪儿？"说这话时他的嗓音有些低沉嘶哑，还带着一点落寞，"奶奶一个人，我不放心。"

"我说……"

"行了，你。"何东生偏头堵了吕游的话，目光看向前方，抬了抬下巴，"车来了。"

吕游没再反驳，叹了一口气后上车走了。

何东生过了一会儿才骑车离开，黑夜里，少年的背影像一阵凌乱的风。十来分钟后，他将车停在一栋老旧的筒子楼下，三步并成一步上了楼。

刚进门，他就闻见一股檀香味。

何东生先去厨房摸了一个苹果咬在嘴里，然后一边吃一边走去阳台边。老太太刚点着檀香，抬手扇了扇烟雾。

"又烧香呢？"他靠在沙发上。

何老太回头瞪他，拍了一下他的肩膀。

"臭小子。"何老太边往客厅走边数落他,"回来得这么晚,饭菜早就冷了。"

"路上碰见一个朋友,"何东生转而坐在沙发上,"说了一会儿话。"

何老太脚步一停:"男孩女孩?"

何东生笑道:"您猜。"

"吕家那丫头?"

"哟。"何东生笑出声来,"真神了。"

何老太轻哼了一声。

"那丫头不错,就是跟个男孩一样。"何老太说,"你喜欢她?"

何东生差点被一口苹果给噎住,硬生生地咽了下去。

"想什么呢您。"他觉得好笑,"我要是喜欢她,能等到现在?"

何老太也跟着笑了,随后去厨房端了碗面出来。

何东生接过碗来抄起筷子就吃,没吃几口就见了底。

电视里青城一套正播电视剧,变换不停的画面和正在纳鞋底的老太太让这个小小的地方显得温暖极了。

过了一会儿,何老太忽然"哎哟"了一声。

何东生问:"怎么了?"

"你看看这是啥?"何老太将手里的物件递给他,"能用不?"

何东生看着手里的MP3,感觉有点儿熟悉,他摸着MP3的屏幕,忽然想起什么,然后去按开关——果然是坏的。MP3背后的那张小兔子贴纸那么清晰,何东生缓缓笑了起来。

他抬头问:"您从哪儿弄到的这玩意儿?"

"公交车上捡的。"何老太想了一下说,"一个小姑娘给我让了座,我这一坐下吧,总觉得有啥东西硌屁股,不舒服,当时也没在意,后来下车时看见了这东西。"

那天她嘴硬地说MP3没事,自以为戴着耳机装模作样了一会儿他就信了,殊不知他注意到了屏幕是黑的。何东生笑着想看她怎么收场,她却淡定地和他挥手就走了。

"还能用不?"何老太又问了一遍。

"到我手里的东西还没有用不了的。"

何东生拿着那个MP3看了几眼,从沙发上站起来,回了自己的房间。

何老太握着鞋底轻轻勾了勾嘴角,夜里的风又吹了起来,却比往常更加温柔了。

第二章
什么都回不去的夏天

周逸最近感觉自己的学习好像进入了瓶颈期。

二模考试过后,她的脑袋便似乎被装满了,无论怎么学习理综,考试也还是那个尴尬的分数。吕游忙着参加毕业会演大合唱的彩排,找她玩的时间也少了。

有一天她做了一套理综高考模拟题,物理选择题"全军覆没",被打击得一天都没有吃饭。傍晚的时候,夕阳余晖照进窗户,她看着天边晚霞,难过起来。

眼前忽然闪过一个人影。

"嘿,周逸。"宋霄趴在窗户边看着她,嘿嘿一笑,"看什么呢?"

周逸愣了一下,摇了摇头。

"那个……"宋霄问,"你的语文卷子借我一下。"

"二模的吗?"

"嗯。"宋霄说,"我们班一会儿讲。"

周逸有些受宠若惊,但还是将卷子给了宋霄。

宋霄拿着借到的语文试卷乐滋滋地回去了。理(十)班刚还乱着呢,前后桌说得热火朝天,班主任一进来就安静了,只余头顶风扇呼呼转动的声音。

那一节课,整个班的学生都很奇怪。

宋霄这个人偏科特别严重,每次考试语文都不及格。可那节课上,无论老师讲到哪儿,他都第一个发言,答案还绝对正确。

一下课,李胖子就找了过来。

"我说呢,敢情不是你的卷子啊。"李胖子鄙视他,翻到第一面去看名字,之后小小地惊讶了一下,"周逸?"

闻言,何东生也看了过来。

"从实招来。"李胖子啧啧两声,"你安的什么心?"

宋霄抬手想把卷子拿回来,无奈李胖子往后退了一步,直接蹿到何东生的桌子前,将卷子塞给了他。

"他不说别给啊。"李胖子道。

何东生笑了一下,翻开试卷扫了两眼——作文只差一分就满分了。她的字不像她的外表那么秀气,反而透着一股潇洒劲。

"你还说,"李胖子道,"这女生的字真的挺漂亮。"

宋霄寻找机会伸手欲夺,何东生拿胳膊一挡。

"是你的吗?"何东生挑了挑眉,"想拿找胖子要去。"

宋霄气急,而李胖子此时已经消失了。或许是因为课业繁重,之后两天他们竟将这件事给忘得干干净净。直到周六中午,理(十)班的门外徘徊着一个身影。

何东生刚从楼下上来,就看见了周逸。

她梳着马尾,额头光洁,穿着一身蓝白校服,宽松的裤子被她卷起了裤腿,露出干净瘦削的脚踝。

何东生很少这样注意她。

五月的天气实在是闷热,周逸一边在用手扇风,一边踮着脚往教室里张望。何东生静静地看了她一会儿,然后走了过去,一只手插进裤兜。

"找谁呢?"他问。

他的身上有一种淡淡的味道,像是刚打过球的汗味,却不难闻。周逸的心好像漏跳了一拍,下意识地"啊"了一声。

这么好玩,何东生笑。

"宋霄。"周逸淡定下来,"我找宋霄。"

何东生问:"找他干吗?"

周逸犹豫了一下:"他拿了我的卷子还没还。"

"他是什么样的人,你不知道吗?"何东生说起话来脸不红心不跳,"借了人东西就没见还过。"

周逸愣了一下:"不会吧?"

两个人正说着,宋霄和李胖子走了过来。

何东生对她说:"不信你问。"

周逸看向宋霄,后者茫然了一会儿才想起来是什么事,接着就把头转向何东生。

"卷子呢?"

何东生问:"什么卷子?"

宋霄指了他半天才说:"那天不是被你拿去了吗?"

何东生认真地皱了皱眉头,看向李胖子。

"我拿了吗?"他问。

"没啊。"李胖子瞥了宋霄一眼,"不是还你了吗?"

宋霄愣住了。

走廊里不时有学生经过,周逸站在他们三个人边上,脸有些发烫。

"指不定在哪儿塞着呢。"何东生开始满嘴跑火车,"再去找找。"

宋霄疑惑起来,揉着脖子,在他们的注视中慢慢走进了教室。何东生看着在阳光下脸颊微红的女孩,促狭地笑了笑。

"我没说错吧。"他诚恳地建议,"以后别借给他东西了。"

宋霄在教室里喊:"我找到了给你啊。"

周逸看着他,还是会不好意思,愣愣地告别,便匆匆离开了。

"你也真是。"看着那个背影,李胖子笑了,"瞧把她给逗的。"

何东生偏头看了一眼已经走远的人,又不动声色地收回目光,将手从裤兜里抽出来,走进了教室。

结果下午一放学,吕游就风风火火地过来他们班了。

何东生当时正在做的"王后雄"被吕游一把抽掉,中性笔在书上画了长长的一条线。他还没来得及发火,吕游就先发制人,骂他闲着没事干折腾人。

"又咋的了？"李胖子凑过来看着吕游，"女孩别老这样。"

吕游瞪了一眼李胖子："我骂他关你什么事？"

何东生闷声笑起来。

"笑什么笑？"吕游狠狠地白了何东生一眼，"逗周逸很好玩吗？"

何东生像没听明白似的皱眉。

"周逸不知道你是什么人，我还不清楚吗？"吕游直直地伸出手，"卷子。"

何东生说："真没拿。"

"行了，东子。"李胖子趁他们吵的时候，从何东生的书包里搜出周逸的卷子，"是这个吧。"

吕游眼明手快地抢了过去。

"何东生，"吕游气得浑身发抖，"你给我等着。"说完她边往回走边骂，压根没有注意到身后何东生的脸黑成什么样子。

吕游自己倒是痛快了，走着走着就笑了。

周逸这时正在教学楼下等着。

吕游背着书包朝她走过去，一边走一边骄傲地扬起手，手里正拿着她的卷子。周逸惊讶极了，将卷子接过后装进书包里。

"你在哪儿找到的？"她问。

"何东生拿着呢。"吕游说，"被他骗了吧？"

周逸这才恍然大悟，想起他中午说话时一脸真诚的样子，看起来一点儿都不像是骗人。吕游似乎猜到她在想什么，冷笑了一声。

"他看着一本正经，"吕游加重了语气，"其实蔫坏着呢。"

她们边走边说，到车站分开。

周逸直接回了家，陈洁在客厅看电视，她便回房间开始做练习题。

窗外的夕阳像着了火似的，余晖让她的书桌都被染上了颜色。她掏出《5年高考3年模拟》的时候，带出了那张语文试卷。

卷子被折叠得很整齐，干干净净，没有一点褶皱。她一页一页地慢慢翻着，翻到最后一页的时候愣住了。他把老师写的"59"画掉了，挥笔在边上写了"60"，数字底下画了长长的一道弧线。

周逸看着那道弧线，慢慢地笑了出来。

这时，门口传来脚步声，周逸立刻合上卷子，装模作样地翻开《5年高考3年模拟》。

陈洁在家里待得有些闷了，拉着她去逛商场，母女俩在品牌店一直逛到天黑。逛完了街，陈洁带她找了一家餐厅吃饭，问了很多关于学习的问题。

周逸有些烦躁地应着，埋头一个劲儿地吃，并没有注意到百米之外有人正在看她。

何东生也很意外会在这里遇见周逸，又看了一眼她对面那个打扮得体的女人，然后慢慢移开视线。他斜倚在手机店的柜台上，盯着对面小哥手里正在检查的MP3。

"怎么样？"他问。

小哥拆开MP3看了几眼，给他指了指上头的繁体字。

"你这是港货。"小哥说，"零件不好找。"

何东生之前拆开修了很久，有个零件碎裂了一部分，用胶带粘上会影响音质。他和那个小哥商量了一下，决定过段时间再来拿，然后便走了。

乘扶梯往下走的时候，何东生又抬头看了过去。她一直低着头在吃饭，安静的侧脸看起来和这个热闹的地方一点儿都不搭。

何东生没想到才过了一会儿就又碰见她了。

当时他在马路边等朋友，就看见她和她妈妈从商场走了出来。不知道什么原因她妈妈又折返了回去，留她一个人站在那儿。

何东生双手插兜偏过头去，半晌再转回头，已不见她的人影。

他顺着马路瞧了一圈，在一个衣着破烂的乞丐面前看见了她。那姑娘单纯得不像话，蹲在那个乞丐面前，一副很认真的样子。

傍晚的风轻轻柔柔，吹起了她的头发。

何东生也是闲得无聊，静静地看着，过了一会儿便看见她从口袋里掏出一张五十块的纸币给了那个乞丐。

他忍不住皱了皱眉头，心想这姑娘怕不是傻吧，看不出那是个骗子吗？

何东生忽然很想走过去把她拉走，没想到又看见她从兜里掏出几张零钱。他彻底愣了，靠着路灯杆低声笑了出来。

霓虹灯照着她的脸，显得白皙又温柔。

她穿着很薄的白色毛衣，头发松松散散地披在肩上，侧脸看起来特别文静秀气。何东生凝视了她一会儿后移开视线，余光瞧见她起身走了。

何东生看着那个背影笑了笑。

朋友来的时候瞅见他正盯着一个方向，目光专注，不禁打趣地问他看什么这么着迷。他低了低头，漫不经心地"嗯"了一声，又道："没看什么。"

说完他迈步走开，朋友跟在他后头刨根问底。他一声都没吭，只是平静地往前走着，半晌才勾了勾嘴角。

时间就像飞鸟，转眼便到了五月月底。

晚上，学校准备已久的毕业会演在阶梯教室举行，整个晚会气氛高涨到快要爆炸。尤其是男女街舞表演，女生队长头戴贝雷帽，昂首挺胸，手在何东生的胸前轻轻一推，挑衅便开始了。

台下的学生跟疯了似的大声号叫。

周逸觉得那是青春要结束的呐喊声，她睁着迷蒙的眼睛看着周围的少男少女，有些恍惚起来。很多藏在心底不能揭开的心事在今晚过后，似乎会被埋藏得更深。

会演结束后，她在操场上等吕游。

远方不知道是谁在放烟花，放了几次后就结束了。昏暗的灯光下，她看见何东生手插裤兜走了过来，似乎和她一样也是吕游叫来这儿等的。

他一只手揉着脖子，黑色短袖衣摆被风吹起。

周逸想起刚才他在台上的样子，那样阳光帅气的人不知道有多少女孩会对他芳心暗许。上次试卷的事，后来吕游拉着他来赔罪，阳光下的少年穿着校服，嘴里咬着一支雪糕，手里还拿了四支，那样子看起来特别灿烂。

操场安静极了，慢慢起了风。

这是商场之后他们头一回这样遇见,何东生看了她一眼,又收回目光偏头看向一侧,半晌又转回来。两人的目光在空中相撞,就算打过招呼了,可何东生的目光并未离开。周逸紧张地低下头去踢脚下的石头,过了一会儿,只听见他像是在叫她,她便下意识地抬头看去。

他笑着看她,一双眼睛漆黑。

"给你看个好玩的。"他低声说。

周逸仰头,他就这样静静地看着她。

黑夜使人更加敏感,何东生清晰地察觉到她的紧张。他低了一下头又抬起来,对着她笑了一下,说:"不过来又怎么看?"

周逸慢慢地"哦"了一声,朝他走近几步。

她身上有种淡淡的青草味道,何东生不动声色吸了一口气,然后从裤兜里掏出一个物件放在她摊开的手掌心里。

"我的MP3?"周逸差点发出尖叫,她将MP3轻轻拿在手里,然后愣愣地问他,"怎么在你这儿?"

"有一天早晨我醒来,窗外鸟语花香,我正准备沐浴阳光,忽然有个东西向我砸过来,我接住一看……"何东生淡定一笑,故意皱眉道,"原来是你的MP3。"

周逸愣住了。

何东生看着她发愣的样子,笑起来。

"不信吗?"他问。

周逸却反问:"疼吗?"

何东生静静地看着她。

操场的路灯不似往常那般暗淡的样子,散发着金色的光。他们忽然一起笑了,又各自将脸转向一旁。

周逸的手摩挲着MP3,嘴角一直勾着笑。

何东生侧头拢了一把头发,眼睛看着前方亮着灯的教学楼,笑了笑,又将视线收回来。他低头去看她,她穿着校服,宽大得像是套了个袋子。

远方传来吕游等人的声音。

周逸立刻抬头看过去,宋霄已经跑了过来。少年们肆意张扬地行走在风里,头顶洒满了星光,像一幅永不褪色的画。

"你们俩出来得这么早啊。"吕游说。

"就是。"李胖子说,"大晚上的,孤男寡女干吗呢?"

何东生直接一脚踢起地上的土,吓得李胖子赶紧闪人,几个人哈哈大笑起来。周逸走到吕游身边,默不作声地将MP3装进自己校服衣兜里。

宋霄问:"我们去哪儿吃啊?"

临近毕业的这些日子,他们就像是要挣脱束缚的鸟,没事就聚在一起吃吃喝喝,感情也比之前更亲近了。

"老地方。"吕游说,"大排档呗。"

"你请客?"何东生问。

"这话你都说得出来。"吕游目瞪口呆,"还是人吗?"

"是不是人不太确定,"何东生慢悠悠地答道,"总之和你是同类。"

吕游呸了一声,大伙笑了。

他们一行人说笑着从操场往校门口走,才刚出校门便看见街边停着一辆有点招摇的红色跑车,宋霄吹了一声口哨。

周逸却站在原地不走了。

"你干吗?"吕游问。

何东生也看过来,疑惑地蹙了蹙眉头。

恰好周逸书包里的手机响起铃声,她看了他们一眼,翻出来按了接听键,说了一两句话便挂断了,不好意思地笑了笑。

"那个……你们去吧。"她说,"我有点事儿。"

何东生问:"什么事儿?"

周逸被他问得愣住。

"家里的事。"她说完又补了一句,"有点急。"

"真是的。"吕游叹气,"偏偏赶在这个时候。"

周逸最后还是走了,他们几个人去聚餐。何东生走在最后面,进大排档时特意停了一下,回头看向街边,就看见周逸上了那辆跑车。

那顿饭他吃得挺没意思的,背靠着椅子,显得有点懒散。

吕游和宋霄在玩"十二点",李胖子在一旁看热闹。过了一会儿,李胖子看他还是那副样子,便凑到他跟前去。

"怎么了你?"

何东生抬头:"我能怎么了?"

李胖子像是想起什么,忽然弯下身子从书包里掏出一本书,在他面前扬了扬。

"要不要看书?"

何东生用"有病吧"的眼神看着李钊。

"《少年作家散文集录》?"吕游噌地抢了过去,"品位不差呀。"

李胖子惊喜地问:"你也看?"

"废话。"吕游自言自语,"这里面有一位作家是我朋友。"

宋霄扭头问:"真的假的?"

"天机不可泄露。"吕游傲娇地回了一句,"好奇死你们。"

何东生笑了一声,伸出舌尖舔了一下干涩的唇。

过了一会儿,吕游去卫生间,那本书就放在了他的右手边。他顺手拿过去翻看了一下目录,抬头问宋霄:"那天你说的那个故事叫什么?"

宋霄想了一下:"《春去花还在》?"

何东生将目光定在一个名字上面,半晌,合上书后把它扔到了桌子上。

吃完饭已是深夜,其他人走了,何东生推着自行车送吕游去公交车站。

"你那位朋友……"他顿了一下,问道,"是周逸?"

吕游一怔:"你怎么知道?"

何东生勾了勾嘴角,没有说话,看着漆黑的夜,目光微敛。

"那么一目了然的笔名……"他说着发出轻笑,"也就宋霄看不出来。"

吕游也笑了起来。

"她外婆姓梁。"吕游说,"不过梁逸舟这个名字听起来挺像男生的,对吧?"

何东生"嗯"了一声:"没我的名字土。"

"还记着呢。"吕游道。

何东生笑了笑,没再说话。

那天过后,连续好几天何东生都没再见过周逸,高考前最后一次见到她是在放假的前一天。他当时下楼去打球，看见她拎着四五个杯子去了开水房。

何东生定定地看了她一会儿，转身往反方向走了。

水房排队的学生很多，周逸无聊得一会儿看天，一会儿看地。等排到她时停水了，她又等了一会儿，等水来了才打了水回去。

到教学楼门口的时候，她碰见了何东生。

他穿着灰色短袖，额头上还冒着汗。或许是距离太近，周逸闻到他身上的味道时缩了一下。何东生诧异地看了一眼她手里的杯子，眉头皱了起来。

"打个水这么久？"他问。

周逸没明白："啊？"

何东生叹了一口气，伸手接过她手里的杯子，径直两三步跨上楼梯，要给她送到教室里去。周逸受宠若惊地跟在他后头，一直在道谢。

"谢什么谢。"他边走边问，"你学号多少？"

周逸不知道他问这个做什么，说了一串数字。

"如果我算得没错的话，"他沉思片刻后说，"你到时候会在咱们学校考。"

周逸十分吃惊："这也能算出来？"

"你以为呢？"何东生笑了。

他将杯子送到她的教室便走了，留下周逸一个人发了很久的呆。晚自习的时候，班主任来教室说了很多高考时的注意事项，整个班的气氛欢快又忧伤。

晚上周逸回到家，陈洁在看电视，小姨也在。

前两天这个女人开着车来自己学校显摆，差点没把她给吓死。她不想说话，抱着一堆书准备回房间，却被陈洁给叫住,问她是不是明天放假。

周逸"嗯"了一声后将书全扔到地上，去客厅接了杯水喝，却被水呛住，咳了很久。

"喝个水，你急什么？"小姨说。

"我喜欢不行啊。"周逸回嘴。

"你什么都行，好吧。"小姨"喊"了一声，"过两天你就高考了，我懒得惹你，到时候没考好再怪我头上。"

陈洁扔了个橘子过去："说什么呢？"

"别怪我没提醒你。"小姨说，"哪怕学校选得不怎么样，专业可一定要是自己最爱的。"

周逸问："为什么？"

"你傻呀。"小姨说，"整天面对着自己不喜欢的东西，人生能有乐趣吗？"

周逸曾经听老师说过，在分数不够的情况下先择校再考虑专业，等到了大学再申请调剂也不晚，怎么到小姨这里就变味儿了？

"别以为自己选择了低一等的学校就得委曲求全。"小姨继续说，"喜欢比什么都重要，知道吗？"

"瞎说什么你，当然是学校最重要。"陈洁又扔了一个橘子过去，接着对周逸说，"回你屋看书去，别听你小姨的。"

周逸乖乖地"哦"了一声。

高考前的那几天，她一直在家做模拟试卷，吕游打电话找她出去玩她也不去。在这种紧要关头，她有些紧张，吕游从电话里就听出来了，说了两句便挂了电话。

吕游收了手机，看了一眼身边的何东生。

"她不出来？"他问。

"看书呢。"吕游说完就疑惑起来，打量了他好一会儿才说，"你找我出来玩又让我叫周逸……不是吧，何东生。"

何东生漫不经心地抬头："把你那点心思收起来。"

街上车水马龙，马路对面有很多人摆着地摊在吆喝。他们俩站在马路这边，什么都没说了。过了很久，一个人走向了东边，另一个人走向了北边。那天的青城天很蓝，西边的天空有很多漂亮的火烧云，像是在预示着什么。

六月六日，高考要来了。

如果说那时候何东生对周逸一点感觉都没有,似乎有些不准确。又或许他一开始只是把她当成老朋友的朋友,后来发觉她挺有意思的,没事就喜欢逗逗她,这样也说得过去。

年轻时候的感情似乎是一件很简单的事情。可能只是见过匆匆几面,彼此便有了有好感,也可能只是说几句话便被对方迷惑,进而想一直和他说话,听他逗趣。

其实这是很让人煎熬的。

周逸平静得有些过头,她从来没有把这些心思摊开来看,真正重视的还是高考。

他们都在十九中考试,她知道他的考场在哪个教室。

昨天下午,她和吕游来看考场时,特意经过他的考场,吕游当时还笑着给她指了指说:"他在这个考场。"

话音刚落,她们就听见身后传来一声冷笑,接着是一道慢悠悠的低沉的声音:"您说谁呢,大姐。"

周逸立刻回头去看,何东生正倚靠在栏杆上笑着看她们。他穿着黑色的运动短袖和短裤,头发剪短了,看着特别有精神。

吕游翻了个白眼:"谁是大姐?"

何东生笑:"明知故问吧。"

周逸看见他们俩斗嘴,笑了起来。

当时天气特别好,夕阳从他身后照过来,光落在脚下。她低头去找那道光,便听见他酸溜溜地说:"周大小姐难得出个门啊。"

她闻声愣了一下,没意识到话题已转到了自己身上。

"约你出来玩一次可真不容易。"何东生笑着看她一眼,目光转而落到吕游身上,似笑非笑地说,"是吧,大姐。"

"我家周逸也是你想约就能约的?"吕游挑眉,可怜兮兮地看着她说,"连我都难如登天好吧。"

那种轻松自然的氛围又回来了,这让周逸松了一口气。

何东生一只手插兜里,身子离开栏杆站直了,偏头看了一眼操场和远方的夕阳,对她们俩道:"一起吃个饭?"

吕游眯起眼问:"这么好心?"

何东生笑了一下,语气轻飘飘地说道:"过了这村可就没这店了。"

他们总是这样很自然地开玩笑,周逸羡慕地跟在吕游后边听着、看着。半个小时后,他们坐在学校外头的一家大排档里,点了一个鸳鸯锅。

吕游背靠在椅子上:"怎么弄得像离别一样?"

周逸沉默了一会儿,给三个人都倒了一杯茶水,这才看向吕游道:"你一直想去北京读书,这是个转折点,以后想回来随时回来呗。"

她刚说完,就听何东生问道:"你这么想?"

"难道不是吗?"周逸看了一眼身边的女生和对面的男生,一脸无辜地说,"只是去远方读书,又不是真的离别。"

吕游叹了一口气,抚摸着她的头发:"这娃可真单纯。"

周逸拍开吕游的手,余光看见何东生笑了一下。

那天他们吃的像是散伙饭,吃完了他去结账,吕游在一旁不知道和谁打电话,周逸就一个人站在小店门口。

有乞丐推着音响边走边唱,唱累了就停在路边休息。

周逸看了一会儿,下意识地去摸兜。

就听见她身后一个声音说:"这次想给多少?"

她吓了一跳,忙回过头,正撞上他的视线。

何东生和她对视几秒后,将目光落到那个衣衫褴褛的人身上,轻声问:"如果他是骗子的话,你会怎么办?"

周逸慢慢站直了,也轻声说:"不是。"

"你怎么知道?"他问。

"他不是乞丐,"周逸说,"他靠唱歌谋生。你不觉得他唱得还不错?"

何东生眯了眯眼,脸上浮现淡淡的笑意。

"这种在你眼里算是不错?"他问。

"我觉得都可以上选秀节目了。"周逸说,"我还挺喜欢听的。"

何东生笑了笑,没有说话。

后来他拦车送她们离开,周逸打开车窗,看见他对她笑了一下,挥手再见,心里忽然像被揪了一下。

没有人知道她很能装，就连吕游都不知道。

她心里通透得跟明镜似的，却还是装糊涂、装无辜。她怎么会不知道去远方意味着什么呢？现在的离别或许会成为永远的离别，有些人再见之后便是再也不见。

她有时候会期待大学时光，期待长大了离开家可以做自己喜欢的事，期待去另一座城市呼吸新鲜空气，期待谈一场刻骨铭心的恋爱，期待拥有安全感。

那些所期待的，都以高考为分界线。

那个年纪的她认为高考很重要，后来的她也还是认同这个看法。她把高考当成了自己去往新天地的踏脚石，当成了她实现梦想的基石。她必须走好这一步，否则就有可能一步错，步步错。

而那个时候，爱情这个事儿她想都不敢想。

有些感情来的时候太快，一泻千里，退的时候太慢，伤人伤己。她不喜欢太快，也讨厌太慢，只是希望所期待的都不负自己。

那天周逸从考场出来的时候，雨停了。

她站在学校门口，有些茫然地看着前方的人流。就在两天前还难过年华易逝和伤感离别，现在听到耳边有人说"我终于考完了"，她却连感慨的力气都没有，只是在抬头的一瞬间看见了十几米外的何东生。

他斜跨在自行车上，一脚踩地，穿着蓝白相间的校服外套，里长外短，没拉上拉链，背着黑色书包，正在和两个男生说话。

似是有所察觉，他偏头看过来。

周逸愣了一下，目光还没来得及挪开，他就已经蹬着车过来了。他眼里有些说不清的东西，看她的时候目光很平静。

"站这儿干什么呢？"他问。

周逸的反应有点慢，"啊"了一声。

"想什么呢你？"他被惹笑了，"不至于没听见吧。"

周逸干巴巴地笑了一下。

"你在等吕游吗？"她仰头问。

何东生凝视着她,然后轻轻地别开眼。

"周逸。"他忽然叫了一声她的名字,她一愣神,去找他的目光,却看见他对着她身后某个方向抬了抬下巴,声音比刚才要低一些,"来了。"

周逸回头去看,吕游哭丧着一张脸。

"完了。"吕游耷拉着脑袋,"我完了。"

周逸不知道该怎么安慰她,就去看何东生。他也看了过来,叹了一口气,视线落在吕游的身上。

"考都考了,有什么好难过的。"

吕游抬头瞪他。

"这可是高考啊,何东生。"吕游气愤地推了他一下,"不知道我有多伤心吗?"

周逸站在他们中间,显得有些尴尬。

"得。"何东生身子向后一退,"当我没说。"

吕游白了他一眼,挽上周逸的胳膊。

"晚上宋霄请客。"他说话的时候目光扫过周逸,"去不去?"

吕游冷哼了一声:"那现在干吗?"

"我还是回家算了。"周逸看了他们一眼,"你们去吧。"

"那怎么行?他们玩他们的,我在一旁多没意思啊。"吕游立刻反对,从上至下看了周逸一眼,又说,"你回家换身漂亮衣服,等我的电话。"

周逸妥协了,抬步先行离开。

她到家后刚推开门,母亲陈洁就从厨房走了出来,手里还拿着锅铲,眼里是某种意料之中的期待:"考得怎么样?"

周逸犹豫了一下:"妈……"

她刚撂下一个字,就被陈洁给打断:"你爸说过不让问的,妈忍不住。"陈洁笑着说,"不问了,不问了,你先去洗个脸,然后吃饭。"

周逸将笔袋放在茶几上,然后去了洗手间。她看着镜子里的自己,眼圈一下就红了,接着迅速抹掉要掉落下来的眼泪,用清水冲了好几下才走出去。

"考完了就放松一下。"陈洁这时已经坐在餐桌旁,给她夹了一块排骨，笑着说，"多和你朋友出去逛逛，买几条裙子。"

周逸埋头咬着排骨。

"女孩大了要学会打扮。"陈洁恨铁不成钢地看着她，"赶紧把这身校服给脱了。"

周逸低头看了一眼身上，"嗯"了一声。

她简单地吃了几口就去洗了个澡，接到吕游的电话时已经快七点半了。她出门的时候，城市里的霓虹灯一盏盏亮了起来，照落每一个角落。

地方不算远，她走着去了酒店。

推开包间门的时候，周逸有些愣怔——里面坐了一桌子她似熟非熟的人。吕游给她留了个位子，她走过去坐下。

"怎么来得这么晚？"吕游问。

"还好吧。"她低声说，"我走过来的。"

她说完，就听见有人开何东生的玩笑，他揶揄着顶了回去。

每个人的脸上都笑开了花，互相道贺侃大山。

一个男生笑着说："宋霄想当医生都想疯了吧。"

宋霄笑："去你的。"

"为人民服务。"何东生这时吊儿郎当地搭上一句话，对宋霄道，"打火机扔过来。"

大家都情绪高涨，一个个互相碰杯喝酒，有几个女生笑得很灿烂。桌上有一两个男生女生之间眼神暧昧，也不知是否会凑成一段姻缘。

一顿饭吃吃喝喝，很快便到了九点，一群人嚷嚷着去唱歌。

包间里准备好了麻将、扑克牌，周逸不喜欢凑热闹，就坐在沙发上静静地听吕游唱动力火车的歌。屏风那边摆着麻将桌，一群人在肆意地开玩笑。

吕游唱了一会儿歌就把话筒递给了周逸，自己跑去看何东生打麻将。

周逸看了他们一会儿后将目光收回来，点了一首孙燕姿的《我怀念的》。她开着原音跟着一起唱，自己的声音很低也很轻。

余光里她看见吕游凑在何东生跟前，就像个十六岁的小女生，而男生有些漫不经心地扔了张牌出去,嘴角的笑意淡淡的。

"我说你们俩什么时候宣布在一起啊?"有男生问何东生,"还不表白?"

"你眼睛没毛病吧。"吕游翻个白眼,"我会喜欢他?"

一个女生"哟"了一声:"怎么不能啊?"

何东生笑了笑。

"脾气还那么坏。"吕游嫌弃地说,"我可是喜欢暖男的。"

周逸听到这话也忍不住笑出来。

谈起感情,大家聊得更热闹了。

何东生一直没怎么说话,只是垂眸看着自己的牌。没一会儿,他玩得有点兴味索然,又赢了一把之后,便将麻将牌往前一推,然后站了起来。

"你们玩。"他说。

吕游搓了搓手跃跃欲试,随后坐到了他的位子上。

何东生走到点歌机边,抬头看向某个地方。沙发上的女孩穿着白色短袖和牛仔裤,及肩的头发束在脑后,显得很干净,正在听《别怕我伤心》。

他走了过去,将打火机扔在桌上,俯视她,问道:"喜欢张信哲?"

周逸没想到他会过来,有些讶异,还没说话便看见他淡淡地笑了一下。

何东生想起那天她说的那个以唱歌为生的人,视线从她身上移开,落在屏幕上,然后点了一首歌,又问:"《爱如潮水》听过吗?"

没有等她回话,他便拿着话筒看向屏幕。

周逸很吃惊地看着他:"你要唱歌?"

何东生开玩笑似的道:"随便唱唱,您要觉得还行就赏点儿,我也不介意。"

周逸抿着唇轻轻笑了,将头低了低,半晌又抬起头看向屏幕。

过了一会儿,她便听见他跟着节奏慢慢地唱起来,声音像是故意压低了,听起来有些沙哑。玩牌的那群人听到他唱歌,立刻起哄鼓掌,吕游在笑声中打了一张牌。

周逸低下头默默地喝起茶来。

他说随便唱唱真的是骗人的,歌声让人听得意犹未尽。朋友们起哄说多唱几句，他只是笑笑，将话筒还给她，说我出去一下，然后走出包间。

周逸看着他的身影消失在门口，那一瞬间，不知道为什么，心里有些难过。

时针指到十一点，陈洁打电话来催了。

包间里的其他人是玩通宵的，只有她回家。吕游打麻将刚打到兴头上，就喊何东生送她回去。夜晚那么黑，周逸没办法拒绝他。那晚他罕见地有些沉默，听到这话的时候顿了一下，下一秒便从沙发上站了起来。

这个时间在青城打车太难了，他们便沿着街道往回走。

"你家在万盛路哪边？"他问。

"北街。"周逸说，"老电影院那儿。"

何东生淡淡地"嗯"了一声。

"听吕游说你一直想去林州读书。"他忽然问道，"怎么会想去那儿？"

她的眼睛看向地面："就是喜欢那个地方。"

她自小喜欢的作家都在林州，可她热爱写作这件事连陈洁都不知道。

"有多喜欢？"他问。

"想去那里生活。"她说。

后来他们很少再开口，所以走得不算慢，没过多久便到了她家小区外。周逸认真地道了谢，转头要走时又被他叫住。

"你一个人进去能行吗？"他看着她的眼睛。

"我家就在前边第一栋。"她说，"很近。"然后她说了声"再见"便走了进去。

直到周逸整个人没入黑暗里，何东生才收回目光，他低头自嘲地笑了一下，伸手揉了揉脖子，再两手插兜按原路走回了酒店包间。

周逸在自家十四楼的窗口站了很久才回房，夜里她睡得不是很好，做了一个很长很长的噩梦，醒来后出了一身冷汗。

陈洁一大早做好饭就上班去了。周逸起床后，洗完澡填饱肚子，就趴在床上看书。

高考成绩出来，填报志愿时，身边的人才知道周逸的英语答题卡没有涂完。志愿一栏她依据父母的心愿冲刺了一下离家两百公里的 A 大，并且服从专业调剂，被塞进了当时闭着眼睛随意选择的生物学专业。

通知书下来的那天，吕游叫她出去玩。

吕游喜欢大城市，拼着全力考上了北京的一所三流学校。两个人聊天时，无意间听吕游说起何东生报了青城大学，周逸的心猛然紧了一下。

"以他的成绩可以去更好的学校。"吕游叹了一口气，"人生真是无常。"

"他是……"周逸问，"滑档了吗？"

吕游看了一眼周逸，说："不是人人生来就什么都有的。"

周逸开始沉默，一直沉默。

她的心底慢慢滋生出一种奇怪的感觉，随即又被接踵而来的失落和难过湮没。

两个人分别后，周逸慢慢地走回了家。

A 大的录取通知书端端正正地放在她的书架上，她看了一眼后，拿出一张白纸来，写下"二〇一〇年·高中总结"——

1. 没有偏过科，成绩良好；

2. 有一个死党，两个好友；

3. 没有喝过酒，没放肆过；

4. 没有过早恋，讨厌规矩；

5. 高考失败了，很喜欢他。

写完之后她又反复检查了几遍，再拿出一张新的白纸，在上面写下"二〇一〇年·大学计划"。才刚落下第一个字，旁边的手机就响起铃声。

是一个陌生号码，她接起后没有人说话。

周逸迟疑地"喂"了好几声，见那边没人回应便挂断了。她愣了一会儿，看看窗外漆黑的夜，然后重新提起笔——

1. 考试要前三，拿奖学金；

2. 不参加社团，去图书馆；

3. 要过四六级，考二级证；

4. 报第二学位,中文专业;

5. 写几本好书,拿得出手;

6. 暑假考驾照,实习经验;

7. 备考研究生,奔赴林州。

她把这些写完,然后把纸叠好了装进一个信封里,打算等做完一项就画去一项。

客厅里,陈洁洗好了水果叫她出去看电视。周逸做了个深呼吸,然后打开房门走了出去。

第三章
童话是没有说完的谎言

那天一大早，陈洁就给周逸收拾行李。

周逸抱着一堆衣服站在一旁，眼看着陈洁把她的几条牛仔裤和几件短袖都扔到地上说不要了，其实大部分衣服她还喜欢。

"要上大学了，性格得活泼点，想买什么就买。"陈洁说着又往她怀里塞了一件，"这个还行，能穿出去。"

周逸轻叹了一口气，耷拉着肩膀。

"昨晚我和你爸说的话都记住没有？"陈洁边整理边说，"照你的水平，考上一所好大学不意外，这回失误也就失误了，考研时再赢回来。"

周逸垂着脑袋没有吭声。

"你爸不让我跟你说这些，怕给你压力。"陈洁说，"但你自己心里要有数，知道吗？"

"嗯。"周逸说，"知道。"

收拾完吃了早饭周逸就要走了，父亲周北岷开车送她去学校。

青城距离A大只有两个多小时的车程，他们出发早，十一点就到了。他们刚到校门口，就有一个男生迎了上来。

男生读大二，是接新生的志愿者。

周逸一家人被他带着报名、签到、盖章、领宿舍钥匙和被子等，忙完都十二点半了。陈洁很客气地要请那个男生吃饭，被他委婉地拒绝了，但留下了联系方式，说是周逸有事情可以随时打电话找他。

接下来一家人去了餐厅吃饭。

周北岷打量着周遭的环境,一直在点头,陈洁偶尔笑着说:"这学校设施还不错。"

周逸看着这个现在陌生、未来四年将会无比熟悉的地方,心底隐隐有了些许期待。

吃完饭,她爸爸妈妈又去她的寝室坐了一会儿。

到下午两点,寝室里已经来了四个女孩,陈洁笑着和她们打招呼、问她们是哪里人。后来看时间不早了,两个人才起身说该走了。上车前,陈洁又叮嘱她把从家里带的特产都给同学分一分。

看着车子慢慢开走,周逸松了一口气。

她还没走进寝室,就听见里头一阵接一阵的笑声,她们似乎聊得热火朝天。周逸轻轻推开门,对着投来视线的女孩笑了一下。

大家都是第一次读大学,对一切充满好奇。

"你们来的时候看见小操场上那些社团了吗?"室友赵莹说,"都不知道申请哪个好。"

"学生会比那些好吧。"周逸对床的女生接话,"可以加学分。"

话音刚落,寝室门就被敲开了,两个披着卷发、穿着短袖热裤的女生走了进来,以大二学姐的身份很热情地说了一堆话,之后大家才知道她们是来推销化妆品的。后来的几天,总有一些人来寝室招生,最后惹得寝室里的大连女孩陈迦南直接在门外贴了一张"推销勿扰"的纸。

周逸每天除了上课就是泡图书馆。

有一天下午,她吃过晚饭在餐厅门口遇见了陈迦南,两个人结伴走了一段路。陈迦南指着学校北楼那边的大学路,头摇了又摇。

"看见那堆人了吗?"陈迦南说,"社团为了增进友谊在搞活动。"

周逸顺着她手指的方向看过去。

"你不觉得是在浪费时间和感情吗?"陈迦南说,"读高中的时候听别人把大学夸得天花乱坠,你再看看他们,那样做有意义吗?"

有风从左边吹过来,路灯亮了。

"可能每个人的追求不太一样吧。"周逸说。

"你呢?"陈迦南看向她,"为什么一个都不参加?"

周逸想了想,用指尖敲了敲自己手里的书。

"我喜欢这个。"她说,"太热闹了不适合我。"

随后她们便分别去了各自要去的地方。

每天她们寝室总会有两个女生直到晚上十一点才回来,其中一个进了学生会文艺部,另一个报了文学社。另外两个人中有一个报了计算机二级,还有一个每个周末都出去做兼职。

周逸生活得很有规律,直到那一天……

十月中旬的一个下午,室友赵莹找她帮忙做一个活动策划案。尽管周逸一头雾水,无从下手,却也无法拒绝,只得打电话向吕游求救。

吕游直接一个电话打到了何东生那里。

何东生当时正在寝室里打游戏,眼睛盯着电脑屏幕界面一动都没动,手机开着外放,回得漫不经心。

"做那个干什么?"他问。

"不是我。"吕游解释,"是周逸。"

听到这个名字时何东生愣了一下,随即将电脑合上,关了外放后将手机贴在耳边。吕游正准备跟他说具体的要求,就被他的声音打断。

"她QQ号给我。"他淡淡道。

周逸在图书馆里看到电脑QQ上那一条陌生人添加好友申请的时候,迟疑了一会儿,然后毫不犹豫地点了"拒绝",结果下一秒手机就响了起来。

来电显示是青城的号码,周逸莫名有些紧张。

她跑去走廊才慢慢按下接听键,有些试探又有些期待地"喂"了一声。

何东生低头笑了一下,左手百无聊赖地转着打火机。

"听得出我是谁吗?"他问。

周逸真的愣住了。

"何东生?"她缓缓出声,"你怎么会知道我的电话号码?"

他笑:"吕游是个摆设吗?"

周逸无声地抿了抿嘴唇。

"刚刚是不是有个人加你QQ？"他问完就察觉到周逸更紧张了，目光里带上笑意和促狭，"你拒绝了。"

周逸还在沉默。

"那个策划案三十分钟后我发给你。"他说，"先挂了。"

许久后周逸才慢慢清醒，回到座位上，看到电脑上QQ添加好友申请的弹窗又跳了出来。她认真地点了"同意"，目光停在他的网名上——"李白"。周逸笑了，慢慢趴在桌面上。过了一会儿又听见有弹窗跳出来的声音，她从臂弯间抬起头，同时手机也振动起来。

"收到了吗？"何东生问。

"收到了。"她压低声音说道，然后左手握着手机贴在耳边，右手移动鼠标接收文件。她打开文件浏览了一会儿，发现活动和人员都安排得一清二楚，就连预算都精确到了分。

他问："行吗？"

"嗯。"她不知道该说什么，沉默片刻后才说道，"谢谢你啊。"

何东生笑了一下。

"你不是学的生物吗？"他问，"弄那个干什么？"

"帮一个室友做的。"她说。

何东生"嗯"了一声。

两边忽然都静默下来，甚至可以听见彼此的呼吸声。周逸琢磨着该怎么说再见，话刚到嘴边就听见他叫自己。

"你们学校有我一个朋友。"他说，"回头我打声招呼，有事你可以随时找他。"

周逸不好意思道："会不会太麻烦了？"

她的声音里带了点小心翼翼，轻轻柔柔的。

何东生想起高考结束那天她仰头看自己的眼神，低头笑了一下。

"那行。"他说，"帮一次忙十块钱。"

周逸："啊？"

"你看是一次性预付还是按次收费？"

周逸笑了一下。

这时陈洁突然打电话过来，周逸匆匆和何东生道了声"再见"，便挂断了电话。她收拾好东西走出图书馆才给陈洁回电话，陈洁问了几句她最近的学业和计划，又再次叮嘱她多吃水果和蔬菜。

周逸一一应下，几分钟后结束了通话。

她沿着大学路一点一点往宿舍走，慢慢吐了一口气。她回到寝室时只有陈迦南一个人在，脸上敷着面膜躺在床上，枕边的手机一直在响。

"干吗不接？"她问。

"嗯。"陈迦南不方便说话，声音含糊，"前男友，不接。"

周逸没再问，而是打开了电脑。

过了一会儿，陈迦南从床上爬下来撕了面膜去洗脸，然后一边往脸上拍水，一边走到她跟前看了一眼。

"你这是什么呀？"

周逸说："帮赵莹做的活动策划案。"

"你做的？"陈迦南凑近了感叹几声，"真行。"

"不是我。"她顿了一下说，"一个同学帮的忙。"

两个人正说着话，陈迦南的手机又响了，她深呼吸了几口气后，直接关了机。周逸看着她这一连串的动作，有些感慨。

"万一有急事呢？"她问。

陈迦南冷哼了一声。

"我们是高考后谈的。"陈迦南气得咬牙，"他居然连我昨天过生日都不知道。"

周逸说："说不准是有急事就把你生日忘了。"

陈迦南听到这话，看了她一眼，像是听到了什么特别好笑的笑话，双臂环抱，靠在她的桌子前。

"周逸，"陈迦南忽然认真起来，"永远不要相信男人认错时说的那一套。"说完她对着周逸的电脑抬了抬下巴，"你那个同学是男的吧？"

周逸表示惊讶："你怎么知道？"

"就你磨叽成那样子，傻子都能看出来。"

寝室阳台上晾着的衣服被风吹得晃来晃去，下午四点的阳光温柔地照射进来。周逸微微抿着嘴巴,目光闪烁。陈迦南看着她一脸羞红懵懂的样子,慢慢地笑了起来。

大一的课程安排得特别满,周逸很忙。

每一堂课老师都布置了作业,还有实验报告册要写,她还要抽空给文学比赛投稿。她决定靠写作赚钱,并发誓在毕业前要攒下一个小金库。

她的第一桶金是人生里的第一笔稿费。

那一年她十五岁,夜以继日地偷偷在本子上写下喜欢的故事,到周末再去机房一个字一个字敲下来。很多时候,投出去的稿件都石沉大海。经过无数次的努力,她终于在十五岁的尾巴让自己写下的文字变成了铅字。

一千字一百五十块,她赚了八百块钱。

她尝到了写作带来的满足感和快感,至今没人能理解。事实上陈洁已经把最好的都给了她,但她感觉不到自由。

吕游曾经问她:"高中毕业后你想做的第一件事情是什么?"

她说去读大学,然后兜里揣上很多钱,去超市买一手推车的垃圾食品回来慢慢享用。吕游说她小女生,她笑笑不说话。

十月的最后几天,周逸终于熬过了忙碌期,开始认认真真地写点附庸风雅的文字。吕游时而打电话过来陪她说话解闷,有一次提到了何东生。

"上次让他帮忙的那件事怎么样了?"吕游问。

"好着呢。"周逸说。

"有什么事就说。"吕游道,"别和他客气。"

周逸"嗯"了一声。

"告诉你一件有意思的事。"吕游笑着说,"他学校一个女生追他快一个月了,我估摸着有戏,还真不知道他谈恋爱了会是什么样子。"

周逸心里咯噔了一下,假装镇定。

"他要是真谈起来……"吕游忽然叹了一口气,"我们就该远离他了。"

"不会吧。"周逸说,"你们俩关系那么好。"

"换了是你的话,"吕游笑了一声,"男朋友和朋友会选哪个?"

周逸很果断:"你。"

吕游哈哈大笑,笑了一会儿停了下来。周逸一直没有说话,吕游像是想起什么,声音变得正经起来。

"周逸,"吕游问,"你对何东生是什么感觉?"

"开什么玩笑。"周逸走到寝室的阳台上,趴在栏杆边上看着蓝天,"我上大学不谈恋爱。"

"你妈不让?"吕游早已习以为常。

"嗯。"周逸说,"再说我有很多事呢,哪有时间。"

两个人又说了一会儿话,然后周逸挂断电话,一回头便看见赵莹抱着一大束花走了进来。她换了条裙子,抹了口红又出去了,和刚开学的时候相比变化太大了。

周逸低头瞧自己,简单的白T恤、牛仔裤。

寝室门被关上,隔了一分钟又被推开,陈迦南面无表情地走进来,喝了一大杯水,懒懒地坐在椅子上。

"你一个人在宿舍干吗呢?"陈迦南问,"不闷啊。"

周逸握着手机在椅子上坐下,摇了摇头。

"你怎么有点失魂落魄的,和那个男生有关吧?"陈迦南狡黠地一笑,没等周逸说话,又道,"他对你没什么表示吗?"

周逸眉毛一挑,讶异这个女生的脑回路。

"这种情况一般有两种可能。"陈迦南说,"要么他在犹豫,要么他不喜欢你。"

周逸的眉毛皱了起来。

"犹豫可能有很多种原因。"陈迦南说,"第一种,他家境可能没你好;第二种,你并没有给他'你喜欢他'的信号;第三种,他对你只是有好感;第四种,你可能真的不好追。"

周逸有点惊讶,微微瞪大了眼睛。

"刚才看见赵莹了吧。"陈迦南说,"在学生会没待几天,就被他们部长追上了。"

周逸:"啊?"

"有一种女生很好追的,男生的一点小恩小惠就能骗得她心花怒放。"陈迦南对着周逸笑,"你妈妈把你养得很好。"

提到陈洁,周逸勾了勾嘴角。

她想起自己曾经制订好的大学计划,每一个学期都要完成一项任务,还要找时间做自己的事情,脸上的笑容慢慢就消失了。

周逸看着陈迦南:"问你一个问题。"

"好啊。"陈迦南说。

"如果现在你面前摆着两条路,一条是平坦的阳关大道,走这条路可以让你平步青云;另一条布满荆棘,走起来会很辛苦,还不一定能得到好的结果。"周逸停了一会儿,"你选哪条?"

陈迦南沉思片刻,对着她笑了。

"很简单。"陈迦南看着她的眼睛说,"当然是选喜欢的那条路。"

周逸慢慢地回答:"你和我小姨很像。"

陈迦南没说话,对着她笑了一下,爬上床睡觉去了。

周逸又安静下来,打开文档开始敲字。好像只有这个时候她才能得到自由和安全感,在自己的世界里为所欲为。

那段时间她有着说不出口的心烦意乱,在图书馆看书时经常心不在焉,一个人对着窗外的蓝天发呆很久。有一天傍晚,她去校外步行街找了家店暴饮暴食,看见一个人的背影像极了何东生,后来她跟着那个人走了很长的路。

他们加了QQ之后就再没有说过话,好像上次的事情只是昙花一现。

周逸每天睡前都会去他的空间转一转,他的QQ签名和说说都与足球有关,每次发的说说下面都有很多人留言,有的人还在插科打诨。其中有一个一看网名就知道是女生,语气特别亲昵,下面还有几个男生开他和那个女生的玩笑。

周逸看完后关掉QQ,一天都不再说话。

周末,寝室里特别安静,几个室友趴在床上刷韩剧,然后一觉睡到天黑再爬起来点外卖。周逸不喜欢这种气氛,抱着笔记本电脑去学校湖边的亭子里码字。

十一月的风吹到身上已有几分凉意。

有个漫画社的编辑前几天在贴吧给她留言约稿,两个人互加了QQ好友。她熬了一周的夜才写完,给那位编辑发过去后却一直未见接收。

等了四五天仍处于未接收状态,周逸怒了。

这时,吕游刚好打电话过来和她聊天,她坐在亭子里一个人生着闷气,说话的时候提不起劲,跟霜打的茄子一样蔫蔫的。

"换家杂志社,"吕游说,"再投呗。"

"那不一样。"周逸有些难过地说,"我就是觉得我辛辛苦苦写完的东西没有受到尊重,你知道吗?"

"你们这些文艺青年真是……"

过了一会儿,周逸小心翼翼地问:"你会不会觉得我有点清高?"

"不是有点。"吕游加重了语气,"你以前投一篇稿子两三个月都收不到回复,还不是照样接着投?"

周逸沉默了。

"但这不是你的错,周逸。"吕游说,"这是人之常情。"

"我知道自己这样不好,"周逸低声说,"可我就是心里不舒服。"

吕游发过来一个拥抱的表情。

"你最近有点浮躁。"吕游指出她的问题,"怎么了?"

周逸支支吾吾半天,然后重重地叹了一口气。吕游的话像大棒一样将她敲醒,冷风吹进脖子里,她重重地打了个喷嚏。

"没什么。"周逸冷静下来,"我还有事,不说了。"

她将笔记本电脑装进书包里,慢慢往回走,路上看见赵莹和她的部长男朋友出了学校。她想起陈迦南说的那些话,收回目光往宿舍楼走去。

晚秋的校园里落满了树叶,像金黄色的海洋。

穿过小树林后,周逸改变了主意,去校内辅导班咨询了一下第二学位的事情,回到寝室时已经是四十分钟之后了。

陈迦南和室友秦华坐在一起,正在看鬼片。

"周逸,"秦华叫她,"过来一起看。"

周逸放下书包,走近瞄了一眼,屏幕里阴森的夜晚变成白天,女鬼消失了。

她搬了一把椅子在旁边坐着看了一会儿，忽然捂着眼睛说："女鬼走了告诉我一声。"

"有意思吗你？"陈迦南笑话她，"鬼片看的不就是这个。"

周逸将并拢的十指张开一条缝，女鬼忽然出现在夜晚的阁楼上，吓了她一跳，她立刻并拢手指。

秦华逗她："走了，走了。"

她刚放下手，便看到女鬼仿佛要从屏幕里爬出来，吓了她一大跳。她害怕却又想看，惹得两个室友笑了很久。后来她断断续续看完，爬回自己床上休息时，脑子里还想着那些阴森的情节。

"图书馆人多吗？"陈迦南问。

"我没去图书馆。"周逸说，"除了大四的考研自修室，其他地方人应该不多。"

"晚上还去自习吗？"秦华问。

"我不去。"

"我不去。"

秦华说："那我也不去了。"

对话到此结束，周逸笑了。她在外头吹了凉风，有点不舒服，喝了点热水便躺下睡着了。没睡多久，她被秦华的梦话惊醒，坐起来后发现陈迦南在打电话。

周逸很少见到陈迦南这样淡淡地笑着的样子。

她在床上坐了一会儿，拿起笔记本电脑浏览有关第二学位的资料，看了一会儿就听见陈迦南在叫她。

周逸停下打字的动作，抬头。

"写什么呢？"陈迦南问。

"算是日记吧。"周逸说完就扯开话题，"刚才打电话的不是你男朋友吧？"

"当然不是。"陈迦南说，"早就分手了。"

周逸靠在床头和陈迦南有一搭没一搭地聊着，说到有共鸣的地方，两个人都笑了。那是一个难得的悠闲的傍晚，没有着急要做的事，可以找个人好好说说话。

后来夜深了,周逸准备去洗漱,手机却响了起来。

她静静地看着来电显示上她之前没有存起来的那一串号码,忽然想起高考后的一个夜晚,那个接通后却没有声音的电话,然后凝神屏息,按下了接听键。

距离上次通话好像已经过去很久了。

周逸握着手机,视线落在被子边缘绣的海棠花上,等着他先开口说话。空气似乎都安静下来,静得可以听见彼此的呼吸声。

"是我,周逸。"何东生的声音有些低沉,"忘了?"

周逸用手抠着身上的被子,有些犹豫。

"啊。"她轻声道,"一时间没有反应过来。"

何东生笑了一下。

"你还真是。"他说,"还好没有拒接。"

他和人说笑的本事似乎越来越厉害了,轻描淡写的一句话就能让她沉沦。周逸咬着嘴唇垂下眸子,听见他那边有打火机的声音响了一下。

"你打电话是有事吗?"她淡淡地问。

"是有点小事。"他顿了顿,"想请你帮个忙。"

周逸念着上次他帮了她的忙,她却一直没有机会还这个人情,想都没想便答应了下来。

"好。"她答得很干脆,"你说。"

"这么痛快?"何东生笑。

或许是他的语气太过轻松、熟稔,周逸的心情刹那间便好了起来。她轻轻地"嗯"了一声,嘴角勾出一个小小的弧度。

她认真道:"总该礼尚往来。"

自从那次被她说得那样一无是处之后,何东生很少听到她用一本正经的语气说话。他闷声笑起来,然后清了清嗓子。

"我可不能害你。"何东生说,"回头吕游可别找我干架。"

周逸忍不住笑了:"你很怕吕游吗?"

"说这话合适吗?"何东生说,"我一个男生欺负一个女生……"

他说到这里啧啧了两声,"那不得被雷劈死。"

"也没那么严重。"周逸说,"至少走之前还能留一个'杀马特'发型。"说着,她无声地笑了,"这几年挺流行的。"

何东生在那边低声笑了。

周逸也轻轻地笑出声,看了一眼手表,快十一点了。她一边下床一边和他说话,这时两个室友推门进来了。

"我们快熄灯了。"她说,"你要说的到底是什么事呀?"

"想让你帮忙翻译一篇论文。"何东生改了嬉皮笑脸的语气,"大概八千字,两天时间够吗?"

周逸想了一下:"行。"

"说客气话就太见外了。"何东生笑,"有空我请你吃饭。"

挂断电话后周逸就乐了,洗漱完便打开电脑接收何东生传过来的文件开始翻译。而那晚何东生看了一夜的足球赛,后来直接瘫倒在床上睡了过去。

等到他醒来,已经日上三竿。

他迷迷糊糊下床洗了把脸,揉着脖子来到桌边坐下,随手开了一瓶啤酒,喝了半瓶。室友程诚从外面给他带了盒饭回来,他接过就吃了起来。

"昨晚谁赢了?"程诚问。

"那还用说,当然是梅西了。"何东生边吃边说,又仰脖灌了几大口酒,"有他在,阿根廷赢得毫无悬念。"

"知道他会赢还看?"

"这叫热爱。"何东生嗤笑,"懂吗?"

程诚说:"我就问一句,您老最热爱的材料力学,作业写完了没?"

何东生大学学的是土木工程专业,系里新聘请了两位外教,喜欢布置一些奇奇怪怪的作业,必须全部用英文完成,要求还很高。

他正要说话,电脑响了一下。

何东生偏头一看,一下愣住。

从QQ里跳出一个弹窗请他接收文件,是周逸发来的。何东生咬着馅饼点了"接收",然后打开,一双漆黑的眸子里瞬间盛满了很复杂的情绪。

程诚凑过来:"你这速度,可以啊。"

何东生静默了一会儿,拿起手机给周逸打过去,对方却关机了。他有些烦躁地扔了手机,往椅子上一靠,沉沉地吐了一口气,眼神变得幽深起来。

"你这同学是谁呀?"程诚问,"让你同学给我也弄一份呗。"

何东生冷眼冷声:"走开。"

"哟。"程诚来劲儿了,"女的吧?"

何东生皱了皱眉头,语气忽然变得正经起来。

"程诚,"他说,"翻译八千字一般要多久?"

"英语水平好的话,最快也得几个小时吧。"程诚说完又叹气,"像我们这种,没个几天是真不行。"

"嗯。"何东生说,"你可以走了。"

"用完就甩?"

何东生睨了程诚一眼。

"你什么时候黑成这样了?"他语气诚恳,扭头看了一眼身后拉着的窗帘,"就这光线我都看不见你。"

程诚被这话气得转身走了。

何东生后来又给周逸打了一次电话,可仍然没有人接,他便打给了吕游。吕游联系不到周逸,登录她的QQ询问她的室友,才知道她还在睡觉,她昨晚熬夜了,才刚睡下一小会儿。

两个人都放下心来,吕游开始找他算账。

"老实交代,"吕游说,"那么急找周逸干吗?"

何东生一边穿外套一边走出宿舍,一只手插进裤兜里,另一只手握着手机。沉默了好一会儿,他别过脸去,目光有些深沉。

"问这么清楚,"他淡淡地开口,"有意思吗?"

吕游心一紧,半晌没有说话。

"我警告你啊,何东生。"吕游的语气很严肃,"她是特别认真的一个女生，经不起玩笑和暧昧。"

何东生说："谁暧昧了？"

"你根本不了解她。"吕游说，"你现在做的每一件事她都会当真的。"

"那又怎样？"

吕游气急了："她会受伤的，你知道吗？"

闻言，何东生冷笑出声。

"她可不是随便玩玩的那种人。"吕游认真地说，"你喜欢她是一时好玩，还是铁了心想给她未来？"

何东生烦躁地吸了一口气。

"一时好玩就别惹她，"吕游说，"第二种更别惹她。"

何东生问："你想说什么？"

他忽然记起高考前吕游说起那个女孩时，感叹道："不知道以后哪个男生能娶到她，他不仅要人品好，还要家世好。她妈那个人很严格的，她家又是书香门第，我敢说以她的家世在我们学校都是能排得上号的。"

"我是为你好。"吕游挂断电话前最后说道，"她不适合你。"

何东生将手机塞回兜里，暗骂了一句，眉头皱得更紧了。坦白说，他没有想那么多，却也不喜欢谁对此妄加评论。

那天下午，他打通了周逸的电话。

她似乎刚睡醒，人还迷迷糊糊的，打着哈欠。何东生被她忽然的那一声嘤咛弄得一颗心软下来，声音也随之低下来。

"刚醒吗？"他问。

"嗯。论文发你QQ了，你看行吗？"周逸说着，又打了一个哈欠，"不行我再改。"

何东生说："好得很。"

周逸轻声道："那就好。"

"没想到你文采那么好，英语也很厉害。"何东生说。

周逸有些脸红，不知道该说什么。何东生似乎感觉到她的害羞，轻笑了一声。他看向前方的黑夜，目光柔软，正准备开口，就听见电话那边有人喊道："周逸，等你过生日咱们去看电影吧。"

等她那边安静了，何东生才问："你什么时候过生日？"

"早着呢。"周逸说，"我都不怎么过。"

何东生见她不想说，也就没再细问，又说了两句便挂了电话。他抬眼看向别处，喉结微动，目光深沉，像是做了什么决定一样。

相较于何东生的平静，周逸却慌了神。

她挂断电话后一直垂着头坐在床上发呆，陈迦南歪着头看她，扑哧一声笑了。周逸抬头，目光哀怨。

"刚才那么好的机会，你怎么不告诉他你过生日？"陈迦南说。

周逸咬着唇一言不发。

"你这个女生哦。"陈迦南摇了摇头，"不过也是好事，看看他有没有那个心，自己想法子知道。"

周逸慢慢低下头，有点烦躁。

她随意浏览了一会儿QQ说说，刚准备退出，就看到那个总给何东生评论的女孩又留了言，便忍不住点开了那个女孩的QQ主页看了一下。背景是一张侧身照，长发飘飘，身材很好。她盯着看了很久，又低头看了一眼自己，默默地退出了QQ。

她静坐了一会儿，抬起头，一副若有所思的样子。

"陈迦南，"她叫，"问你一个问题。"

"你说。"

周逸蹙眉："男生是不是都喜欢身材丰满的女生？"

闻言，陈迦南从电脑前抬头看她，目光慢慢移到她的胸部，抿着嘴笑了起来，说了一句让她至今都奉为经典的名言："男生是不是喜欢丰满的女生，我不知道，"她的眼睛很亮，"但我知道那些女生都有男朋友。"

周逸愣住了。

"不过你也别着急。"陈迦南笑，"你还处于发育期。"

周逸的视线落在陈迦南的胸部。

"别看我。"陈迦南伸手捂住自己的胸部，"我早熟。"

周逸哀叹一声，重重地躺回床上，将被子往头上一盖，又糊里糊涂地睡着了。

接下来的几周温度骤降,才十二月初,周逸已经穿上了羽绒服。

一个周六,陈洁照常打电话给她。说了几句学习上的事情后,陈洁问她生日打算怎么过,她简单地回了几句。晚上,整个寝室的人都去了学校外面吃饭、看电影,回来已经快到门禁时间,到了寝室,她们又玩斗地主玩到很晚。

第二天,周逸被电话铃声给吵醒,快递员让她去学校后门取快递。

周逸身上穿着睡衣睡裤,随便套了一件羽绒服就跑了出去。拿到包裹后她愣了一下,发货地址是青城的一家书店。

周逸边走边拆,初冬的早晨,阳光还没有那么耀眼,有一束光落在封面上,她看清了这本书的名字——《布鲁克林有棵树》。

二〇一〇年最后的一个月,生活依然平淡。

周逸抱着书走在学校里的大马路上,身上镀了一层柔软的晨光。没有烦恼的早晨,和喜欢的一切在一起,真美好。

她回到寝室时,只有陈迦南醒了。

周逸抱着书爬上床,然后打开了笔记本电脑。开机的那十几秒时间里,她一点一点拆开书的塑封,陈迦南探头过来看了一眼。

"什么书啊?"陈迦南问。

周逸说:"《布鲁克林有棵树》。"

自从上大学以来,周逸几乎每周都会买书,有时候还是买一整套的那种。陈迦南早已见怪不怪,瞄了一眼后又回头玩自己的去了。

可周逸看着这本书发起了呆。

这还是第一次有人送她书,并且是匿名。她实在猜不出来对方是谁,翻着书慢慢往下看。

到了中午,大家叫她一起去逛街,书被她放在了枕头底下。

几个室友都在对着镜子往脸上涂涂抹抹。周逸穿好衣服洗了脸,涂了大宝以后,就坐在椅子上等她们。她百无聊赖地翻看着手机里的通讯录,在看到何东生的名字时,目光停留片刻,随后淡淡地移开眼,收了手机。

陈迦南忽然凑到她跟前。

"姑娘,"陈迦南说,"你该化个妆了。"

看见她们磨蹭那么久,周逸立刻抗拒地摇头。

"没那么麻烦,画个眉,再抹上口红就好了。"陈迦南笑了一下,又说,"这叫眉清目秀。"

周逸瞧了一眼赵莹她们涂得亮白的脸,又收回了目光。有时候她很固执,不愿意改变,陈迦南也拿她没办法。

"周逸,"陈迦南一边涂粉底一边问她,"你和那个男生怎么样了?"

听她这一问,另外几个姑娘都停下手里的动作,看了过来。

"就还是普通朋友。"周逸赶紧打消她们的好奇,"真的。"

后来,陈迦南形容她是看着满不在乎的清高样子,事实上比谁都在乎。

大学的第一个学期就这样慢慢过去了,什么特别的事情没有发生。

学校一月底放寒假,周逸第一个走。她推着行李箱离开的那天,青城下起了大雪。周逸坐在火车上看着窗外,身边坐着一个妇人,一直在小声哄着怀里的小婴儿睡觉。陈洁打电话问她到哪儿了,说要给她做糖醋鲤鱼。

下火车后,周逸又坐上巴士,半个小时后到了家。

刚推开门就闻到从厨房飘出来的香味,她放下行李箱就过去帮忙。她跟陈洁聊了聊在大学里的生活,陈洁问她学年计划完成得怎么样了。

"你建成叔知道吧。"陈洁说,"听说他女儿都开始准备考大学英语六级了。"

听到这句话,周逸下意识地皱眉。

陈洁接着问:"你四级怎么还没考?"

周逸说:"我们大一学生还不让考。"

"还有这样的。"陈洁嘟囔了两句,又问,"第二学位报了吗?"

"嗯。"周逸说,"报了中文专业。"

"以前倒没发现你喜欢文学。"陈洁说,"那专业累人,你知道吧。"

周逸没说话,默默地洗着菜。

没过一会儿,周北岷下班回家了。

周逸将菜一盘一盘摆好,等着周北岷先坐在饭桌前,才跟着坐下来。

"什么时候到家的?"周北岷问。

"刚到一会儿。"周逸低着头说。

"我记得你们寝室里只有你是我们青城的。"周北岷夹了口菜吃,"一个人坐的车?"

周逸"嗯"了一声,之后再没人说话。

周北岷吃饭很快,吃完便去客厅看电视了。周逸跟在陈洁后头收拾碗筷,进了厨房,陈洁一边洗碗一边看她。

"没事多和你爸说说话,"陈洁说,"别老躲在自己房间里。"

周逸透过窗户看了一眼外面,天已经黑了。

"我不知道说什么。"她有些心累,"爸一回家就看体育频道。"

陈洁睨她一眼:"把水果端出去。"

周逸接过果盘,做了一个深呼吸,然后走去了客厅。

周北岷正在全神贯注地看球赛,足球解说员抑扬顿挫的解说让屋子里热闹起来。

"爸,"周逸将果盘放到茶几上,"吃橘子。"

周北岷应声拿过一个橘子剥起来。

周逸在一旁如坐针毡,看着电视屏幕里那些奔跑的外国人,忽然想起何东生发的有关足球的说说,便问周北岷:"爸,一场足球赛多久啊?"

"正常来说,上下半场各四十五分钟,中场休息十五分钟。"周北岷回头看她一眼,"有时候需要补时或者进行加时赛。"

周北岷又说了一堆裁判规则。

周逸听得似懂非懂,一直点头。电视里忽然喊叫起来,解说员的语速快到她几乎听不清,她问:"怎么了?"

"巴西队球员越位了。"周北岷遗憾地拍了一下膝盖,"就差一点。"

周逸重重地吐出一口气,站起身从周北岷身后经过,回了自己房间。

她从里面将门关上，找出一本李碧华的小说来看。

晚上，吕游打电话跟她诉苦。

"硬座坐得人太难受了。"吕游的声音听起来可怜兮兮的，"我觉得我的腰都快断了。"

周逸心疼她："你干吗不买卧铺？"

"这不是想体验一下生活吗？"吕游说，"我现在后悔了。"

周逸笑："你活该。"

"我明天早上六点半到青城。"吕游说，"你来接我。"

周逸惊呼："这么早？"

吕游说："十二个小时啊！姐姐我都快累死、冻死了，你记得买好早餐等着我。"

吕游一口气说了一大堆，周逸却在头疼怎么跟陈洁说这件事。等到周北岷一场球赛看完了，她才从房间里走出来。

"妈，"周逸站在客厅，探头看了一眼坐在沙发上的陈洁，"我明早要出一趟门。"

陈洁眉头一皱："干吗去？"

"吕游明天从北京回来，"周逸说，"想让我去接她。"

"几点？"

"我可能五点多就得出门。"

"那会儿天还黑着呢。"陈洁说，"你一个人去，我能放心吗？"

"外头灯亮着呢，车又多，能有什么事儿。"

后来陈洁去了楼上的钟老太家一趟，请人家孙子陪她明早一起出门。

第二天，周逸五点半醒来，收拾好出门的时候，钟云已经等在她家门口了。

周逸不禁吃了一惊，虽说住在同一栋楼，他们却也不是常常见面。大人们的关系好并不代表儿孙辈就有共同话题，更何况钟云比她要大两岁。

"走吧。"钟云说。

到了小区门口，钟云叫了一辆出租车，路上大都是他在找话说，无非问几句她的大学生活，有必要的时候就给她提出几个建议。

清早的街道一点儿都不堵,才用了十分钟,他们就到了车站。

周逸跑去街边的小摊买了一屉小笼包和一杯热豆浆,是钟云掏的钱。然后两个人就站在出站口等吕游,风钻进周逸的羽绒服领口,冻得她直打喷嚏。

"这边是风口。"钟云对她说,"我们站那边去吧。"

周逸:"一会儿我们找不到她可怎么办?"

"不会。"钟云说,"昨晚我查过了,六点半到的就那一趟火车,没多少人出站。"

"好吧。"周逸说。

火车是二十分钟后到站的,渐渐有人从站里走出来。

周逸又跑到出站口去等,钟云跟在她身后。隔着那么远的距离,她就已经看见了打扮得特别张扬的吕游,大冬天穿着性感的黑色丝袜,在人群里很惹眼。

吕游拉着行李箱朝着她跑过来。

"想我吧。"吕游狠狠地抱住她亲了一口,又指了指自己的脸蛋,"来一个。"

周逸嫌弃地"哼"了一声,捂住自己的嘴。

"德行。"吕游给她一个白眼,这才看见她身后的男生,对周逸使了个眼色,"这是谁呀?"

周逸简单地介绍了一下,吕游的眼睛忽然往某个方向一瞟,然后动作极其夸张地将自己的行李箱推给钟云:"谢谢学长。"她的嘴巴还真甜。

周逸想笑,然而下一秒就看到吕游挥着手高呼"何东生"。她笑不出来了,垂眸顿了一秒,然后回过头,就见何东生走了过来。

"不是说不来吗?"吕游高调地说,"什么时候这么口是心非了?"

何东生看了过来,周逸却觉得他是在看自己。他每次找她"有事帮忙"过后,好像都会莫名其妙地疏远一阵子,他的 QQ 也很少再更新,不去刻意打听的话,会让人觉得他像是忽然消失了一样。

"我要是敢不来,你不得杀我家去。"何东生似笑非笑,"老太太可受不了这个。"

吕游愤恨地说道:"走开。"

周逸没有再看他,将吕游背上的书包接过来抱在怀里,将包子和豆浆递过去,然后静静地站在钟云身边。钟云却接过她手里的书包,拿在了自己手里。

吕游偷偷瞄了一眼何东生,那张脸已经侧向一旁了。

"走不走?"何东生睨了吕游一眼,"胖成这样了还吃。"

吕游瞪了他一眼。

他们四个人穿过车站前的广场,停在马路边。钟云突然接到一个电话,接着看了一眼周逸,应了几声之后便挂断了电话。

"陈阿姨的电话。"钟云说,"让我们早点回去。"

钟云说这话的时候,何东生偏头看了一眼周逸,又很快别开眼。他双手插在裤兜里,微低着头,风呼呼地从耳边吹过,听见她轻轻柔柔的声音。

出租车在他们四人面前停下来。

钟云将行李还给吕游,随后和周逸上了车,车就开走了。

何东生盯着那辆车,直到它汇入车海再也看不见,想起刚才她清冷淡漠的眸子,不由得有些不自在。

"都走远了还看?"吕游冷冷道。

何东生冷眼看她,半晌没说话。

"好吧,昨晚让你来接是我的错。"吕游说,"我不是没给你机会,但你也看见了,连我一个女生约周逸出个门逛街都很困难。"

何东生问:"他是谁?"

"谁?"吕游慢了半拍道,"钟云,她家邻居。"

吕游还记得和周逸刚熟悉的时候去她家玩,她妈妈指着墙上的全家福,一个一个地介绍,然后说:"周逸性子软,就得我管得紧一些,将来她可是要给我们争光的。"但何东生恐怕做不到,她妈妈不会看上他。

凛冽的风吹过来,吕游抬头看他。

"你是认真的吗?"吕游问,"对周逸。"

这个冬天的清晨,他们站在马路边上,一辆辆车从他们身边驶过。

何东生抬头看着城市的街道,最后目光落在她坐车离开的方向,轻轻地笑了一下,然后说:"我想试试。"

吕游像是听到什么笑话一样,却又笑不出来。她不是没见过何东生追女孩,但从来没有哪一次这么认真。

"想好了?"吕游问。

何东生:"我像是在开玩笑?"

吕游还想说什么,可最后还是一句话都没说。光是想想这件事就觉得挺有意思的,并且她也实在想看看周逸被他从牢笼里捞出来究竟是什么样子。

"需要帮忙吗?"吕游问。

何东生:"你说呢?"

吕游笑了。

何东生微俯身从她手里接过拉杆箱,然后伸手拦车。

"说吧。"何东生偏头,"想吃什么?"

"那就……"吕游认真地道,"先来一杯两千年的红酒吧。"

何东生:"没钱。"

"没钱?"吕游哼笑,"那你还怎么追周逸?"

出租车停下来了,何东生打开后备厢将吕游的东西都给放了进去,在钻进车里的时候看了她一眼。

"她要的不是这个。"他说。

那个时候他们聊得倒是挺痛快,周逸心里却难受极了。

她一到家就径直回了自己的房间,往床上一躺,扯了被子盖在头上。听见房门被推开的声音,她知道是陈洁进来了。

"怎么还睡下了?"陈洁掀开被子,"快换衣服。"

周逸闷闷地道:"去哪儿?"

"你爸的一个朋友从国外回来了。"陈洁说,"咱们过去走动一下,以后也好为你铺路。"

周逸烦躁地呼出了一口气。

"不想去。"周逸说,"我才上大一,急什么呀。"

"再过两年就晚了。"陈洁有些恨铁不成钢,"谁让咱家没个当领导的,这好不容易遇着一个,不得多来往一下?"

周逸从床上坐起来。

"我又不是毕业了找不到工作。"她的语气加重了。

"能找到多好的?"陈洁说,"人家可是领导,你知道吗?"

周逸痛苦地闭了闭眼。

"我一点自由都没有吗?"她说,"吕游想找我玩,我还没跟她说几句话,就被你叫回来做这些没意义的事儿。"

外头忽然传来周北岷的声音,口气很重。

"不想去就别去了。"周北岷说,"我们走。"

周逸的鼻子一下子就酸了。

"你是嫌我管你管多了是吧,上了大学翅膀硬了是吧。"陈洁说,"你大姑家的陈地就是没人管才会离家出走,这要是落在我手上,非得打乖了不可。"

周逸强忍着要掉下来的眼泪。

"我就是太听你们的话了。"周逸说,"要不是怕你们伤心,我早离家出走了。"

周北岷站在房门口猛地喊陈洁:"走、走、走!"

陈洁气得站起来,走到门口又停下脚步。

"你自己好好想想。"然后她就走了。

这不是她第一次和陈洁吵架,却是第一次发生正面冲突。以前读高中,她没有别的心思,就想着学习,陈洁对她严格一点也就那样过去了。周北岷一直出差,很少能静下心来和她说几句话。她其实很怕周北岷难过、失望,拼了命地学习,考试却还是考砸了。

周逸觉得自己失败极了,她抱着枕头看向窗外的蓝天,太阳已经慢慢升起来了,房顶上还留着一些没有融干净的雪,四周一片寂静。

许久之后,手机响了起来。

"周逸,"吕游的声音很大,"现在能出来吗?"

听到吕游说话，周逸的鼻子又一酸，心底一暖。

"嗯。"她说，"能。"

她很快洗了脸跑下楼，一张脸被冷风吹得又疼又干。等跑到小区后门的时候，她远远地就看见宋霄和吕游正面对面说着话，何东生则站在路口，路边停着两辆摩托车。

这人真的什么都会，高考结束后就和宋霄一起考取了摩托车驾照。

周逸放慢脚步，调整了呼吸后走过去。

吕游一看见她便喊："坐谁的车？"

刚刚看见何东生在的那一刻，周逸有些吃惊。

"当然坐我的了。"宋霄扫了何东生一眼，"是吧，周逸？"

何东生看了过来，周逸将目光一偏，点了点头。宋霄顿时乐了，将摩托车推到她跟前。

"咱们先走吧。"

周逸看了吕游一眼："去哪儿？"

"路上再跟你说。"宋霄催她赶紧上车。

于是三秒后，宋霄骑着摩托车将周逸先带走了。何东生随后也跨上了摩托车。

吕游笑着坐上去："什么感觉？"

何东生没有说话，转动手把，摩托车轰鸣着冲了出去。他骑得很快，没过多久就超过了宋霄，像是故意的，经过他们的时候目光都没偏一下。他的衣领竖着，黑色羽绒服被风吹得贴在了胸膛上。只是那一瞬间的事情，周逸不明白为什么自己会记得那么清楚，看着他的背影甚至还有那么一点感动。

车子往前骑了一会儿就停下来，宋霄接了个电话。应该是有什么事儿，他让周逸在原地等一会儿，他去去就来。

周逸乖乖地等在路边，吹着风，脑袋清醒了很多。

耳边的摩托车声越来越近，周逸抬头看去。

何东生将车慢慢停在她旁边，然后偏头看她。她穿着白色的长款羽绒服，看起来那么瘦弱单薄，一张脸干干净净。

"怎么留你一个人?"他明知故问,"宋霄呢?"

周逸有些别扭地说:"他有事,让我在这儿等他。"

"他是什么样的人,你没见识过吗?"何东生挑眉,"高中把你卷子弄丢的事情忘了?"

他不提还好,一提周逸就静静地看他。

"不是你藏的吗?"她问。

"有吗?"何东生皱了皱眉头。

周逸看着他说话的样子,满嘴跑火车,吊儿郎当,看了几秒就别开眼不再说话了。

何东生歪着头瞧她,有些想笑。

"哎。"他叫她,"生气了?"

周逸看了他一眼,仍然沉默。

何东生真受不了女孩这样,从摩托车上下来,和她站在一起。他侧头看她,那张脸跟雪似的白,眼睛里有太多倔强。

"之前说好要请你吃顿饭的。"何东生说,"记得吗?"

说起这个,周逸扭头看他:"忘了。"

"真忘了?"何东生问,"还是不想吃?"

周逸:"不想吃。"

何东生看着她,目光微动。

大冬天的,马路上人少,四周一片安静,周逸的手机在这时响了起来。她掏出来看了一眼,然后接起。这么近的距离,何东生当然能听见她在说什么,对方是个男的,声音还挺耳熟。

等她挂断以后,何东生就问:"你家邻居?"

周逸一怔:"你怎么知道?"

何东生看她:"让你回去?"

事实上是陈洁给钟云打电话让他下楼去看看周逸,钟云帮她打了掩护。周逸看了一眼时间,又抬头看何东生。

"我不等了。"她说完就往路边走,打算去拦车。

何东生在后头问:"饭也不吃了?"

恰好这会儿宋霄回来了，车上还坐着吕游。

吕游奇怪地看着他们俩，从摩托车上下来，凑到何东生身边低声问："你干吗了？"

没等何东生说话，她便上前去拉住周逸，问："才多大一会儿，就走？"

"反正也没意思。"周逸低头说，"你们玩吧。"

"歌厅都没去就走？"宋霄说，"让东子再唱一回《爱如潮水》给你听。"

何东生看向宋霄："走开。"

周逸拗不过吕游，到底没走成。她是真的不知道该怎么和他交流，如果很久没有听见他近乎玩笑的话，她会感觉生疏、难受，讨厌他忽冷忽热的态度。但她似乎又没有资格质问他，因为他们本来就连朋友都不是。

四个人决定先去游乐场玩，他们两个男生去买票，吕游和周逸在原地等。冬天来游乐场的人虽然不多，但还是得排一会儿才能买到票。

吕游趁机问周逸："你们刚才说什么了？"

"你说何东生吗？"周逸说，"你想什么呢。"

"一点意思都没有？"

周逸："没。"

吕游眯着眼看了她好久。

"别看我。"周逸说，"我大学不谈恋爱的。"

宋霄买到票后朝她们招手，两个女孩不再说话，走了过去。

"玩哪个？"吕游问她。

周逸有选择恐惧症，想了很久。吕游着急想玩，拉着宋霄先跑开了，剩下何东生和她站在原地。

周逸将票递给他："你选吧。"

何东生一个项目一个项目地给她念："过山车敢吗？"

周逸摇头。

"海盗船？"

周逸摇头。

"激流勇进?"

周逸摇头。

"跳楼机?"

周逸摇头。

"摩天轮?"

周逸停顿了一下,然后点了点头。何东生拿着票带她去找摩天轮,刚走到摩天轮底下,周逸的手机就响了,来自陈洁。

"玩上瘾了是吗?"陈洁大吼,"再不回来就别回来了!"吼完她就挂断了。

周逸站在那儿不走了,感觉心累极了。她看着何东生走去旁边排队,轻声叫了他一下。他回头看过来,周逸把眼泪给憋了回去。

何东生朝着她走过去:"怎么了?"

"我得回家了。"她说。

一句话像是给他兜头浇了一桶凉水似的,让何东生顿时没了兴趣。他认真地看了周逸一眼,将手里的票塞回裤兜里。

"走吧。"他说,"我送你回去。"

一路上两个人都很沉默,他们好像就只是朋友的朋友,关系无比疏离。走出游乐场后,周逸没让他骑摩托车送,自己伸手拦了辆出租车坐上去,连再见都没有说,车很快开走了。

何东生用舌头顶了顶腮,转身头也没回地走了。

第四章
生逢灿烂的日子啊

那一年的春节过得没有往年热闹,周逸在家过了正月十五便去了学校。她不想去图书馆,就窝在寝室里上第二学位的视频课,四月将有四门考试。

寝室里的其他人还没有回来,周逸觉得有些无聊。

她看了一会儿视频后关掉,又找电影看,看着看着就躺在床上睡着了,手机响了一遍又一遍,没有人接。寝室门被踢开,陈迦南背着包进来了。

"周逸,"陈迦南走过去摇她的床,"电话。"

周逸这才醒过来,拿过手机放在耳边。

"怎么才接?"吕游抱怨,"吓得我以为你又怎么了。"

一个"又"字让周逸想起上学期何东生打来的那几个自己未接到的电话,她揉了揉眼睛从床上坐起来。

"你打电话干吗?"她问。

"我刚到学校。"吕游说,"闲着没事儿呗。"

吕游是有些愧疚的,年前帮何东生追周逸,约她出来玩,害得她被陈洁狠狠地骂了一顿。

后来没过几天周逸就和父母回了老家过年,她们两个人一直没再见上面。

"我刚才睡着了。"她说。

"还有几天才开学。"吕游说,"你要不要来北京?"

"算了。"周逸说,"我挺累的。"

"好吧。"吕游叹了一口气,"三月底有部新电影全国上映,你记得去看。"

"什么电影?"

"《单身男女》。"

周逸"嗯"了一声:"有时间我就去看。"

事实上哪有时间,刚开学她就忙得晕头转向,实验课一节接着一节,不停地写报告,还要背中文专业四本专业书中的知识点,晚上还要熬夜写小说。

刚过两周,她就累得趴下了。

陈迦南问她:"你干吗给自己这么大的压力?"

周逸不说话,埋头啃书。

晚上她随便吃了点东西就跑去图书馆,看书看到十一点,不小心趴在桌子上睡着了,梦里全是周北岷那句"抓紧复习,最好一次过"。她被惊醒,出了一身的汗,然后一个人走回宿舍,这时连路灯都关了。

周逸在宿舍楼外看见了陈迦南,她正站在灌木丛边发呆,不知道在想什么。周逸愣了一下,她不知道是不是应该假装没看见。

陈迦南偏头也看见了她,招手叫她过去。

周逸走近了,问道:"怎么一个人在这儿?"

陈迦南:"可能无聊。"

周逸缓缓地叹了一口气。

"你有心事?"陈迦南问。

"是你有吧。"周逸笑,"不然怎么一个人在这儿?"

陈迦南盯着地面看了半晌:"算是吧。"说完她又看周逸,"你也别装啊。"

周逸笑了,递给陈迦南一本书,然后将另一本书往地上一扔,再坐在上头,抬头道:"这儿都看不到星星。"

夜里实在太安静了,她都可以听见四周草丛里蛐蛐的叫声。

"你每天都在电脑上敲什么呢?"陈迦南问。

周逸:"写小说。"

"悬疑、穿越、仙侠、惊悚……哪一种?"

"哪一种都不是。"周逸说,"给杂志投稿的那种青春短篇小说。"

陈迦南"哦"了一声:"哪本?"

周逸没有回答,苦笑了一声。

"两年了。"她低下头,"投出去的稿子都如石沉大海。"

陈迦南沉默了一会儿,没有说话,抬起头看了一眼天空,过了很久,嘴角撩起淡淡的笑意,感慨地问道:"没想过放弃?"

周逸笑:"想过啊。"她用近乎轻松的语气说,"每天都很痛苦,每天都在想。"

"那干吗还写?"

周逸抬头看天,不见半点星光。

"放弃会更痛苦,写作让我觉得自己活得还算有点意义。"她看着夜空,轻声说,"虽然不是谁都理解。"

陈迦南偏头看她:"要是有瓶酒就好了。"

"我第一次喝酒是我一个好朋友教的。"周逸说,"味道还不错。"

陈迦南大笑:"看来你也是一个叛逆少女哦。"

"你觉得我虚伪吗?"周逸说,"我每天都装得很乖。"

"现在谁不虚伪啊。"陈迦南说。

三月的晚风吹起地上的叶子和尘土,她们在外边又坐了一会儿才回去。寝室里还亮着灯,赵莹在和她男友打电话,时笑时骂,说话声吵得大家都睡不着。

周逸戴着耳机在听歌。她今年将MP3拿到学校来了,里面总共也就十几首歌,明明已经用了很久,却还像刚买的一样新。

她就那样睡着了,第二天醒来时歌还在放。

此后的时间周逸还和之前一样忙碌。三月三十日那天,吕游打电话过来让她别忘了去看电影。第二天她就把这事忘到了后脑勺,去图书馆复习功课了。

下午,周逸被陈迦南的一个电话给喊醒了。

她收拾好书包跑下楼,陈迦南背着一个红色的小包等在树下,看见她,笑着歪了歪头,长发被风吹起。

"我们买六点半的票吧。"陈迦南说,"现在过去,路上怎么着也得二十多分钟。"

周逸问:"你怎么想起看电影了?"

"你不觉得……"陈迦南说得很慢,"'单身男女'这四个字很应景吗?"

"就为了这四个字?"

"就为了这四个字。"

她们在校门口坐公交车到了电影院,一个人抱了一桶爆米花,还各拿了一杯可乐。她们走进放映厅的时候发现竟然爆满,大都是年轻的都市男女。

放映厅里,看到高圆圆剪成短发的样子,周逸被触动了一下。

她将爆米花桶紧紧抱在怀里,像是这样做才有安全感。看到后面,她像影片中男主角一样很努力地猜那首歌的名字,不知怎么,眼眶就湿了。

从电影院走出来时,她问陈迦南:"那首歌叫什么?"

"忘了是怎么开始,也许就是对你。"陈迦南哼了出来,"陶喆的《爱很简单》。"

周逸想着那首歌的调子,看着这座城市的霓虹夜景,心里忽然有些感动。

"带你来没错吧。"陈迦南说。

周逸笑了,抬头去看陈迦南,却发现女生的目光忽然落在了某个地方。一个穿着黑衬衫的男人开着一辆黑色的保时捷,一只胳膊搭在车窗上,等绿灯的间隙偏头在跟旁边的女人说话。

"看什么呢?"周逸问。

"没什么。"陈迦南平静地收回目光,"走吧。"

她们按原路返回学校,走在那条路灯昏暗的林荫路上,又唱又跳。

周逸难得开心起来,经过玫瑰花丛的时候捡了一根花枝,边走边用它画着圆。

"陈迦南,"周逸说,"你要是程子欣的话,你会选择谁?"

空气中有片刻的沉默。

"张申然。"陈迦南说。

"为什么?"周逸问,"你不觉得他花心吗?"

陈迦南捋了捋耳边的碎发,眼神有些迷离地看着前方。

"那没办法。"陈迦南轻声说,"谁让我先爱上的人是他。"

周逸沉默了,陈迦南也沉默了。她们沉默地往回走,穿过林荫道,再穿过马路。周逸摇着手里的花枝,那花被光照着,看起来鲜艳极了。

或许是夜太深,宿舍楼前早已没了难舍难分的小情侣。

陈迦南走在她前面,周逸在后面慢悠悠地走着,跟蜗牛似的。等到前面都看不见人影了,她才加快脚步。

四月,这座城姗姗来迟地下了一周的雨。

周逸在第二学位专业考试结束的那天下午接到了一个陌生的电话,对方自称是何东生的朋友,在A大读经管系。

有多久没听过这个名字了?周逸恍惚了一下。

"请问你有什么事吗?"她客气地问。

"东子说你文笔好得没话说。"对方直截了当,"想请你帮忙写篇软文。"

周逸不擅长拒绝人,尤其是这个人还和他扯上了关系。是他亲自交代的吗?或者说只是一瞬间想到了她而已。

恰好她考完无事,便和对方约了时间。

学校餐厅的二楼在傍晚时分并没有多少人,周逸坐在窗边一边喝着茉莉花茶一边等着。那人拎着电脑跑过来,嘴里一直道歉说"不好意思,久等了"。

两人一对视,都感觉对方有些熟悉,同时惊呼。

"嘿,是你啊。"对方先大笑,"真是巧了。"

距离大一开学都过去大半年了,学校门口每年接新生的学姐学长礼貌地带新生办好入学手续，客客气气地留个号码说"有事联系"，可哪好意思真正麻烦人家。

何东生倒是曾经说过他一个朋友也在她的学校读书，没想到就是开学接她的那个学长。

只是她一向不喜欢麻烦别人，他给的那个电话号码，她连存都没存，只当是客气。

"我叫孟杨。"男生说，"东子的发小。"

周逸笑着点了一下头。

"周逸。"她回应。

寒暄结束，孟杨说了这篇软文的内容和一些要求。

周逸听了十几分钟，最后就只问了一句："什么时候要？"

孟杨喜欢直接，乐了："看你的时间。"

"今晚十点前。"周逸说，"行吗？"

孟杨高兴都来不及，一个劲儿地点头，待周逸走后立刻给何东生打了个电话。

那边的声音有些沙哑，偶尔咳嗽几声。

"我说你女朋友可真够意思啊。"

何东生有些嘲弄地笑出声："还不是。"

"开玩笑吧，还有你追不上的？"孟杨故作惊讶，"不过，我和你说……"接下来便讲了他是如何认识周逸的。

听到最后，何东生淡淡地笑了一下。

他曾经认真回忆过有关她的事情。认识她是在一场婚宴上。她并不出众，有时候甚至让人觉得乖得有点假。他喜欢玩，最不待见小家子气、扭扭捏捏的女生。

事实上她长得挺不错，是那种耐看型的女生。

"真有意思就麻溜儿地开始追。"见他不回话，孟杨说得自己都急了，"她和我见这一面可是一句都没提过你。"

何东生把玩着手里的打火机，把电话给挂了。

真正觉得她有点特别，大概还是那次在大排档，她当着那么多人的面骂他的时候。何东生想这姑娘还挺有意思的,路上再见便忍不住想逗她,但她又缩回壳里,装温柔扮乖。

四月中旬孟杨过生日,请了周逸吃饭。

周逸本来是不想去的,但孟杨以过生日为由非要她来,于是她拎着一本书就去了。

包间里的人她都不认识,送了礼物便打算走。

"饭都还没吃呢,你急什么?"孟杨将她的路一拦,"我都没好好谢谢你。"

"真不用。"周逸两只手背在后面交缠,尽量让自己在这种都是陌生人的场合里显得不那么焦躁,"你的朋友我都不认识,不太习惯。"

"谁说你都不认识。"孟杨说完,下巴朝她背后一抬,"你不认识他吗?"

周逸转头看过去,心颤了一下。

他头发好像又剪短了,显得整个人更加干净利落。他还是喜欢敞开衬衫,看人的时候表情似笑非笑,让人拿不准他在想什么。

那时他已抬头,推门的动作停了下来。

包间里瞬间安静下来,然后又热闹起来,何东生关上门走了进来。他先看了她一眼,然后将手里的一个包裹扔给孟杨。

"又是这个。"孟杨嫌弃地瞄了一眼,"俗不俗?"

"嫌俗?"何东生挑眉,"那算了。"

说着他做了个伸手的动作,孟杨紧紧抱着怀里的东西往后退一步,冷笑着说:"送人的东西还能反悔,做梦吧你。"

周逸有些好奇何东生到底送了什么。

孟杨收了礼自然要替人办好差事,忙推着周逸落了座。她还没来得及说话,何东生就已经在她身边坐了下来。

他应该是坐火车过来的,身上的味道却很干净。

这一刻,何东生想到的却比周逸要多,他心想:这姑娘可真是固执又冷漠,一个和善的眼神都不曾给他。他还是笑了,抬手将她桌上的碗筷塑料包装一点一点拆开,偏头问:"想喝什么?"

周逸的目光落在他的手指上,余光里是他衬衫的衣摆、黑色裤子和运动鞋。他的气息很近,却又均匀,语气里带着久违的熟稔。

"橙汁行吗?"他声音低了些,"喝碳酸饮料对女生不好。"

周逸慢慢歪头看他:"哪里不好?"

她的声音轻轻的,带着干脆,里头藏着一个执拗的灵魂。何东生假意皱了下眉头,将她从上到下看了一番。

"听说会增肥。"他忍着笑意道。

周逸看他:"增就增,我又不怕。"

"看你这小身板,还有待长。"何东生说,"不过唐代以胖为美也不错。"

周逸很少从他嘴里听到这样的玩笑话,她其实是想笑的,却还是忍住,看似漠然地移开了眼。

何东生见她没动静,眉毛微挑了一下:"咱们俩怎么说也算熟。"他一直偏着头看她,"不至于这么冷漠吧?"

周逸闻声回他:"我很冷漠吗?"

"不是很,"他压重音,"是非常。"

桌上的男女这会儿都兴致极高,干着杯说孟杨的趣事。何东生见她有些不自在,微俯下身凑近她的脸颊。

"想走吗?"他低声问。

周逸偷偷看了一眼孟杨:"行吗?"

何东生笑了一声,说"怎么不行"。周逸被他那一声发自胸腔里的笑弄得什么心思都没了,还没反应过来,他已经站起来和孟杨提出要走。

孟杨哪能这么容易放他走,硬是灌了他一整瓶酒。

周逸在旁边看着何东生大口大口地往下灌,心忽然震颤起来。她想说"别喝了",但她没立场说,也说不出来,而何东生的余光里全是她担忧、焦急的脸。喝完整瓶酒,他用手抹了抹嘴,什么话也没说,拉着周逸的手就往外走。

她被他的动作给弄蒙了。

他的手掌很干燥,也很温暖,掌心有些粗糙,可以感受到指关节上磨出的茧。周逸的心跳得有些快,在走出包间十几步后,将手从他的掌心里挣脱了出来。

何东生摸了一下鼻子,动了动手腕。

"外边空气好多了。"他的目光里有些探究,甚至夹杂着一丝紧张,"你有什么想吃的吗?"

两个人好像都在假装忘掉刚才的剧情转折。

"我不太饿。"周逸说,"你……很饿吗?"

"你说呢?"何东生指了指自己的肚子,"从早上到现在一口水都没有喝。"不知道是不是风吹的缘故,他说完,还狠狠地咳嗽了几下。

周逸不忍就这么丢下他走,朝附近看了几眼。

"我对这边不熟,"她乖乖地说,"不知道哪家好吃。"

何东生握拳抵在嘴边又咳了几下,好笑地看着她。

"你平时都不出来玩的吗?"他说,"自己学校门口,你说不熟?"

周逸蹙眉瞪他:"不信算了。"

何东生不敢说不信,把笑也给收了回去。他看着她一脸懵懂的样子,勾了勾嘴角,将目光偏向步行街。他找了一家还算干净的店,招呼老板上了一大一小两碗面。

周逸吃得很慢,最后还是没有吃完。

店里坐的都是学生,说着玩笑话,很热闹。周逸觉得这个画面真的很奇妙,她竟然还能和他坐在一起吃饭。

何东生自然不知道她在想什么,有关学业、生活的话题一个接一个地问,倒不至于冷场。一顿饭吃完已是八九点,周逸问他晚上去哪儿睡。

"这你不用操心。"他说,"我就找家宾馆。"

周逸和他在步行街口分别,和他说再见后便转身离开。回去的路上,陈洁打电话问她在做什么,她第一次撒了谎。

原以为那晚就会是结束,可周逸失算了。

第二天清晨天还未大亮,她便接到了他的电话,这人有些无赖地要她带自己在A城逛逛。周逸问他难道孟杨不会带他去,他笑笑说昨晚扫了人家的兴，今儿不待见他了。

她很快就将自己收拾好，挑了一件简单的白T恤穿上。

临出门陈迦南叫住她，扔给她一支眉笔和一管口红。周逸拿着这两样东西不知道怎么用，陈迦南无奈地下床亲自给她上妆。

"你就穿这身？"陈迦南诧异道。

周逸闭着眼感受眉笔在脸上描画，轻轻"嗯"了一声。

"好了吗？"她问。

"急什么。"陈迦南说，"享受被追的第一步就是要让他等，知道吗？"

"不是……"周逸讷讷地解释，"他……"

她发现自己越解释越说不清，干脆闭上嘴，等捯饬完一照镜子，她还有些不习惯。陈迦南打开她的柜子，拨了拨里头的几件衣裳，喊她："你这裙子不错啊，为什么不穿？"

周逸仿佛受到惊吓，抓起包就逃。

何东生在她的宿舍楼下站着玩手机，听到动静抬头看过去，目光亮了一下。她真的很瘦，细窄的牛仔裤装着她细长的腿，裤脚收在高帮鞋里，白T恤包裹着腰身。何东生看着那张白净的脸，笑了一下。她这一打扮起来，干净秀气里多了一些温柔妩媚。

他心情很好——这姑娘为了见他知道打扮了。

周逸慢慢走到他跟前，问："你怎么来这么早？"

"一个人太无聊。"何东生将手机塞回口袋里，"找你出去玩。"

周逸不太好意思地挤出一个笑："我对A城不熟。"

何东生看着她："不指望你熟。"说着他就笑了，"跟着我走就行了。"

他们在校门口坐公交车，坐了十多站。

天色还早，那辆车上没几个乘客，他们俩并肩坐在最后一排。

周逸问他："我们去哪儿？"

"听说这边有座太阳山不错。"他给她指了一下窗外的某个方向，"看到那个地方没？"

周逸远远看去，有棱有角，是很漂亮。

"本来想带你去游乐场玩的。"何东生有些遗憾地说道，"我搜了一下，距离最近的那家也有两个多小时路程，所以还是爬山好了。"

周逸低头看了一眼自己的鞋子。

"山不高。"他会意，笑着说，"要真累，我背你。"

周逸耳根一热："我才没那么娇气。"

何东生笑笑，不再说话。

窗外的风溜了进来，吹起她的头发，有那么几缕扫过他的脖子，痒痒的，软软的。

他们到山下才九点半，何东生买了几瓶水带在身上。山确实不高，一路都挺好走，风景也很好。山上的空气总是那么新鲜，周逸感觉自己积压已久的坏心情瞬间都消散了。

"你没事多出来转转。"何东生看着她的侧脸，"老待在学校有什么劲。"

周逸做了个深呼吸："我一个人不爱出门。"

"路痴？"他笑。

"很路痴。"说完她好像想起什么，问他，"你什么时候回学校？"

何东生被她一问，觉得有些好笑。

"我这还没转呢，你就想着我走？"细听之下，他的语气还有点委屈。

"不是。"周逸忙解释，"我就问问。"

何东生看着她的眼睛，想说些什么，这个时候好像说什么都很应景。

他听见周逸的手机响了，她回答那边的人说是和同学在外边玩，随后又说是和室友一起。他不禁看了她一眼。

等她挂断电话，他说："我三点的火车。"

周逸愣了一下才明白他是什么意思，淡淡地"哦"了一声，好像突然没了再转下去的兴致。两个人沿路往回走，此时已经十一点半了。

他先找了家农家乐吃了饭，两个人便一起下了山。

时间应该还来得及，何东生先送她回了学校，一路上他们都保持沉默。周逸想起昨晚他拉着她手的样子，今天却又回到普通朋友的关系，好像什么都没有发生过，不禁有些失落。

他本想送她到宿舍门口，却在校门口被她拦住。

"你快走吧。"她说,"别误了火车。"

她的表情有点冷,不像早晨那么热络。何东生想看清她到底在想什么,最终还是敛了目光,别过脸去。

"行吧。"他说,"那我走了。"

她"嗯"了一声算是道别,然后转身朝校门走去。

何东生看着那个决绝的背影,莫名地烦躁起来。盯着那个身影渐渐消失,他转身朝车站走去。

周逸拐进大门后回过一次头,身后什么都没有,心里不知道是该庆幸还是失望。她沿着昨晚他送她回来的路往宿舍走,走到玫瑰花丛的时候手机响了,看到那个号码,她紧张地按了接听键,轻轻地将手机放在耳边。

"周逸。"他叫了一声她的名字。

她没有出声。

他声音低沉:"你对我是有感觉的,对吧?"

那天的太阳很大,路边的树投下一地阴影。她被他问得愣在原地,不知道隔了多久,听见身后有咳嗽的声音,僵直着背回头去看。

何东生手插兜,静静地凝视着她。

他从树下朝她走了过来。他的眼睛很黑,目光沉沉,好像能把人吸进去。周逸咬了咬下唇,难以置信地看着折返的他,再傻都能明白他想说什么。

"周逸。"他忽然叫她。

她慢慢地将目光定在他的脸上。

"我不太会向女生表白,我喜欢她就想带她玩、送她东西,咱玩也玩了,书你也收了。"何东生笑着说,看着周逸的眼睛,又低声重复了一遍,"你对我是有感觉的。"

周逸双手紧紧在背后交握。

"对吧?"他问。

一瞬间,周逸想起很多事情。

想起读高中时从他身边经过,他淡淡地和她打招呼的样子;想起她和吕游走在一起时，他嬉皮笑脸的样子；想起有时候经过他的教室，她和他四目相对，他先漠然地移开眼的样子；想起他给她唱《爱如潮水》的样子；还有他穿着灰色衬衫和哥儿们插科打诨、骑着摩托车在马路上很拉风的样子……

头一回遇上这种事，她紧张了。

"你是吕游的朋友，"她有些结巴，"我们……"

"你见过有朋友拉手的吗？"他把她的话打断，"不然你以为我来这儿真是给孟杨过生日的？"

周逸这一刻不想后退，却也不敢往前走。她看着他又朝自己走近，鼻子忽然有些发酸。四月的风吹着她的脸颊，连带着她的目光也温和了。

"如果你不反感，"何东生说，"我们试试。"

周逸紧紧地揪着衣角："要是反感呢？"

"不至于吧。"何东生声音里带着笑，目光却很认真，"我有那么差吗？"

周逸看着他，开始细数。

"不学无术、吊儿郎当。"她说，"脾气也很坏。"

何东生被她逗笑了。

"虽然名字很土，"她想起那本书，"但品位不错。"

"你说的我都改。"何东生头疼道，"名字……咱就算了吧。"

周逸笑了，却不说话了。

"你不说话，我就当你答应了。"何东生低声说。

周逸有些不知所措，仰头看他，却被他拉住了手。他的手掌很宽很厚，将她的手包裹在掌心里。她挣扎了几下，却被他握得更紧，比昨晚还要紧上十分。

"走吧，去吃个饭。"何东生说，"我又饿了。"

周逸跟在他身后，还是有些紧张地无声地笑了起来。第一次这样接触一个男生，周逸被他身上的温暖包围，感受到了那些从没有得到过的安全感和爱。

走了几步，她"啊"了一声："你三点的车……"

"嗯。"他特淡定地说,"改签了。"

后来周逸很认真地想过那天的事情,自己为什么会答应他呢,可能是装乖太久装累了,而他恰好出现在那里,那样坦荡,那样坚定,一步一步先朝着她走了过来。

他们那天下午吃了一顿很简单的饭。

何东生并没有动几下筷子,他一直在看着周逸吃,不时地给她夹点小菜。周逸有些哭笑不得,明明是他说饿的。

"你怎么都不吃啊?"她问。

何东生的心情好得很,就是想多跟她待一会儿。

"又不饿了。"他这话说得有点赖皮,"你多吃点。"

周逸看了他一眼,低头又吃起来,吃了几口就吃不动了。她将筷子一放,一本正经地坐好,何东生看着她的动作笑了一下。

"你平时在学校都忙些什么?"他问。

"很多事情。"她想了想说,"我们专业有很多实验报告要写。"

"还写小说吗?"他问。

周逸顿时瞪大了眼睛:"你怎么知道?"

"我什么不知道?"他臭屁地瞧她,笑着说,"《春去花还在》是你写的吧?"

周逸有点害羞,闷闷地"嗯"了一声。

那个故事写得有点伤感,讲的是一个十六岁的少女喜欢上一个男孩,分别多年后,她从朋友嘴里听说有一年同学聚会,大家起哄说起中学时爱过的人,他带着三分玩笑和三分认真地说"我当年还喜欢过她"。后来两个人再见时,他已结婚一年有余。

"你不会那个时候就喜欢我吧?"何东生问。

"怎么可能?"周逸立即反驳,"我那会儿还不认识你。"

这姑娘骨子里别扭,还很有张牙舞爪的潜质。

何东生轻笑了一声,说:"我又没说怎么样,你急什么?"

周逸气闷,瞪了他一眼后不说话了。

"再吃点。"他逗完她又开始哄她,"吃完了我们出去走走。"

周逸说吃不下了,何东生便起身去结账。A城算是座四线小城,很适合养老,或者喜欢安稳生活的年轻人。街道上没有太多汽车,空气干净又新鲜。

走在路上,周逸问:"你的火车改签到几点了?"

"去了再买。"他说得轻描淡写。

"没票了怎么办?"她担心地问,"这都四点多了。"

"那就算了。"他开始胡说八道,"大不了在火车站打个地铺睡一晚。"

周逸知道他在乱讲,只淡淡地"哦"了一声。

"记得买蚊香。"她双手插在衣兜里,"这种天气,车站肯定有不少蚊子。"

何东生偏过头去。

"你就不能盼着我点好。"他抬了抬眼,笑意蔓延到眼角,"有这么说自个儿男朋友的吗?"

周逸被他说的那三个字弄得不太好意思,从他嘴里说出来,有些不一样的感觉,让人心里麻麻的,有种归属感。她半晌没抬头,何东生探身看她的眼睛。

"跟我说话呢,还走神?"他故意逗她。

周逸把头抬起来,眼睛撞进他带着笑意的漆黑的双眸里。这双眼睛依旧有着十八岁少年的澄澈,没有后来刻意藏起的锋芒。

"谁走神了?"她嘀咕,为了掩饰心底那份激荡,问了一件风马牛不相及的事,"哎,你送了孟杨什么呀?他说俗。"

何东生挑起眉头,不满地问:"叫谁'哎'?"

周逸抿了抿嘴巴,看着他。

"那叫你什么?"她仰着头,脖子很细很白,"何东生吗?"

他啧了一声:"怎么听着这么别扭。"

"我又没骂你。"她说。

闻言,何东生哼笑一声。

"骂没骂过你不知道？"他存心作弄她，"谁说我的名字很土？"

周逸硬是挤出一个笑，忙着扯开话题："那你到底送了他什么呀？"

何东生故意不说，吊她的胃口，但周逸没有再问。她将目光落在街道两旁的乔木上，双手背在身后，一副"你不说算了"的样子。

最后还是他先妥协，讲了当年读初中时和孟杨为了一双篮球鞋玩DOTA（Defense of the Ancients，即《远古遗迹守卫》）大战三百回合的事。他初中是在青城体校附中读的，当时也算是学校里一个让老师讨厌不起来的小浑蛋，这浑蛋学习好、街舞跳得又好，老师也拿他没办法。

他们又转了一会儿，何东生真该走了。

他要先给她拦一辆出租车送她回学校，可不知道为什么，那个点没空车。周逸和他站在马路边吹着风，他别开眼看向一边，手却轻轻拉住她的手。

周逸低眉莞尔，回握住了他的手。

何东生的心被她这一主动行为弄得霎时间就软了，侧眸去看她。小姑娘歪着头看向另一边，她的手很小，还很软。

后来拦到了车，周逸磨蹭了一下才坐上去。

"你到学校了，跟我说一声。"他俯身对着窗口说。

她轻轻点头。

"你买了票也跟我说一下。"她说。

他轻声笑，揉了揉她的头："知道。"

这个动作让周逸沉沦。

车子慢慢开走了，她趴在窗户上回头找他的身影，看见他走到站牌那儿上了一辆大巴。他的衬衫被风吹起一个衣角，那是那个傍晚他留给她最后的样子。

周逸到学校后径直回了宿舍楼，一边走一边给他发短信。

她刚发送完，他的短信就跳了出来，只一个字："好。"

过了几分钟，周逸又收到一条短信，他说已经坐上车了。

周逸回了个"好"字。她跑了一天有点累，回到宿舍就去洗澡，洗完直接躺床上睡了，还没睡着就被陈迦南给摇醒了。

"怎么样？"陈迦南似乎比她这个当事人还要着急，"他说了没？"

周逸趴在床上很轻很快地"嗯"了一声，或许是刚洗过澡的缘故，脸上还带着淡淡的红晕。陈迦南笑眯眯地道了一声"恭喜"，随即盘问起细节来。

周逸忽然明白了为什么那么多人都喜欢恋爱。

当你和人提起他的时候，眼里会自觉地泛起笑意，整颗心也变得柔软起来。一个五笔组成的"他"字，需要你的上下牙齿咬着舌尖轻轻地说出来，那是一种很微妙的感觉。

周逸被陈迦南闹醒了，睡不着了。

晚上十点左右，他的电话打了过来，陈迦南在一旁用唇语"啊哦"了一声。明明都已经在一起了，周逸却觉得这个电话很不一样。

那边的他问："做什么呢？"

陈迦南已经走了，周逸抱着被子往墙上一靠，很轻地笑了一下。她现在有些理解为什么赵莹和她男朋友要熬夜打电话了。

"没做什么。"她说，"你到了？"

"嗯，到了。"他的声音有一些被夜色浸染的平静淡然，说完又补充道，"刚进学校。"

"怎么这么晚才到？"

A城到青城坐火车不过两个小时，他这个点才到，确实有些晚。

"好像宜江下暴雨把路给冲坏了。"他说，"晚了四十分钟。"

周逸："哦。"她没话了。

何东生在她沉默后笑了一下，问她那本书看得怎么样了。

周逸不好意思说自己才翻了十几页，于是取巧地说："在看呢。"

"还喜欢什么书？"他问。

"没什么特别喜欢的。"她说，"有意思的就看。"

他顺着她的话问："什么叫有意思的？"

周逸被他问住，他却笑了。

有时候她总是忽然就不说话，但何东生总能找到话题，一说就又是好一会儿，为此陈迦南总调侃她。有一回她去上课忘了拿手机，回到寝室看到有好几个未接来电。

陈迦南说:"你男朋友可真行。"

周逸没理解这话的意思,陈迦南解释说:"就是挺黏你的。"

周逸笑了,认识他这么久,总觉得他对什么都一副风轻云淡的样子,有时候也会嬉皮笑脸,倒真没发现他黏人。

那个下午去上选修课,她刚回完短信,就又被陈迦南揶揄。

"还说不黏人。"陈迦南笑,"一天几通电话不能说明问题,那么这短信又是怎么回事?"

周逸抿着嘴笑笑,不说话。

"他不会是怕你跑了吧。"陈迦南分析道。

周逸笑道:"他行情比我好。"

陈迦南说她见色忘友。

此刻,周逸想起了吕游,她考虑了很久要不要把这个消息告诉那姑娘。后来她问他意见,他很随意地笑笑,说这有什么好纠结的,实话实说不就行了。

她还在犹豫,而他在那边笑。

"把心揣肚子里。"他又满嘴跑火车,"她拆散不了咱们。"

周逸被他逗笑。

过了几天,她找了个合适的时间给吕游打电话。对方在那头尖叫了一声,很久才缓过来。周逸被高分贝刺激得耳膜疼,将手机拿开好远。

吕游在电话里喊起来:"你就这么答应了?"

"那不然呢?难道要他抱着九百九十朵玫瑰来,然后挂条横幅,大张旗鼓地表白吗?"说到这里,周逸自个儿都笑了,"俗死了。"

"可你也太草率了。"吕游批评她说,"应该好好折腾一下他才对。"

闻言,周逸低眉笑了。

"你先给我讲讲他是怎么和你说的?"

周逸哪能讲得那么详细,无非就是普通男女走的那一套流程而已。不过她说话的时候语气里带着笑,这让吕游鄙视了她很久。

"真便宜他了。"吕游咬牙切齿地问,"初吻还在吗?"

周逸根本就没想过那个事,不禁有些脸红。

"管着点自己,听见没?"吕游说,"他坏着呢。"

周逸笑着听吕游"讲经布道",想着他要是听见不得气死才怪。那天他好像挺忙,一直没有打电话过来。周逸照常去图书馆看书,傍晚却接到一个快递员打来的电话。她跑去学校的京东店拿,是一个很大的纸箱。

周逸抱得有些吃力,感觉有二十多斤重。

她走到学校后墙边的那条马路上想休息一会儿,不料纸箱下面被磨烂了。她手一滑,纸箱砸在了地上。纸箱烂了一道口子,里面的东西散落一地,都是书。

周逸看着这一地的书,扑哧一声笑了。她有些头疼地呆站了很久,看了很久,然后缓缓蹲下身子,一本一本地把书往怀里捡。

这个浑蛋。

"重死了。"她嘴角还在笑。

终于回到寝室,周逸累得瘫倒在椅子上。

她先是喝了一杯水,又缓了好一会儿才平静下来,随后拿起一本书翻开来看,嘴角还忍不住上扬,有时候干脆直接笑出声来。

陈迦南推门进来,目光扫到她的桌子。

"又买这么多书。"陈迦南走过去拿起一本,看到周逸的嘴角带笑,猜测道,"他送的?"

周逸抬头,笑着轻轻地"嗯"了一声。

"真稀奇,我见过送花、送香水的,就是没见过送书的。"陈迦南说着便笑了,"不过很适合你这个小书迷。"

周逸将书合上,看了一眼陈迦南脸上的淡妆。

"你干吗去了?"她一整天都没有见过陈迦南,"班导的课都逃?"

陈迦南轻笑出声:"玩呗。"

"听说我们选修课的张老师突发脑出血住院了。"陈迦南又道,"明天好像会有新老师来上课。"

周逸不禁问:"你还想逃啊?"

"能别说得这么难听吗?"陈迦南扬眉,"我这叫用有限的时间做有意义的事儿。"

"什么叫有意义的事儿?"周逸问,"玩?"

陈迦南笑:"你男朋友知道你这么逗吗?"

笑完她就放下书去卸妆了。

周逸将书整理好,爬上床准备写小说。上周有个编辑找她约稿,她不眠不休地写了好几天,修改了几十次才全身舒坦。

何东生的电话打过来的时候,已经是夜里十点半了。

他的声音里带着一点倦意,好像人还在外头,她隐约能听见电话那头有汽车开过的声音。他走到一个安静的地方,轻轻笑了一声。

"收到了?"他问。

"嗯。"周逸说,"你干吗买这么多?"

她听到有人叫他,他淡淡地和对方打了声招呼,就又和她说起话来:"多吗?"说着他笑起来,"你有爱好,我就应该支持。"

周逸听得心底一软,又听他笑着说:"不然要男朋友干吗?"

何东生听到她笑了,那笑声很小,也很轻。他一边往回走,一边问她在做什么,忙不忙。

"不是很忙。"她说,"你呢?"

何东生"嗯"了一声,说:"我还好。"

事实上他已经忙得晕头转向,他最近找了一份建筑公司的实习工作,天天跟着前辈跑工地、做勘探、为甲方提供造价。

"你是不是还在外面啊?"她问。

"耳朵这么灵。"何东生笑说,"我出来透会气。"

他问了一些她在学校的事情,没营养的话他们俩能聊老半天,后来又说起了吕游。

"她说等回青城让我们请她吃饭。"周逸说。

"这有什么难的。"何东生爽快道,"只要她不说我坏话,吃多少顿饭都行。"

周逸故意问:"什么坏话?"

"她指不定怎么和你编派我。"他说。

从他想追她的那个时候起，吕游说了些什么他可是都记着，现在好不容易追到手了，自然要让人家吃好喝好，把他的姑娘哄得服服帖帖。

"该听的听，不该听的就别听。"何东生用近乎低哄的语气说着，"知道了吗？"

周逸蹙起秀眉："什么该听，什么不该听啊？"

何东生知道这姑娘是故意这样的，他轻轻笑出声。

"要是说我帅就听一听。"他的笑在这夜里显得尤为低沉，"别的就算了。"

"别的吗？"周逸语气很平淡地"哦"了一声，"比如说你不学无术、吊儿郎当？"

何东生愣了一下。

"周大小姐，"他被她的话惹笑，咳了好几声，"咱能把这一页翻过去吗？"

周逸觉得电话可真是个好东西，隔着那么远的距离都能把一个人的声音听得清清楚楚，甚至他的咳嗽声都显得格外诱人。

"怎么过去？"她开始学他的吊儿郎当和不讲理，"本来就是事实。"

何东生哪舍得让她输，连忙笑道："得，您说什么就是什么。"

周逸无声地笑，嘴里还在嘟囔："本来就是。"

那种十七八岁的小姑娘娇态尽显的语气让何东生很受用，笑得更大声了。

等他笑完，她问："你还在外面吗？"

何东生低低地"嗯"了一声："在往回走。"

周逸"哦"了一下，不知道该说什么，就平躺在床上看着天花板。陈迦南打开电脑在放《人非草木》，淡淡的嗓音听得人一颗心都柔软了。

他低声问："困吗？"

周逸听歌听得很舒心，可能是因为躺着，整个人都倦怠起来，回他话的时候带着一丝慵懒。

"不是很困。"她说，"一会儿还有事儿呢。"

何东生闻声皱眉:"这么晚了还有什么事?"

周逸卖了个关子,说先不告诉他。

何东生笑道:"迟早不还得和我说。"

她笑眯眯的,就是不再开口。

"忙完赶紧睡。"何东生眉头舒展开,声音加重,"熬夜伤身知道吗?"

周逸乖乖地说:"知道了。"

她那时想的是给他买一份礼物,用自己的稿费,但还不确定买什么,也不敢保证稿子能顺利过审。

晚上给稿子修完结尾,她问陈迦南对送礼物有什么好提议。

陈迦南想了想,说等一下,不知和别人打电话聊了几句什么,然后才看着她说:"他有什么喜欢的吗?"

这一问让周逸愣住了,摇头说"不知道"。

"他喜欢抽烟。"周逸忽然又道,"我买些水果给他寄过去吧。"

陈迦南本以为她会说打火机,万万没想到会是这样,没忍住笑出来:"周逸,你可真实在。"

"抽烟不好。"她皱眉,"这样可以转移他的注意力,想抽烟的时候吃点水果多好啊。"

陈迦南笑着摇了摇头。

"周逸,"陈迦南说,"男人有些事情不能管的,知道吗?"

她问:"有那么难吗?"

"他们在外头见人说人话,见鬼说鬼话,没个烟怎么行。"陈迦南说这话的时候语气放淡了些,"真忙起来,一天能只抽半包就不错了。"

周逸问:"那送什么好?"

陈迦南平时那么有见识的一个人,那晚却没了主意。于是周逸去百度了一下,搜出来一个"送男朋友礼物排行榜",看着看着,她就睡了过去。

第二天,周逸一身疲惫地去上选修课,还走错了教室,等找到地方后才发现阶梯大教室里坐满了学生。她弯腰沿着墙边小跑到后面找了个位子坐下,还没坐稳,肩膀就突然被人拍了一下。

孟杨笑嘻嘻地看着她："这么巧啊，弟妹。"

周逸被那一声"弟妹"弄得脸红，扯了个笑点头示意，然后认真地听起课来。

新来的教授本科就读于清华，后来出国读了硕士、博士后载誉而归，年纪轻轻便已经是副教授了。

那节课周逸挺有收获的，不禁感叹学识可贵。

她身后的孟杨这会儿却忙得不亦乐乎，偷偷拍了周逸的一张背影照给何东生发过去，还配了文字："侧脸五十元，全照一百元。"

何东生那天没课，正忙着做造价。

桌子上铺满了图纸，电脑屏幕上全是表格和阿拉伯数字。他忙了大半天，有些乏了，刚想眯一会儿，就看见QQ聊天界面弹出的那张背影照。

她今天穿着淡黄色外套，头发在脑后束成辫子，一张小脸微微抬着。何东生看见她那雪白的脖颈，下意识地眯了眯眼。

他轻轻笑了，敲字回："麻溜点儿。"

孟杨得令乐了，随即又拍了拍周逸。

女孩悄悄转头用眼神询问，孟杨给她指了指教室墙上的窗户。

"我眼睛不好。"孟杨说，"你帮我看看那是什么？"

周逸哪里知道他们俩暗地里搞什么，偏头看过去，虽然除了窗户外真的什么都没有，但她还是很认真地看了很久。

孟杨早已拍好侧脸照，笑着说："没事，没事，你忙吧，弟妹。"

等周逸疑惑地转过头去，孟杨立刻按了发送键。这个角度拍的是她仰着头的样子，她目光迷离。

孟杨的消息发过来："怎么样，哥拍照技术不错吧？"

何东生没搭理他，直接要全身照。

"上课呢，我怎么拍？"孟杨说。

何东生问："她在做什么？"

"记笔记啊。"孟杨诚恳地说，"你家周逸听课还挺认真的。"

何东生笑笑，孟杨发消息问他羡慕不，他隔着屏幕咬了咬牙，骂了一句。

他看着那张侧脸,在阳光照射下泛着光,脖子跟藕似的细白。想起昨晚她打电话时的低声呢喃,何东生忍不住蹙紧眉头——怎么以前他没发现这姑娘这么招人疼呢?

何东生深深吸了一口气,靠在椅子上闭目养神。

事实上他认识她比婚宴那次见面更早,虽然只是匆匆一瞥。他依稀记得那是一个初秋的夜晚,晚自习结束后,他和朋友在操场逗留。三四个男生蹲在墙角嬉皮笑脸地聊天,结果他一抬头,便看见十几米外的路灯下,一个女生抱着的一摞作业本掉了一地。她很淡定地在原地愣了很久,然后才慢慢蹲下身子去捡。

灯光洒在她的侧脸上,让她看上去温柔极了。

何东生当时只是觉得,她一定长得不错,谁又能想到后来兜兜转转,她又出现在他身边,随便一个眼神或者一个动作就能让他心神荡漾。

第五章
他是个很好的恋人

那天周逸下了专业课就赶赴文学院，蹭汉语言文学的课。

她在走廊上被孟杨叫住，两个人一起走了一段路，孟杨多问了两句才知道她报了第二学位。她不愿多说，孟杨也就没多问。

二人分开后，孟杨给何东生发了一张周逸的全身照，赚了一百块，又笑着调侃说他这女朋友可够勤奋的，大一就开始修第二学位。

何东生没听她说起过这个。

晚上打电话给她，一开始无人接听，何东生直打到她接了为止。此时周逸拎着书包刚出图书馆，路灯将她的脸照得白白的。

"我上自习呢。"她小声解释，"手机静音没注意。"

他抬了抬眉梢，轻飘飘地"嗯"了一声，问她现在出来了没有。她每天看书的时间不是很固定，有时候在图书馆能待到半夜。

"刚出来。"她低着头边走边说。

她的声音很轻，尾音都快听不到了。

何东生蹙了蹙眉，忍不住问："困了？"

"有点。"周逸说着打了个哈欠，用另一只手揉了揉脸颊，"看书的时候都快睡着了。"

他听得有点生气："那还看？"

"不然呢。不积跬步，无以至千里；不积小流，无以成江海。知道吧？"周逸正迷糊着，没听出来他声音都变了，还补充道，"荀子说的。"

何东生都快被她气笑了。

"懂这么多啊。"他的声音里带着些戏谑,"会写小说的人就是不一样。"

周逸这次听出了他的揶揄,明知他看不见,却还是用力地翻了个白眼,还"喊"了一声,然后抿紧嘴巴不说话了。

何东生明知故问:"生气了?"

她咬紧牙关,随他怎么逗弄就是不开口,嘴角的笑意却已经蔓延开来。想着只要他再低个头哄哄她,她肯定会笑出来。

"再说两句。"他又是一副吊儿郎当的语气,"周大小姐?"

周逸笑开。

她自己都不知道这句话说出来的语气有多娇嗔:"别乱叫。"

何东生难得开怀大笑,肩膀抖个不停。

周逸蹙眉:"笑什么笑?"

"怎么?"他开始耍无赖,"连笑都要管了?"

周逸小声道:"懒得理你。"

夜晚的风吹过,路边两排杨树的树叶哗啦作响,将她的话揉进风里。

何东生立刻收了笑,说:"你不理我,那我得多痛苦。"

态度还挺诚恳。

周逸占了上风,开始撒娇:"那你还笑我。"

何东生还是觉得自己挺有面子的,谁能想到当年班里疯传的那本书里的一个作者现在成了他女朋友,他似乎忘了当初是谁漫不经心地对朋友说"讲爱情的?没事少看这东西"。

"那哪儿是笑你,"他的声音又低又轻,"夸你呢。"

周逸笑而不语,踢了踢脚下的石子。他又开始好好说起话来,一直到她快走到宿舍楼才挂了电话。她一只脚刚踏进宿舍楼大门,就发现自己没带钥匙。

走廊的灯有些昏暗,周逸跑去楼外吹风。

直到很久以后,她都很后悔为什么那晚没有乖乖等在门外,却也有些庆幸——如果她没有出来,她和陈迦南的关系可能也就一直那样了。

那晚的夜色好像比往常更昏暗，灌木丛边上停了一辆黑色的车。

周逸喜欢挑安静的地方走，正走着，一抬头就看见车里有个男人一只手捏着陈迦南的脸蛋。

周逸愣了片刻，然后背过身去。还没来得及逃离，就听见陈迦南踩着高跟鞋走过来的声音。

她回头去看，那辆车已经开走了。

陈迦南偏头，似笑非笑地看着她。

周逸有些尴尬："我忘了带钥匙。"

陈迦南平静地道："我也没有钥匙。"

寝室的其他几个人一般不到十一点不会回宿舍，要她们在这儿等一个小时太无聊。陈迦南看着她说去操场走走，说完就朝着反方向走去。

周逸咬了咬唇，背着手跟了上去。

操场上有很多人沿着跑道跑步，灯光将地面照得雪亮。她们坐在最高的台阶上，陈迦南脱了鞋扔在一旁。两个人沉默了很久，风不知道从跑道上溜过去多少遍。

"周逸，"陈迦南叫她，"有什么想问的就问吧。"

周逸没想到陈迦南会这么说，着实愣了一下。

"是不是在想我和他是什么关系？"陈迦南说这句话时完全一副很轻松的语气，"大家都以为的那种？"

周逸在心里斗争了很久，才说："别这么说。"

"这种事有什么不好说的。"陈迦南凉凉地笑了，"又没做坏事。"

周逸纠结了半晌："你要不要冷静下？"

陈迦南彻底被她逗笑，说："你这么好玩，你男朋友捡到宝了知道吗？"

周逸哪里还有兴致听她开玩笑，一张脸能扯出个柔和的表情就不错了。

"没那么多龌龊情节。"陈迦南闭了闭眼，声音变轻了，"我们就是凑巧遇上了。"

周逸想起上一回在街道上看见那辆黑色汽车时，男人举手投足间自带风流，身边坐着别的女人。

她问陈迦南："他多大了？"

陈迦南歪头想了想，说："二十八岁还是二十九岁来着？"她想了半晌，笑了，"反正比你大得多。"

周逸上学早，陈迦南虽长她一岁但也不算大，但这姑娘早熟。她忽然想起那回她们一起看《单身男女》，她问陈迦南不觉得张申然花心吗？这姑娘淡淡地笑笑，说谁让是她先喜欢他的。

"他做什么的，你知道吗？"周逸怕她被骗。

"挺多的。"陈迦南像是在思考，"嗯"了一声，"房地产、风投、餐饮，好像都有。"

听陈迦南说完，周逸沉默了。

"干吗不说话？"陈迦南问完又嬉笑起来，"要不我让他给你也介绍一个？"

周逸："我有病啊。"

陈迦南笑了笑，神色淡了下来，眼睑垂下，不知道在看什么。有时候她们之间极有默契，即使这样不说话也不会尴尬。

"周逸，"陈迦南问她，"你有没有想过五年以后自己会是什么样子？"

不是没有想过，周逸的目标太明确了。她要在大学毕业前拿到双学位，顺利考去林州读研，再写一本人见人爱的好书。

陈迦南听到她的回答，半晌，扯了个淡笑。

"真爱念书啊？"陈迦南问。

周逸有时候觉得陈迦南就是一面照妖镜，将她那些不堪的心思都暴露在光天化日之下。高考成绩出来的那一刻，陈洁说没考好不要紧，让她考研时再赢回来，到后来她也分不清自己为什么要一直往上考。

周逸笑了："你真应该去听听柏老师的课。"

"哪个柏老师？"

"教细胞生物学的柏知远。他的课讲得真好，还能传授点人生哲学。"周逸认真道，"就是你说的那个新来的选修课老师。"

陈迦南淡淡地"哦"了一声，仿佛没听进去。

之后那一个多月，每周的选修课上周逸都没见到她人。柏知远有一回上课点名,还是她拜托孟杨帮的忙。她看着孟杨压低嗓子捏着鼻子答"到",差点笑出声来。

那段时间大家都很忙碌。周逸的作业很多,还要写稿子,经常是何东生打电话过来,没说几句就挂了。

何东生那两周也是忙得脚不沾地,等闲下来都快到五月下旬了,想想快二十天没有见到她,而她看起来似乎也没那么想他。

有一次他们提起孟杨,说起这人学女生说话。

周逸在电话里笑了:"真是好玩。"

他故作淡然地问:"有那么好笑吗?"

"你是没听到。"她还越说越来劲,"要是不看他的人,还真以为那声音是女孩的。"

何东生"嗯"了一声。以往电话里都是他在问她在答,难得有一次她这么热情,却是在说别人。

"你听没听啊?"她小心地问。

何东生已经从宿舍出来了,去小卖部买烟。中午的阳光晒得地面好似要干裂,他一边揉着眉心一边回她道:"听着呢,你说。"

周逸好像明白了什么,把嘴巴给闭上了。

半天没听见她吭声,何东生有些好笑:"怎么不说了?"彼时他已经走到食堂里的小卖部,把零钱递过去,结果他要买的烟卖完了,他又说"那随便吧"。

周逸听到他用牙齿咬开包装袋的声音。

何东生抽出一支烟咬在嘴里,摸出打火机点上,才发现电话那头已经安静一两分钟了。

他逗弄她:"还没挂呢?"

然后他便听见嘟嘟的声音,何东生将手机举到眼前看了一下,不敢相信这姑娘还真把电话给挂了。他苦笑着说自己活该,把没抽几口的烟摁灭扔进了垃圾桶。

他才刚收回手,电话又响了。

他嘴角扯出一个"我就知道"的笑去接,却发现打来电话的人不是她，笑意渐渐变淡。

是一个快递电话，他不记得自己买过东西，慢悠悠地过去拿。

那是一个很小的盒子，包装得很严实。

何东生好像猜到了什么，两三下拆了包装，打开盒子。一个黑色的钱包安安静静地躺在盒子里面，他的心好像忽然被什么给揪住。

此刻周逸也没闲着，拎着包去了图书馆。

她一个下午都在看英语和第二学位的专业书，熬到十点半，困得不行，才拖着疲惫的身子下楼，晚风吹在脸上都是热的。

她走得很慢，蜗牛都比她爬得快。

快到宿舍楼下时，她想起什么，翻包去找手机才发现没电了。她低着头去按开机键，眼皮随意一抬，被前头枇杷树下的身影吓了一跳，整个人一哆嗦，手机差点掉到地上。

她将包囫囵往怀里一抱，愣愣地看着那个身影。

他戴着黑色的帽子，帽檐压得低了些，双手插在兜里，拿眼瞧她。光线昏暗，但也可以看见他的眼睛，漆黑、明亮，带一点坏笑。

后来周逸一想，很多事情似乎是从那晚开始变得不一样的。

她看着何东生慢慢朝自己走过来，像十几天前他对自己说"你对我是有感觉的对吧"时，那样坚定地走过来。

周逸没忍住，仰头先问："你怎么来了？"

何东生一脸无赖样，挑眉看着她说："这不是女朋友生气了吗？哄她来了。"他说得云淡风轻，跟逗猫似的。

"谁说我生气了？"她说。

他眼皮一抬："我眼瞎吗？"

周逸认真地看着他，然后一只手抱着包，另一只手在他眼前晃了一下，表情特无辜地看着他说："能看见我吗？"

何东生嗤笑，抬手拉住她作怪的手。她的手有点凉，软软的。何东生下意识地握紧了，伸手拿过她快滑下去的包。

"装了什么？"他拎在手里，蹙眉道，"这么重。"

她说:"书啊,不然还能是什么。"

"你不说我还以为是男生写给你的情书。"何东生一本正经地说,"难得我女朋友行情这么好。"

他说话这么欠揍,周逸瞪他:"说什么呢你?"

"错了,错了。"何东生立马道歉,"我向您道歉。"

周逸偏头笑,由他拉着走。

何东生发现这姑娘最近有小脾气了,随随便便就挂他电话,还嘴也比以前厉害多了。路上他问她为何无缘无故送自己钱包,她似乎有点不好意思。

"希望你有钱啊。"她是这么说的。

何东生沿街随便找了家馆子带她吃饭。他问她想吃什么,她说不饿,又开玩笑似的说了句"要减肥"。

何东生笑笑说:"减什么肥?体重一百二十斤我都要。"

周逸才不信:"我要真那么胖,你会怎么办?"

"还能怎么办。"他装得一脸无奈,"最多我牺牲一下,勉强接受了。"

周逸就知道他嘴里没什么好话,瞪了他一眼,说:"我谢谢你。"

他轻轻一笑,说:"您客气。"

他低头吃饭的时候,周逸这才有机会认真地看他一眼,他的头发好像剪过了。

饭吃到一半,他接了个电话。

周逸不知道是什么事情,只见他的眉头越皱越紧,那边好像又说了什么,他"嗯"了一声,说"知道了"。

等他挂断电话,周逸问:"怎么了?"

"实习的项目出了点问题。"何东生斟酌着说道,"要不你先回去睡,明早我去找你。"

周逸忽略掉他后面那句话,问:"问题大吗?"

"不算大。"他说,"我先送你回学校。"

随即他偏头叫老板结账。

她知道他的专业得经常和图纸、计算机打交道,想了想后,问:"那你一会儿去哪儿?"

"我随便找家网吧就行。"何东生结完账就拉着她往外走,"你就别管了。"

他忙里偷闲来一回,周逸不愿意自己就这么走了。她歪头看他,何东生被她亮晶晶的目光吸引,接着便听到她说:"我和你一起去吧。"

何东生看了她一眼:"确定?"

周逸"哦"了一声:"那我回了。"

她的脚步还没迈出去,人就被他给拉住,他笑着说:"话都说了,哪有反悔的道理。"

他就近找了一家环境看起来还不错的网吧,一坐在电脑前就开始收邮件。他给她也开了一台机子,但周逸除了写小说几乎不用电脑。

于是她还是打开了写作软件,人却在发呆。

何东生做事情的时候很认真,不像平时和人说话那样吊儿郎当。她没见过他这个样子,目光在他身上多停留了一会儿。

他忙了一会儿后偏头看了一下,周逸趴在桌上闭着眼。

网吧里全是"噼里啪啦"敲键盘的声音,还有很重的烟味。他以为她是不会喜欢来这种地方的,没想到这姑娘居然还能睡着。以往他和朋友出来玩通宵,总会见到许多女孩玩得比他们男生还要兴奋。

何东生脱了自己的衬衫盖在她身上,又接着忙起来。等他忙完已经是夜里十一点了,他靠后伸了个懒腰垂眸去看周逸,这姑娘还在睡。

他起了玩心,低着头一直看她。

那时候和她好,他还没想过一辈子,就是有点喜欢她,他没事贫贫嘴,她就被逗得脸红,脾气好得不得了,挺爱较真,单纯得跟白纸一样。

何东生心想:这姑娘做女朋友真挺不错的。

在他看过来的时候,周逸其实已经醒了。他的衬衫上有淡淡的烟草味,盖在身上很暖,让她不舍得起来。他看见她的眼皮动了一下,轻轻笑出声。

"还装呢?"他问。

周逸慢慢睁开眼睛:"谁装了?"

声音里有小女生的绵软，像是有羽毛在他脸上扫过一样。

她说："真睡着了。"

何东生笑："我知道。"

她坐起来，将他的衬衫抱在怀里，问他："忙完了吗？"

"早八百年前就忙完了。"他懒懒地道。

周逸"喊"了一声："完就完呗，有什么好嘚瑟的。"

"说得是。"何东生看着她调笑道，"当然比不上您了，一个字都没写还能睡着。"

周逸看着自己电脑上的空白文档，白了他一眼。

"我这是没灵感。"她说。

"那你和我说说。"何东生凑近笑道，"没准我能给你带来些灵感。"

周逸偏头看他，这人不像是在胡说八道。

陈迦南的电话打断了他们的对话，让她注意门禁时间，问她还回不回去。他肯定听见了，似笑非笑地看着她。

周逸被他看得心跳有些快，做了很久的心理斗争，才犹豫道："我们走吧。"

何东生没说什么，去前台结账退款后和她一起走了出去。周逸还抱着他的衣服，他们走了一段路，看见一个巷子口挂着"住宿"的牌子。

她指着那块牌子对他叫道："那里有宾馆。"

正巧遇上，他也懒得再找，直接进宾馆要了一间单人房。他将钥匙插进锁孔拧了两下，打开门，周逸跟在他后头进去了。

房间里挺干净，墙上有一扇百叶窗。

周逸将他的衬衫放在床上，四下打量了几眼，然后往门口的方向退了一步，说："那我回学校了。"她心里等着他说送她，但他没有。

何东生坐在床上，双手向后一撑，说："真走啊。"

她硬着头皮看着他的眼睛，嘴角抿得特别紧。

他也就是吓吓她，随即笑笑。

"逗你呢。"他从床上起来，"吓成这样。"

周逸嘴硬："谁说我害怕了？"

"那你别走了。"他轻声道,"和我说说话。"

可能那一瞬间周逸是被他眼里某种说不出来的温柔给俘虏了,又或许是他的衬衫给她的感觉实在是太温暖,她站在原地没动。

何东生当她是同意了,走到她身边伸手将门关上。

他看出了她的紧张,笑笑:"要不要看电视?"

她还愣怔在那儿,何东生无奈地拉着她过来,让她坐在床边,再拿起遥控器问她想看什么电影。

周逸正襟危坐,半晌,启唇:"《单身男女》能看吗?"

他显然没听过,一脸疑惑:"那是部什么片子?"

"古天乐主演的爱情片。"周逸给他解释,"挺好看的。"

他问:"你看过?"

周逸点头。

"那还看?"

"好看呀。"

何东生微点了一下头,说:"行,我给你找。"

电影上映不久,网上资源很少,他找到一个网站,整体观影效果还不错。他对爱情片没兴趣,陪她坐了一会儿便去洗澡了。

那扇薄薄的塑料门根本不隔音,哗啦啦的水流声传出来。

周逸的心思早就不在电影上,心里如小鹿乱撞。

何东生没有带衣服,又在网吧待了那么久,沾了一身的味儿,洗完澡直接裹着浴巾出来了,目光落在她身上。

周逸不太敢看他。

何东生笑得轻佻,说:"你不去洗洗?"

周逸被惊得"啊"了一声:"我下午在学校洗过了。"

何东生舔了舔唇,笑着在她身边坐下来。他其实想过怎么样的,看她盯着电视看得那么认真,索性往床上一躺,一只手垫在脑后,另一只手玩起手机来。

他时而抬头看她一眼,从她挺直的背和不断快进的动作就能看出来她的紧张。没一会儿电影就被她快进完了,她仍坐在那儿一动不动。

何东生想看这姑娘能坚持到什么时候去,后来还是心软了。他起身拿过遥控器,问她还看不看,周逸摇了摇头。

他挑眉:"紧张什么?"

周逸将头埋下:"谁紧张了?"

何东生轻笑着,丢开遥控器。他那会儿留下她确实没其他意思,想着自己好不容易来一回,总不能一晚上就这么无聊地度过。

"我不碰你。"他拍了拍身边的床,"你坐上来,我们说说话。"

周逸感觉他这时候不太像一个十八九岁的少年,倒有点少见的老成持重。她别扭了一会儿后脱了鞋坐在床边,将被子轻轻拉过来盖到自己的腿上。

何东生被她的动作逗笑,转移了一下她的注意力,问:"你这两周都在忙什么?"

"也没干什么。"她果然乖乖地说道,"天天写实验报告册。"

深夜的房间里太安静了,她的说话声又细又小,听着怪挠人的。

何东生一只手搭在屈起的膝盖上,看着她。

"当初怎么选了生物工程专业?"他问。

听到这个,周逸的神色淡了:"瞎选的。"

何东生皱了眉头:"所以报了第二学位?"

"你怎么知道?"周逸抬头。

何东生一笑:"我什么不知道。"

周逸很不给面子地"喊"了一声。

何东生笑问:"这是你的口头禅吗?"

周逸没说话,何东生顿了一下,又问她学这么多还要写小说,累不累。

她沉默了一会儿,轻轻地叹了一口长长的气,说:"还好。"

他问:"你最喜欢做什么?"她还没说话,他就已经替她开口道,"写小说?"

周逸"嗯"了一声,提起这个,她整个人都放轻松了。

"虽然有时候写得很痛苦,"她说,"但我挺开心的。"

何东生发现她说起这个的时候,眼睛里都闪着光,目光不由得柔软下来。他说以后要是写得不顺就和他说,好歹他也是学过十多年语文的人。

周逸笑了:"把我的五十九分改成六十分?"

没想到她会说起这件事,何东生哼笑着说那是他慧眼识英才。周逸抱着腿将下巴搭在膝盖上听他谈笑,也不知道什么时候便睡着了。

周逸醒来的时候没见到他人,只隐约听得见他的声音。她慢慢从床上爬起来,揉了揉眼睛看向窗户。

他在打电话,左手夹着已经燃了一半的香烟,黑色长裤右边裤脚胡乱卷起,脚上踩着宾馆的蓝色塑料拖鞋。他就那样侧身站着,看起来有点儿不修边幅。

何东生似乎感觉到了她的目光,他看了过来。

她一脸似醒非醒的样子,头发松散地搭在肩膀上,眼神有些迷离,看着让人怜惜。何东生被自己这样的想法惹笑了,说了两句便挂了电话。

"时间还早。"他走近坐到床上,"不再睡一会儿?"

周逸打了个小小的哈欠,问他:"你不睡了吗?"

她说这话的时候眸子看起来特干净,没有平时刻意营造的疏离感。何东生故意扯出一个暧昧的笑容,身子倾斜着往她跟前凑了凑。

"还想和我睡?"他笑着说。

周逸想起昨晚她就那么睡着了,好像是他抱起她,给她找了个更舒服的姿势。自始至终她都紧紧地揪着被子,衣服都没脱,现在想来,脸都红了。

她大着胆子瞪他:"你什么时候脸皮这么厚了?"

何东生说:"不厚能追到你吗?"

接着他又凑近一些,周逸被他的气息扰乱心神,慌乱地躲开他的目光,跑去卫生间洗漱了。他忽然有种很好的感觉,低低地笑了出来。

等她洗漱完,两个人便下了楼,何东生去退房,她就在门口等他。

她今天上午第二节还有课,何东生就陪她去上课。她班上女生还不少,不像他们土木系,整个系的男女生比例是十比零点五。

他们坐在最后一排,周逸在认真地做笔记,他则在低头玩手机,偶尔看一眼她的书。课间休息的时候,班长走上讲台说了一些班里的事情,她被一个女生叫到前面去。

过了一会儿她回来了,一副欲言又止的样子。

何东生将手机转了个圈,慢悠悠地问:"怎么了?"

"那个……我室友。"周逸指了指自己刚才去过的方向,吸了一口气才把话说完,"她们想让你请吃饭。"

何东生抬头看了那边一眼,几个女生偷偷看过来。

"行啊。"他抬了抬下巴,"看她们想吃什么。"

于是那节课下课之后,除了陈迦南不在,其他室友都去了。几个人去了学校附近的一家酒店,何东生要了一个包间,让她们随意点菜。

赵莹拿着菜单翻了很久,看着何东生道:"多贵都行吗?"

何东生看着周逸,笑着说:"只要你们喜欢,我没意见。"

几个女生齐齐地"哟"了一声,便开始说周逸在宿舍里的趣事。

何东生听了,只是淡淡地笑。

那一顿饭他很少说话,在她们杯子里的饮料喝完的时候,站起来主动去添。赵莹和秦华偶尔会开他的玩笑,他也只是简单地回应。

后来几个人都吃饱喝足了,何东生去结账,周逸则送她们出了酒店。

等他出来的时候,只见周逸一个人站在门口,低着头。

何东生过去拉她的手:"我们也走吧。"

周逸问他去哪儿,何东生说:"带你去一个好玩的地方。"

她没有想到他会带自己去电玩城,到了之后她才发现来玩的女孩也不少。有两三个女生看起来和她差不多大,穿着吊带短裙在跳"炫舞"。

她没来过这种地方,有些紧张地握着他的手。

有很多单机游戏她都不会玩,何东生便很有耐心地手把手地教她。事实上周逸对这些都不是很感兴趣,但她喜欢跟他在一起的感觉。

"我快要撞车了,何东生。"她坐在座椅上把着方向盘,不知所措,身边的小男孩玩这种赛车游戏都玩得比她好。周逸感觉很没面子,在他的帮助下玩了两把后说,"不玩了。"

何东生看着她笑:"这就不玩了?"

"不好玩。"她向四周看了一眼,目光亮了一下,"能抓娃娃吗?"

何东生眉毛一挑:"这有什么难的?"

周逸以前觉得玩这个很幼稚,后来发现其实自己还是很渴望的。她见过很多男生陪女朋友抓娃娃,有时候去商场,路过娃娃机也会逗留一会儿,但很少见到有人像他这样一抓一个准的。

就在这一刻,她冒出一个想给他写本书的念头。

何东生给她抓了一堆娃娃后问:"还想要哪个?"

周逸抱了一堆的娃娃,傻傻地笑着,摇了摇头说"够了"。他去游戏厅前台要了一个塑料袋,将娃娃全塞进去后就拎着。

见她一直乐,他好笑地问:"有这么高兴吗?"

她"啊"了一声,说:"我以前就想玩这个,但我知道肯定抓不上来。"

她刚说完,何东生便笑了,说:"那行,以后这个活儿我包了。"

周逸眯着眼笑,突然被商场乱跑的小孩撞了一下,向前倒去。何东生眼明手快地抓住她的手,拎着塑料袋的那只手虚环在她腰后,这样她的额头便碰在了他的嘴唇上。

很快,她的额头就离开了。

她身上的味道很淡,刚才接触的那一瞬间,那种属于她的少女气息扑面而来。何东生不动声色地舔了舔唇,松开手,下意识地别开了眼。

"我们找个地方休息一会儿吧。"她有点累了。

周逸不喜欢商场里这种闷闷的气氛,拉着他去了楼下的餐厅。

吹着空调,周逸渐渐有了困意。

他笑她:"这还没怎么玩就困了?"

"你以为我是你啊。"周逸趴在桌上有气无力地反驳,"我们能一样吗?"

侍者端来餐盘,何东生先给她开了一瓶橙汁,然后才说:"确实不一样。"说完他眼皮一抬,戏谑道,"要不下辈子你当男的我当女的?"

周逸拨浪鼓似的摇头:"我才不当男的。"

"男的有什么不好?"他问。

"当然不好。"周逸掰着手指一个一个给他数,"不能穿漂亮衣服,还要养家,不能软弱、不能胆子小……"

何东生听着听着就笑了:"这说的是你自己吗?"

她难得乖一回:"是又怎么样?"

何东生看着她这软软糯糯的样子,都不舍得再逗她了,把吸管插进橙汁里推到她嘴边,笑着说:"以后想穿什么衣服我给你买总行了吧?"

"那多没志气,我有稿费的。"她好像迷糊了,小声地补充道,"虽然不多。"

何东生无声地笑笑:"穿我给你买的衣服怎么就没志气了?"

周逸没有说话,吸了两口橙汁后才看向他。何东生好整以暇地靠在椅背上,在等她的答案,平静地凝视着她。

她慢慢问:"我是不是挺没意思的?"

何东生有些意外她会这么说,要是放在以前还不太熟的时候,他可能会默认,但现在他肯定不能这么说,当初自己有一点喜欢她,不正是因为她的不一样吗?于是他笑嘻嘻地说:"这不是老天派我来拯救你了吗?"

周逸听他说完后笑了出来,问他:"那老天都和你说什么了?"

何东生这人最擅长胡说八道,虽然总是一副嬉皮笑脸的样子,却让她讨厌不起来。

"这么跟你说吧。"他的语气还特正经,"就拿你写书打个比方,你坚持做这个是因为喜欢,这个过程肯定会有很多痛苦,所以你要学会去发现这里头能让你快乐的那一部分。哪怕只有那一点点快乐,其他烦恼就都可以丢掉。"

"想当年宋霄拿着你那篇文章全班宣扬,"何东生说到这里就笑了,"光凭这个你就甩他们好几条街。别老动不动说没意思,咱得对自己有信心。"

周逸发现他说这些话的时候挺可爱的。怎么就冒出"可爱"这个词了?感觉又不太适合他。

"你什么时候知道这么多了?"她问。

"怎么着也比你大一两岁。"他还来劲了,"我真觉得我应该修个心理学。"

周逸白他一眼，说："你要是当心理医生，那还不把人都给搞得抑郁了。"

何东生"啧"了一声，看着她说："能让我有点成就感吗？"

她偏头笑，好像整个人都有了力量。

那天他带她玩到日落西山才分手，周逸送他上公交车的时候心里有些难过，他逗她说晚上回去好好睡一觉，说不定过两天他就又来了。

她知道这是安慰话，还是笑着和他挥手再见。

何东生是真忙，忙实习还有学生会的事。

周逸的生活仍是像湖面一样平静，除了上专业课就是看第二学位的书，再抽时间写小说和备考英语四级，忙得脚不沾地。

五月底，他又给她寄了一大箱子书，周逸是和室友一起搬回去的。上次他寄来的书她都没多少时间看，随便翻了几本也就搁下了。

有时候她写文遇到瓶颈，会给他发消息求救。

他可能在忙，过了一会儿直接给她打电话过来，总是能一两句话就说到重点，让她如醍醐灌顶。周逸说他现在有点学心理学的天赋了，他笑笑说会继续努力。

有时候她写得实在痛苦，就问他怎么办。

他给她讲笑话，说吃苹果时如果发现半条虫子，那么另外半条哪儿去了呢？这个笑话没听过十遍也有八遍了，但周逸还是被他逗笑了。

"开心就写，"他又说，"不开心咱就不写。"

读高中的时候，周逸从小姨那儿听过很多有关大学生活的事情，她很早就明白要怎样高效利用时间去做事，最重要的一点当然还是自律。

那时候她很轻松地就明白了这些道理。

比如她有时间还会去听自己感兴趣的 TED（美国一家私有非营利机构）演讲和网易公开课，既能学英语又不要钱。

到了五月底，她基本看完了汉语言文学的所有专业书，闲着没事就去文学院蹭课听，还去听心理学演讲，觉着有趣的会给他发短信。

周逸至今都很疑惑他为什么会这么懂女孩的心思，因为六一那天他给她寄过来一个很大的娃娃。同寝室的赵莹抱着娃娃爱不释手，然后就开始埋怨自己的部长男朋友。

"我说我最近那么辛苦，你是不是得鼓励一下。"赵莹气得皱起眉头，"都说得那么清楚了，他竟然还不明白。"

陈迦南一边喝可乐一边笑。

"然后我说我最喜欢小玩意儿什么的，尤其是兔子，都暗示得这么明显了，"赵莹越说越来气，口气都加重了，"他就回了句'什么时候开始喜欢兔子了'，这事儿就那么过去了。你们说气不气人？"

周逸看着自己的娃娃，好想抱回来。

"见过情商低的，"赵莹愤恨地道，"没见过这么低的。"

"后来呢？"陈迦南问。

"不理他了呗。"赵莹撇了撇嘴，"都冷战几天了。"

陈迦南笑了："有些男生根本想不到那儿去，你想要什么就和他直说，看他给不给你买，要不然你莫名其妙生气，只会把他推得越来越远。"

"可我是真生气了。"赵莹一脸很难受的样子。

周逸不知道该怎么安慰她，恰好QQ弹出一个对话框。他问她收到礼物了没有，周逸说"没有"。她刚按下回车键，他的电话就打了过来。

赵莹还在诉苦，周逸跑到外面去接电话。

那是一个天气很好的傍晚，楼外的灌木丛又长高了一截。周逸慢慢走到对面那棵枇杷树下，和他简单地提了两句赵莹的事。

他显摆道："不是谁都有我这种觉悟的，知道吗？"

周逸低头笑，不说话。

"你现在在做什么？"何东生问，"晚上还去图书馆？"

周逸"嗯"了一声："汉语言课程还有一些笔记要整理。"

"今天好歹也是个节日。"何东生说，"别去图书馆了，和你同学出去玩玩。"

"我都多大了，还过六一啊。"周逸小声嘟囔。

"能有多大？"何东生说完"哟"了一声，"也就十六岁吧。"

周逸被他最后那句痞里痞气的话给逗笑了。

"你才十六岁。"她回嘴。

"啧。"何东生嘴欠地笑,"要不给你看一下我的身份证?"

周逸抿紧嘴不出声了,何东生又笑了一下,正要说话,却听见她格外严肃地叫他的名字。

"何东生,你不知道诱拐未成年少女是犯法的吗?"她忍着笑继续说,"等着收我的律师函吧。"

何东生愣了一下,接着从胸腔里溢出一阵闷笑。

他那会儿站在马路边,一只手扶着腰低声笑。程诚从一旁走过,问他笑什么,他还没来得及开口,又听程诚问道:"女朋友?"

周逸听到他和别人说话,安静了下来。

"咱系花追了你那么久都没成,"他的朋友扬声好像故意要让她听到一样,"原来是有女朋友了啊。"

何东生的笑意还挂在脸上没来得及收回:"走开!"他随即和周逸解释,"没有的事,别听他胡说八道。"

周逸才不管,故意问道:"你们系花长得漂亮吗?"

何东生抬头看了一眼煽风点火的程诚,又走远了几步才道:"我哪儿知道,不都是两只眼睛一张嘴。"

周逸笑了,嘴上却还是说:"何东生,你就骗我吧。"

何东生偏头看了一眼街道上的车水马龙,又将目光慢慢收回来,笑着问要怎么样周大小姐才肯信,周逸想了很久都没想出来。

半晌,她说:"骗我是猪。"

何东生偏头低低地笑了起来,周逸被他笑得不自在,"呀"了一声后说:"你还笑。"何东生立刻抿紧嘴无声地接着笑。

听筒里传来几声鸣笛,周逸问:"你在外头吗?"

"一个朋友过生日。"他说,"大家出来玩玩。"

周逸不想打扰他和朋友玩,说了两句便挂断电话。等她回到宿舍,却发现赵莹哭了起来。她看了一眼陈迦南,后者摊手耸肩摇了摇头。她抽了一张纸巾给赵莹递过去。

赵莹抽泣了一会儿,随后就一阵风似的开门出去了。

周逸这才问出声："她怎么了？"

"刚才打了个电话，"陈迦南淡淡地道，"他们又吵了一架。"

周逸看着自己床上的娃娃，心情有点复杂。

"和你没关系。"陈迦南似乎看出她在想什么，"女生不就爱比这个比那个嘛，很正常。"

过了一会儿，陈迦南接到一个电话也走了，周逸拎着书包去了图书馆温书。六一的晚上，自修室的学生比往日要少一半。

九点左右下起了小雨，她没有带伞，便多待了一会儿等雨停。

雨水一遍又一遍地冲刷着玻璃窗，周逸趴在桌子上偏头向外看去。耳机里播放的是《爱很简单》，她有点想何东生了。她把手机拿出来，点开短信，想着他在和朋友玩，不一定能看到，又退了出去。她想给他打电话，犹豫了一会儿还是作罢。

于是她收了书打算淋着雨往回走。

她才刚走到图书馆楼下，就被一辆开进来的社会车辆吸引了目光，上次见好像还是一个月前的事。

车上的那个男人似乎对陈迦南挺好，至少这么久了都没有喜新厌旧。

周逸回到寝室，陈迦南还没回来。

她先洗了个澡，然后准备写小说。寝室门被人很不客气地踢开，赵莹哭丧着脸走进来爬上床，依稀可以看见她脸颊上有泪水流过的痕迹。

周逸的电话这会儿突然响了起来。

她看了一眼赵莹，走到外边才接听。何东生问她是不是刚才给他打电话了，周逸说"没有"。他让她看通话记录，她这才发现不知道什么时候自己不小心就给他打了过去。

"回宿舍了吗？"他问。

"有一会儿了，我们这儿刚才下了点雨。"刚说完，她就听见他那边有人问道："你还没回去啊？"

"在路上呢。"他说。

在歌厅里大家玩得都很开心，他喝了不少酒，这会儿有些头晕，和她说话的时候语气很慢也很轻。

周逸似乎感觉到了，便问："你喝酒了？"

他轻笑了一下，说喝了一点儿。

她才不信他只是喝了一点儿，以往他喝几瓶都没事，现在这样子，指不定喝了多少。

周逸叹了一口气，抬头时，有雨水滴在眼睛里。

"雨又下起来了。"她轻声说。

何东生问："你在外面站着？"

周逸"嗯"了一声，他问怎么不待在寝室里，她又叹了一口气说："我室友还在哭着呢。"说着她又嗔道，"她是看见你送的娃娃才和男朋友闹别扭的。"

何东生听着好笑，酒醒了不少。

"我总觉得自己不太好意思，"周逸说，"有点怪怪的。"

何东生笑着问："那我要是没送礼物，你会怎么做？"

周逸歪头看着黑黑的夜，开玩笑说："你要是没送，说不准我也闹。"

何东生舔了一下唇，无奈地笑道："敢情我送不送都是个错啊。"

周逸轻轻笑了。

何东生揉了揉眉头，夜风吹来，令他清醒了很多。

他对她说："感情不是用这种方式来考验的。"

周逸不太同意他的想法，说："可是女生会多想啊，她也并不是真想要礼物，可这是证明他在乎她最直接的方式了。"好像说到这儿还意犹未尽，她顿了一下又接着道，"难道考验真的要上刀山下火海吗？我觉得不是。"

他们难得讨论起这个话题，态度还挺严肃。

何东生低头，笑了笑，说："您说得都对。"

听着像是敷衍，周逸不满地"喊"了一声。

何东生笑着问："写小说还顺利吗？"

提起这个，周逸耷拉下肩膀，重重地吐了一口气。

"写得不开心？"何东生问。

"早上写了一千字,下午全删掉了。"周逸说,"有些地方实在想不到合适的词,很费时间,我发现自己好像有点词语匮乏。"

"写不出来就去玩玩,听听歌、看看电影。"何东生说,"你得学会劳逸结合,懂吗?"

周逸沮丧道:"可我还是会想这件事,玩得也不开心。"

"这件事你不能这么想。"何东生说,"写作是写作,生活是生活,你得分开来看。爱因斯坦也不可能一直有灵感,人家还会拉小提琴,你知道吗?"

周逸"呀"了一声:"这你都知道?"

何东生冷哼了一声,说:"我什么不知道。"他的声音里有喝过酒所特有的沙哑和低沉,又有他一贯的不可一世和吊儿郎当。

"别嘚瑟啊。"周逸笑,"惹火我后果很严重的。"

何东生低低地"嗯"了一声,说没动刀子都是好的。这一句彻底把周逸的笑给逗了出来,她揉着肚子笑着问他到宿舍了吗,何东生说"快了"。

知道他很累了,周逸又说了两句就挂了电话。

她又在雨里站了一会儿,看到有男生送女生回来,想起刚才他和她说话时张狂又温柔的语气,笑着慢慢地走了回去。

第六章
那些年一起走过的岁月

六月八号,赵莹和部长男朋友和平分手了。

晚上赵莹请宿舍的六个女生去吃自助火锅,似乎没有一点难过的样子。周逸拿着盘子去挑喜欢的菜,走到调料区,却犹豫起来。

"发什么呆呢?"陈迦南走过来。

周逸拿起一个空碗,皱着眉说:"我不会弄这个,每次都调得很难吃。"

陈迦南笑了,接过她手里的碗,径自舀了一勺芝麻酱。

"蒜泥喜欢吗?"

"来点儿吧。"周逸看了一眼葱花,"这个也要。"

陈迦南每样都给她加了一点儿,两个人端着盘子和碗一起往桌边走。陈迦南问她:"你是不是还欠我一顿饭?"周逸愣了一下才反应过来。

"下次他来的时候给你补上好吧。"周逸说。

陈迦南调笑道:"口说无凭啊,回去立个字据。"

餐桌边几个女生边吃边聊,她们俩坐在最外边。

周逸偏头看着赵莹笑得那么开心,心里头挺不是滋味的。

陈迦南给她开了瓶雪碧推过去,道:"最近看了什么有意思的书吗?给我推荐两本。"

"你什么时候这么喜欢看书了?"周逸打趣她。

"可能太无聊了。"陈迦南一边剥虾一边说,"我这段时间没什么事，会很闲，看看书打发一下时间。"

周逸抓住了重点，问："课还上吗？"

陈迦南剥了一只虾放进嘴里，看了一眼满脸期待的周逸，笑着说："那就上吧，顺便瞧瞧你极力推荐的柏老师什么样子。"

事实上柏知远长得不错，可能是因为教书的关系，一身书卷气，看起来很温和的样子，上课疲惫的时候喜欢揉眉心。

不知是巧合还是故意的，那一节课柏知远点名了。

周逸清晰地记得他点到陈迦南的名字时刻意顿了一下，抬头看过来后又慢慢收回目光，好像什么都没发生一样。

下课后陈迦南问她："他不会认出我吧？"

周逸分析，"可能是觉得一学期快完了才见到真人有点儿不适应，就多看你两眼。"

陈迦南白她一眼，笑了。

那个周五的阳光还是挺毒辣的，太阳晒在身上像火烤似的。她们在大学路看见了赵莹和部长男朋友，两个人面对面不知道在说什么。

陈迦南拉着她绕道："知道他们的问题出在哪里吗？"

周逸远远地又看了那边一眼，收回视线后摇了摇头。

"永远想着索取却不知道付出，迟早要分开。"陈迦南说，"哪里有人会一直坚定地朝你走过去。"

周逸的心仿佛被敲了一下，往下一沉。

没过几天就是端午，寝室的女孩都走光了。周逸一个人在图书馆上自习，打开电脑选择自己喜欢的网易公开课去听。

陈迦南给她的QQ邮箱发了一封邮件过来。

内容都在附件，正文一个字都没有。周逸点开预览，就看到一篇二十万字的小说。她问陈迦南发这个给自己做什么，陈迦南说给她指一条明路。

周逸问："什么明路？"

"我有一个老同学在网站上写小说，没什么门槛，时间上也挺自由的。"陈迦南说，"你可以试试这个。"

周逸那时候不懂这些，便问："在网站上写小说？"

"总比你废寝忘食地写稿，再投给那些杂志社强多了吧。"陈迦南说，"你一年就发表了一篇是吗？"

是的，就发表了一篇，挣了几百块钱，给他买了个钱包。

周逸动了一点儿心思，问："是哪个网站你知道吗？"

陈迦南说回头帮她问问，便又下线了。

周逸再没了听课的兴趣，收拾了电脑回宿舍。何东生像往常一样给她打电话过来，问她在做什么。

"准备睡觉。"她说。

"是不是哪里不舒服？"何东生担心地问道，"今天睡这么早？"

周逸当时已经洗漱完在敷面膜，说话有些口齿不清。她看了一眼空荡荡的寝室，有点哀怨地叹了一口气。

"回家的回家，旅游的旅游。"周逸伤感道，"就剩我一个人了。"

何东生逗她："害怕了？"

"怎么可能。"周逸嘴硬，"一个人不知道多爽。"

何东生笑笑："害怕也没关系。"他这人张嘴就开始胡言乱语，"明天洗一张我的照片挂你床头辟邪。"

周逸忍着笑，生怕一笑面膜就白敷了。

她轻捂着嘴问他在干吗，何东生看了一眼时间说快下班了。他最近参与了一个新的工程，挺受领导重视的，就是很忙。

周逸特别喜欢这样的何东生。

用吕游的话来说就是，同样十八岁的人，很少有人像他一样，知道自己要做什么、怎么去做，从大一就开始找实习单位给自己的履历增光添彩。

他还有一点儿收尾工作要做，两个人没说多久就结束了这通电话。

周逸敷完面膜躺在床上睡不着，有点头疼——等下十二点熄了灯怎么办。

她睡了一会儿就又爬起来翻书看。枕头底下是他送的第一本书，周逸趴在床上看了一会儿就有了睡意，迷迷糊糊觉得他打了电话过来，好像说了两句什么,她也没记住。

第二天醒来时,周逸愣住了。

她难以置信地看着耳边贴着的还在通话的手机,慢慢地"喂"了一声。他的声音有点儿懒散,云淡风轻地"嗯"了一声。

"睡醒了?"他问。

周逸怔住:"你一直没挂吗?"

他低笑了一声,说:"昨晚谁说让我别挂的,忘了?"

周逸早就没印象了,这会儿不禁有点儿脸红。

"不是说不害怕吗?"他的语气有点调侃,"周大小姐?"

周逸"呀"了一声:"我是女生,害怕不行啊?"

何东生将一只手盖在脸上,笑着说:"行啊,怎么不行?"

那个时候正是清晨六点半,空气还很干净新鲜,难得清静。听着她略带撒娇的语气,何东生很受用地笑了。

周逸伸了个懒腰,问他:"你今天还忙吗?"

"还有点儿事情要处理。"何东生从床上坐起来,单手套上短袖,对她说,"难得放个假,出去走走,别老闷在学校,知道吗?"

周逸很乖地应了声:"知道了。"

一个人的寝室实在太安静了,周逸有点不习惯。她在床上又躺了一会儿,像是下定了什么决心,起床开始洗漱换衣服。

至今,提起那次出行,周逸都会笑得像个傻子。

她坐在回青城的火车上时还是有些慌乱和紧张的,但一想到离他越来越近,并且很快就可以见面,那种心情好得似乎可以和第一次拿到稿费时相比了。

时间似乎过得很慢,火车车轮摩擦着铁轨发出声响。

她看着窗外一望无际的原野,嘴角的笑一直没有消失过。旁边的女人在逗怀里的婴孩,小孩咿咿呀呀的叫声,女人好像都能听懂,这让她觉得很神奇。

好像过了很久一样,其实到青城时不过才十点半。

她不知道他具体在哪儿实习,于是直接打车去了他的学校。青城大学比他们学校要大一点,她也不着急,随意地到处转悠。

何东生在十一点的时候收到了一张图片。

是她站在学校情人湖边的侧身照,程诚发来的,配了文字:"嫂子?"

何东生本来想着是个玩笑,可他一看那双迷蒙的眼立刻就愣住了,忙向组长交了图纸,撒腿就跑出门,拦车往回赶。

她还在湖边玩,一个人倒挺自在。

何东生远远看见她背着红色的书包在低头看湖,喘着气慢慢走近她。周逸似乎并没有发现他,一直垂着眸子,一副很认真的样子。

他轻轻问出声:"看什么呢?"

周逸被他的声音叫回神,偏头看他时松了一口气:"你走路怎么都没声?吓我一跳。"

"是你吓我才对。"何东生无奈地笑笑,"来也不提前说一声。"

周逸抿了抿嘴巴,歪着头冲他笑:"惊喜吧?"

确实是个惊喜,何东生内心缓冲了一路。这是她第一次主动朝他走过来,他多少有点儿受宠若惊。

她问完又觉得不对:"你怎么知道我在这儿?"

何东生揉揉她的头发,接过她的书包拉着她就走。

周逸笑了,问他去哪儿,他扬眉说:"乖乖跟我走就行了,还能把你卖了?"

"那可说不准。"周逸看着他道,"女孩现在可值钱了。"

何东生笑着将她从上到下打量了一番:"你这话说得就不对了,身材好那才值钱。"

周逸一听,立刻瞪他。

他很少和她开这种玩笑,周逸却并不觉得突兀,这话被他漫不经心地说出来,有些不一样。

她挣脱他的手,停下来:"不走了。"

何东生笑着看她一眼,问:"真不走?"

周逸偏头不理他。何东生俯身笑了,偏头看了一眼身边的湖,逗她

117

说:"那我走了啊。"

他刚迈开脚步,就听她闷闷地"呀"了一声。

何东生笑得肩膀抖个不停,笑完了回头看她:"什么时候换口头禅了?"

周逸抬眼瞪他。

何东生笑着重新拉她的手,被她挣了好一会儿才攥到手掌心,接着他便一个劲地道歉:"您大人有大量,别跟我一般见识,行吗,大小姐?"

周逸将头撇向一旁,笑了起来。

何东生先带她去外面吃了饭,又问她要不要休息一会儿。周逸坐了几个小时的车确实有点累了,便跟着他去了一家宾馆。

他似乎来过这家,和老板很熟的样子。

老板看见他后面跟着一个姑娘,眼神都不一样了,问:"女朋友?"

何东生笑笑,轻点了一下头说:"您给个好点的房间。"

钥匙拿到手后,她跟在他后面问:"你们认识啊?"

这种宾馆的楼梯大都又陡又窄,装着声控灯,就连白天楼梯上也是暗的。何东生拉过她的手走得很慢。

"朋友经常过来玩。"他说,"照顾生意。"

他们的房间在顶层,不算大,但视野很好。周逸一进门就趴到窗边看,惊喜地说:"何东生,我能看到你们学校。"

他反手关上门,静静地看了她一会儿。

她这个样子,看起来特别活泼,像小女生。现在和他在一起时,她能放开了,会假装生气也会撒娇,偶尔还有那么一点儿勇敢。

"时间还早,可以多休息一会儿。"他拎着她没什么重量的书包,皱眉拉开链子看了一眼,"过来都没带换洗衣服?"

周逸闻声回头,不好意思地说道:"走得急,我给忘了。"

何东生笑起来:"这么急着见我?"

"谁急着见你了?"周逸瞪他,"那是我记性不好。"

何东生笑着摸了两下鼻子,也不拆穿她,顺着她的话说一会儿去一下药店。周逸却愣住了,问他去药店干吗。

"你不是说记性不好吗,"他一脸认真的样子,"咱买点药补补脑子。"

"你再说打你。"她仰着小脸,神情是那样执拗,"你才要补脑。"

何东生舔了一下唇,笑了笑,说:"一起补行不行?"

他从来都是好说话,她一点气都生不起来。

周逸轻轻地"喊"了一声,转头又趴在窗户上。

何东生去洗手间把水温调好,说:"你去洗个澡,我出去一下。"

回来的时候他拎着两个购物袋,洗手间的门关着,有水流声传来。他敲了敲门说衣服挂在门上了,有事叫他。

周逸洗了个澡,全身都舒服了。

门外一点儿动静都没有,她轻轻开了一道门缝看了两眼,发现他不在房间里。她将衣服拿进来,看到袋子里的内衣和裙子时,脸不禁红了。

周逸换上裙子,又洗干净自己的内衣内裤。

门被敲了两下,何东生问她洗好了吗。周逸这时已经开始洗换下的短袖和牛仔裤了,没什么好遮掩的,便打开了门。

她的头发湿漉漉的,随意地绾了起来,有两缕碎发贴在脸颊上,一双眼睛干干净净,里头跟发着光似的。

他将她从上看到下,随后目光落到水池里。

"你平时就这么洗衣服?"何东生问。

周逸低头看了一眼自己满手的泡沫:"那怎么洗?"

何东生无声地叹了一口气,转身去拿了吹风机又回来,让她去把头发吹干。周逸还是有点紧张,还没怎么反应过来,就已经被他拉出了洗手间。

吹风机的声音将房间里其他的声音都盖过了。

周逸动作有些僵硬地吹着头发,吹了一会儿就跑去看他洗衣服。他站在镜子前轻轻搓着她的短袖上衣,不像她随便揉两下就打算换水。

她轻声问:"你还会洗衣服啊?"

何东生偏头看了她一眼,笑了笑,腾出一只手在她身上比了一下,说:"你这么小,还尿裤子的时候,我就会洗衣服了。"

周逸睁大双眼:"那你才多大?"

何东生笑,说:"六七岁吧。"

周逸瞪他:"我三岁就不尿裤子了。"

何东生笑了出来,手指沾上水对着她弹了一下,说:"那我还得表扬你。"

周逸向后一缩,伸手去抹脸上的水,他的笑意更深了。

他们一直在宾馆待着,后来周逸睡了一觉,醒来都四点了。

她的头发蓬松地披在肩头,夕阳余晖落在她的身上。何东生当时在玩手机,看了她一眼,笑着说:"去洗漱一下,我们出去。"

周逸好像还没清醒,问他:"去哪儿?"

她的声音软绵绵的,像梨花糕似的。何东生放下手机,倾身把她拉了起来,说一会儿再告诉她。

周逸还在睡觉时,程诚给何东生打来电话,叫他出去玩。

"今天不行。"何东生当时就拒绝了,"我女朋友过来了。"

程诚一听乐了:"那正好啊,一起玩呗。"

何东生看了周逸一眼,她侧身躺着,一只手放在脸颊边,很乖巧的样子。裙子领口不大,但他依旧能看见她的锁骨,那么瘦。

"都是学生会自己人。"程诚提点道,"来年选举呢,你心里可别没点儿谱。"

何东生轻笑了一下:"我会在乎那个?"

"你就扯吧。"程诚笑骂道,"我还不是为了你好。别说那些有的没的啊,五点,星空酒店二楼。"他说完便挂了电话。

周逸洗漱完出来时,何东生正靠在门框上看着她。

她扎了一个简单的马尾,额头白净,看着特单纯。她追问他到底去哪儿,何东生笑着说去吃饭。

等到了地方她才明白,这哪里是吃饭啊,分明就是一群人的狂欢。他拉着她的手走进去的时候,那些人全看了过来,一个个眼中都有着满满的笑意。

"就没见你来晚过。"一个男生调侃,"原来是陪女朋友去了啊。"

周逸淡定地对着这些人微微点了点头,何东生给她拉开一把椅子让她坐下,然后跟那些人喝起酒来。

程诚跟他碰了一下酒杯,低声道:"这么乖啊。"

何东生笑骂:"走开。"

喝了一圈他才坐下来,发现身边的女孩一副正襟危坐的模样。

他给她开了一瓶橙汁,笑着说:"紧张什么?都是一个部门的。"他说这话时显得特老成,"别跟他们客气。"

他话刚说完,包间门就被人推开了,一个打扮火辣的女生走了进来。有人吹起口哨,眼睛有意无意地瞄向他们这边。

周逸回头看了一下,女生用余光扫了她一眼。

"没等我就玩起来了。"女生的声音很清脆,"也太不够意思了吧。"

这个女生的到来让这次聚会更加热闹,周逸看着她在一堆男生里喝酒打趣,不由得羡慕起来。

周逸低头喝了一口橙汁,抬头看见女生的目光掠过自己,落在何东生身上。

"咱们俩搭档也够久了。"女生的声音很活泼,还带着点醋意,"就凭这个也该介绍一下啊,我说得没错吧,何东生。"

程诚嘿嘿一笑。

"魏来,你就死心吧,跟了哥哥得了。"程诚说,"人家女朋友可漂亮着呢。"

周逸不可能听不出来,看了何东生一眼。他一脸似笑非笑的样子,仰头闷了一大杯酒,手掌从嘴上一抹。

"我女朋友周逸。你们说话都悠着点啊。"他开始跟他们插科打诨,"我追了大半年才追到的,要是吓跑了,跟你们没完。"

"我们就这性子,没办法。"魏来看了周逸一眼,幽幽地道,"你那么会玩,女朋友应该也不差吧。"

何东生笑笑:"她和你不一样。"

"哪儿不一样啊,都是女人。"魏来尾音一挑,"就是没想到原来你喜欢淑女。"

何东生笑了，但一双黑眸里分明看不到一点儿笑意。他将酒瓶子放在玻璃转盘上，转到魏来跟前的时候停下，声音很淡很轻地道："你少说两句。"

"斗斗嘴得了啊。"程诚出来打圆场，"你好歹也是系花，给人家留个好印象。"

周逸很少见到他生气，第一回见还是高中那次在大排档，他和吕游闹别扭。可那毕竟是年少玩闹，今天这场面比那次可要严重多了。

她慢慢地给自己斟好酒，在一阵哄闹中站了起来。

"你叫魏来是吗？"周逸莞尔一笑，"我是周逸。"她说完，隔空举起杯子碰了一下，正要喝却被他一拦。

饭桌上顿时安静下来。

"这酒多少度你知道吗？"他语气里有半分轻责，别人听来却是十二分的宠溺，"喝这个。"他把橙汁递给她。

有人鼓掌起哄，刚才那一篇算是翻过去了。

他们又玩闹起来，周逸听到有人问他有关项目的事，他笑骂了一句，说："我闲得吗？"他这话说得很溜，周逸低头笑了。

过了一会儿，她感觉胃有点不舒服，刚站起来就被他握住手腕问干吗去。她说去洗手间，他问她知不知道在哪儿，最后一个字音还没落地就有一道女声插了进来。

"我带她去吧。"是魏来。

何东生静默片刻，淡淡道："谢了。"

酒店的走廊很长，她们都没有说话。周逸安静地跟在魏来后头，到洗手间门口的时候，前面的人停了下来，转身看着她，像是有话要说的样子。

"刚才在饭桌上的事，你别介意啊。"魏来的声音挺轻的，"我们平时玩笑惯了。"

周逸愣了一下，摇了摇头说"不会"，说完笑了笑，进了洗手间。外头好像下起了小雨。

或许是因为许久没见她回来，何东生有些坐不住了。

程诚看他皱着眉头的样子，笑了："这才一会儿没见就担心了？"说着他看了正和身边的男生打得火热的魏来一眼，"你有这么深情吗？"

何东生懒懒地站起来，轻声道："走开。"随即他笑着拉开椅子，出门去找周逸，还没走到洗手间，就看到了走廊上的那个身影。他一只手插在兜里慢慢走近，偏头顺着她的目光看过去。

"下雨了？"他缓缓出声。

周逸好像知道他在后头，笑着"嗯"了一声。何东生的目光慢慢垂下，落在她白皙的脖颈上。

湿热感传来的时候，周逸不禁颤抖了一下。

他的唇在她的脖子上亲着，慢慢下移。她紧张地闭上眼睛，手不知道该往哪儿放，只觉得他的后背贴着她，随后手被他握在了掌心。

他将她转过来，面向他。

她还闭着眼睛，睫毛抖个不停。何东生笑笑，低头吻了下去，从眼睛亲到鼻子，最后落在她的唇上，她以为会是蜻蜓点水般的一个吻，他却在她唇上辗转许久。

周逸吓了一跳，却还是不敢动弹。

周逸双手抵在他胸前轻轻地推拒，把脸一偏，将头埋在他的肩上。何东生低头闷声笑了起来，他身上的酒味让她有些迷醉，只想趴在他的肩上不起来。何东生深深地吸了一口气，轻声叫她的名字。

"周逸，"他说，"把头抬起来。"

他的声音很低沉，潮潮的热气喷洒在她的颈侧，有烟味、酒味、男性独有的味道。周逸不敢抬起头来，只把头摇了又摇。

雨点噼里啪啦地拍打着窗户。

知道她是不好意思了，何东生笑说"真不抬啊"，姑娘还是摇头。他拿她没办法，便由她扯着袖子。笑意在他嘴角蔓延，轻轻嗅了嗅她身上的味道。

身后传来一个声音："你们在这儿啊。"

周逸立刻从他怀里抬头看过去。

123

魏来招手对他们笑着说:"大家都在等你们呢。"

何东生并没有回头,等到身后没动静了,才低头看她。

"不是不抬吗?"他还在逗她。

周逸难得使小性子,这会儿脸一下子就红了。何东生低头,笑着拉着还在别扭的人朝着包间走去。

饭桌上的气氛比之前还要热闹,酒瓶多了许多。

有人看他们回来了,戏谑道:"干什么去了啊?这么久。"

尾音拉得老长,透着暧昧之意。

何东生放浪地笑了笑,说:"差不多得了啊,还喝不喝酒?"

"喝、喝、喝。"几个男生一起喊。

那天晚上他们玩得很晚,何东生喝了很多酒,回去的时候身子有些晃,说话倒是还挺正经。魏来说他们要去歌厅,问何东生去不去,他笑笑说算了。

周逸至今都记得二〇一一年的那个夜晚。

饭桌上他和别人轻声谈笑,说的很多是她听不太懂的专业名词。还有他在窗边低头亲她的样子,他的笑从胸腔里溢出来,她低眉含羞,呼吸里全是他的味道。

一到宾馆她就推何东生去洗澡,自己则找电影看。

他洗完澡出来时身上裹着宾馆的白色浴巾,一边擦头发一边看她。周逸端着泡好的茶水给他递过去,何东生问是什么。

"我找老板要的。"她仰头说,"听说茶水可以解酒。"

何东生笑笑,低头喝了大半杯。

"你们平时玩都这么喝酒吗?"她问。

他往床上一坐,床边陷了下去。

"这还算少的。"他笑了一下,又擦了两遍头发后将毛巾扔到床头柜上,"你什么时候见我喝醉过?"

周逸知道喝酒对他来说难免,但毕竟伤身,还是忍不住劝他少喝点。也不知道他听没听进去,只是笑笑说知道了。

她几不可闻地叹了一口气,说他:"知道才怪。"

何东生听她这话里还有些怄气的意味，懒懒地往床头一靠，笑着看她。今晚她的样子和以前都不一样，软软糯糯的，像水做的一样。

周逸察觉到那目光，把头抬起问："看我干什么？"

他的视线从她的脖子上移到脸蛋上。

"怎么？"他笑了笑说，"还不让人看了。"

周逸伸手抓过一个抱枕挡在脸颊上，又伸出另一只手比了个数字，说："看一眼十块钱。"

裙子随着她抬手的动作向上提了一点。

何东生觉得那点醉意又上来了，轻飘飘地说："要多少钱都给。"

他的声音忽然变轻了，周逸低眉笑。

许久不见有动静，周逸慢慢拿开抱枕。他的动作实在太快了，她还没有弄清怎么回事，伸出去的那只手已经被他拉过去，整个人压在了他身上。

何东生捏着她的下巴亲了上来，堵住她的惊呼。

她的唇有点凉，很软很滑，还带有一点香橙的味道。

那时候他就知道，这样一个看起来软绵绵的姑娘，真厉害起来也够他喝一壶的，不然她也不会当着那么多人的面要敬魏来。

周逸一直闭着眼睛任由他亲着，半晌后，只觉得喘不过气来。

她的嗓子里溢出轻柔的低哼，何东生低笑着离开她的嘴，说："好了，睡觉，明天带你出去玩。"

周逸的脸早就红了，抬眼瞪他。

"不睡啊？"他逗起她来，故意说，"那我……"

周逸缩了缩脖子："你再说。"

他嘴角的笑意渐渐扩大，偏头笑开，随后又看向她。

青城那个夜晚的星星很亮，但还是比不上她的眼睛。

那几天他带着她到处玩，有一次傍晚路过一家书店，她非要拉着他进去看。书店像是有些年头了，灯光有些昏黄，但不影响阅读。她站在书架前弯着腰很认真地挑书，好像周围什么都没有了。

何东生靠着书架，双手插兜里看着她。

他想起前些日子他跑去书店给她寄书，老板都和他很熟了，便问他怎么每次都买这么多。他当时一边低头填快递单，一边笑着说女朋友喜欢这书，老板笑说"那你有福了"。

周逸还在挑书，手指在上面拨来拨去。

何东生上前俯身问："想好买哪本了吗？"

"想买这个。"她眼睛还盯着书，小声说，"但没有全套的卖。"

何东生说这个简单，我们可以再去别家看看。

"这个版本的已经绝版了。"周逸说，"其他的都不好。"

周逸觉得很奇怪，像《追忆似水年华》这样的绝世名著，中国竟然少有完整的译本。二〇一二年由译林出版社翻译并出版的那一版，虽不算经典，却也是一次新的尝试，但那已经是一年以后的事情了。

后来她什么都没买，拉着他走了出去。路上她和他聊起写作，说陈迦南建议她去网站上写，她想问问他的意见。何东生对这个倒没什么想法，主要看她自己的意思。

"就像我喜欢打游戏。"他给她举例子，"你要把这件事当成享受来看，就不是问题了。"

"可就这样进入一个新的领域，我没什么把握。"周逸一直在头疼这个问题，"一点读者基础都没有怎么办？"

"你写作是为了什么？"他这样问。

周逸想了一下，说："就是喜欢写。"

"那不就完了。"何东生说，"还没开始就想着结果不好，这可不行。"

周逸被他说得有点沮丧，垂下脑袋哀叹着说写一本书真难，写一本好书更难。何东生伸手揉了揉她的脑袋，再顺手搭在她的肩上。

"这件事不能这么想，知道吗？"他说，"见仁见智。"

周逸仰头问他什么意思。

"就是说，不是所有好作品都有人喜欢。"他对她说，"明白吗？"

周逸听完"咦"了一声，歪头朝他笑："你什么时候这么会安慰人了？"

何东生笑出声："我说我对心理学有天赋吧，你还别不信。"

他又嗫嚅，周逸笑了。

他们走到红绿灯路口的时候，遇到一个外国背包客问路，说了一长串英语。周逸回了些什么，何东生不知道，他只听懂了最后那句"不客气"。

背包客一走，她被他看得有些发毛。

"退一万步讲，写小说不行咱还可以把它当爱好。若是有一天真不喜欢了，当个英语翻译也不错。"他说，"我英语学了十多年，至今还只会简单的句子。"

他难得说教得这么厉害，周逸扑哧一声笑了。

事实上她那时候哪还有什么时间再去写小说，每天都有写不完的实验报告、做不完的汉语言练习，能腾出空写个五百字都是奢侈。

端午假期结束那天，他送她去火车站，站台上人山人海。

她坐上车，远远地看见他站在那儿，一只手插在兜里正低头玩手机。过了一会儿，她的手机响了一下，短信里，他说很快就放暑假了，到时候去接她。

火车缓缓地开动起来，直到他的身影再也看不见。

一回学校，周逸便一头扎进题海。临近期末，她还要"过五关斩六将"，拿励志奖学金。周末的时候陈洁打来电话嘱咐她多吃菜、多吃水果，别省钱，又问她复习得怎么样了。

她挂了电话，陈迦南笑着问："阿姨没问你端午怎么没回家？"

"可能没什么着急的事吧。"周逸说，"不然她肯定三百六十个连环Call（打电话）。"

"其实你妈妈就是太关心你了。"陈迦南说，"我妈几个月都不见得会给我打一个电话。"

周逸挑眉："咱们俩换换？"

"那还是算了。"陈迦南笑笑，"我散漫惯了。"

说散漫都是轻的，陈迦南有时候都不见人影。

周逸觉得那是人家的事情，不好说什么，却又怕这姑娘把自己弄得遍体鳞伤。

有一回，她看见那个男人送陈迦南回来。

周逸刻意放慢脚步，看清了驾驶座上男人的样子。后来她真正认识这个男人是在有一年的毕业典礼上，她误打误撞跑错了地方，正要退出去，抬头看见舞台中央，男人被一堆领导簇拥着，正在给几个大四学生发毕业证。

那时她才知道，陈迦南爱的是个浪子。

期末考长达半个月之久，周逸考完那天Ａ城下起了雨，像庆祝似的还打了两个惊雷。

傍晚她没有等到何东生的电话，倒是在图书馆门口被一个"鬼影"给吓着了。

吕游张开双臂朝她跑过来，跟个幽魂似的。

"想我没？"吕游笑得特灿烂，"是不是特惊喜？"

小半年没见，这姑娘好像哪里不一样了！吕游觉得周逸变了不少，尤其是身上有种小女生特有的韵味了。

周逸接过吕游的行李箱，说："也不提前和我说一声，我好接你去。"

"惊喜吧，学着点啊。"吕游挽住她的手，"以后这一招可以用在何东生身上。"

周逸笑笑，想说"早就用过了"。

"哎，你们俩现在怎么样？"吕游问，"他有没有欺负你？"

周逸缓缓叹了一口气，一脸沉重。

"他……"吕游声音一顿，接着又一扬，"真欺负你了？"

周逸还想继续装一下，被吕游忽然掏出电话的动作给打断了。

她笑着抓住吕游的手说："逗你玩呢。"

"吓死我了。"吕游叹气道，"他要是真敢欺负你，我走之前非得废了他不可。"

周逸抓住了她话里的重点，问："走哪儿去？"

"现在知道关心我了。"吕游酸酸地说，"谈起恋爱来，早把我给忘了吧，一个电话都没有。"

周逸赔笑道："我道歉，您想吃什么都行。"

吕游是真的狠狠地吃了一顿，花掉了周逸近半个月的生活费。

餐厅里，吕游抹抹嘴，放下帕子，之前的气势全没了。

"我爸打算送我出国。"吕游轻声道，"学校都已经联系好了，那边暑期开学，我下周坐飞机过去。"

简简单单的两句话，就把事情给说明白了。

周逸也没想到会这么突然，惊讶了很久才平静下来，但转念一想，这也是好事情。

周逸说："问你一个问题。"

餐厅里播着有点悲伤的背景音乐，吕游喝了一口酒，说："你问。"

"如果你面前现在摆着两条路，一条是平坦的阳关大道，走这条路可以让你平步青云；一条布满荆棘，走起来很辛苦，还不一定能得到好结果。"周逸说完停了一会儿，又问，"你选哪条？"

吕游放下酒，坐直了身子，说："我也问你一个问题。"

周逸点了点头，轻轻"嗯"了一声。

吕游看了看对面的女孩，随后目光渐渐放远了，等到那首 BGM 播到高潮才打破沉默。

"想做的和应该做的，"吕游说，"你选哪个？"

周逸没有说话，她不知道该怎么回答。

"我看着是疯，但疯不代表自由。"吕游说，"我也想过凭着自己的力量为北京添砖加瓦，但想想还是算了。"

吕游没有正面回答，周逸却听明白了。

在她们都没有能力去过自己想要的生活的时候，说再多也无用。毕竟刚成年，不算拥有过去，未来也还没到来。

"能不能别说这么严肃的话题。"吕游端起酒，"喝、喝、喝。"

那个晚上吕游喝得不省人事，周逸去宾馆给她开了一间房。她接到何东生的电话时已经将近十一点了，他似乎刚忙完，语气疲惫。

周逸跟他说吕游要出国了，他的反应很平静。

"迟早的事。"何东生笑了笑，"那时候我们两家住对门，她妈天天嚷嚷着要送她出国念书。"

周逸有些疑惑："她家教不是挺宽松的吗？"

"宽松不代表没要求。"他说。

周逸至今不能接受，因为这件事情来得太突然了。她只是忽然想到自己，就像陈洁说的那样，家里都给她铺好路了，就等着她毕业。

他好像知道她在想什么，轻叹了一口气。

"大晚上的，别胡思乱想。"何东生说，"我明天就过去了。"

周逸"嗯"了一声："你早点睡。"

第二天，两个姑娘还睡得不省人事的时候，何东生已经到了 A 城。他给周逸打了电话，周逸匆忙起来洗了脸，就跑下楼去接他。

她头发披散着，显得有点凌乱。

何东生走近给她捋了捋耳边的碎发，忍不住皱眉道："这才跟她待了不到一天就成这样了？"

周逸笑道："谁让你来得这么早？"

"那行。"何东生收回手，淡淡地道，"我晚点再来。"

周逸这回也淡定了："慢走。"

何东生往回走了几步，感觉这姑娘没追过来，回头看过去时，发现她已经走远了。他有些无可奈何地笑笑——得，这回真栽她手里了。

周逸上到二楼时，发现何东生跟了上来。

她故意放慢脚步，却在他快接近的时候又加快步子，还没走多远，就被他拉住手腕一把推到墙上。

"不是说走了吗？"她仰头看他。

何东生低头抵着她的前额，笑着说："怎么走啊？你教教我。"

空气有点燥热，周逸推了推他的胸膛，摊开双手说："先交钱。"

"咱们俩这种关系还要钱？"他挑眉。

周逸说："当然要了，亲兄弟还明算账呢。"

她才说了几句话就被何东生堵住了嘴，他一只手搂着她的腰，吻得比以往都要深入。

好像突然就捅破了那层窗纸，剩下的事情都变得理所当然。就像开始好的时候她还那样矜持，慢慢和他吐露心事、听他的建议，也学会耍性子、撒娇、吃醋。看到电影里面某些亲密的镜头，她会脸红地想起他也曾在她身上作怪，甚至还想过给他生小孩。

"何东生。"她被他亲得气喘吁吁还不忘提醒，"被人看见了。"

他跟没听见似的亲得很重，鼻间全是她身上的奶香味。他慢慢将唇挪到她的脖子上。

周逸被他这一弄吓住，说话都不利索了。

察觉到她轻微的颤抖，何东生低声笑了一下，埋头与她交颈，缓缓地深呼吸了一下，闷闷地说："都不想我吗？周逸。"

她的心一下子就软了，低低地"嗯"了一声。

他们又耳鬓厮磨了一会儿才上楼，何东生没有进去，就靠在门外等她们俩。他嘴上还留有她的味道，他用大拇指轻轻地摸了摸，笑了。

两个女孩收拾完毕已经是半小时以后。

何东生现在对这片比周逸都熟，吕游忍不住问周逸都不出门的吗，周逸已经可以很自然地说："那又怎么样？"然后她指了指何东生说，"可以问他。"

"不是吧。"吕游看看何东生，又看向她，"他都把你惯成这样了，以后分手了，你可怎么办？"

何东生冷眼看过去："再说就走开。"

吕游嘿嘿地笑："你们今天是东道主啊，一切都得顺着我。"说完她轻轻叹了一声博取同情，"谁知道下回再见我会是什么时候了。"

"得了吧。"何东生凉凉地道，"你别带坏了周逸，我谢谢你。"

吕游笑着将头扭向一旁。

那天到最后又下起雨来，路上周逸遇见了同学，便与同学在一旁寒暄了几句。

吕游看着不远处那个纤瘦、单纯的姑娘，问何东生谈恋爱的感觉怎么样。

何东生笑笑："你试试不就知道了。"

"就不能给句准话吗？"吕游翻了个白眼，过了一会儿又说，"你要是敢欺负她，我跟你没完。"

何东生将目光落在周逸身上，平静地看了很久，什么也没说。他们都沉默地站着，然后看到周逸笑着走过来。

吕游是先坐晚上七点的火车到 B 城，再转乘飞机去上海。

何东生和周逸一起送她去火车站。

周逸拉着吕游的手不舍得松开，好像这一去就再也见不到了一样，谁也不知道下次见面会是什么时候，他们又会变成什么样子。

吕游笑着说："我够意思吧，临走之前都过来看你一眼。"她又瞥了一眼在售票窗口买票的何东生，"和他好好的，有事给我发邮件。"

周逸不太喜欢离别，尤其是这种意料外的突然离别。

何东生买好票走过来递给吕游，看着两个姑娘轻轻拥抱，火车站的广播已经开始催检票。

"一路顺风。"他说。

吕游给了他们俩一个很大、很灿烂的笑容，然后挥挥手，头也不回地扎进了人群里，很快便消失不见，就像从没有来过一样。

周逸的鼻子有点发酸。

何东生将手搭在她的肩上，轻轻握紧，然后低头轻声道："走吧。"

他们坐第二天的火车回了青城。

路上周逸靠在他的肩上睡了一觉，大抵是车厢里空调温度有些低的缘故，她头有些疼，胃也不大舒服，醒来就跑去厕所干呕。

何东生一边给她拍背，一边递水给她。

她喝了一口就把杯子给他，何东生没接，推回去让她再喝一点。她深呼吸几口气，喝完了剩下的水，他又给她顺了顺气，才拉着她回去坐下。

周逸没一点儿劲，软软地靠在他身上。

"我这还是第一次坐火车晕车。"她有气无力的，"以前怎么就没有呢。"

何东生轻轻揉着她的手，低眉哼了一声："还当个壮举了？"想着她刚才干呕时那种难受劲儿，他皱了皱眉头，"少说话，你再睡一会儿。"

她乖乖地"嗯"了一声,真的不再说话。

过了一会儿周逸又睁开眼睛,抬头看他。

何东生当时正看着窗外,冷不丁被这样一双清澈的眸子盯着,他玩味地挑了挑眉,等她开口。

周逸问:"那个魏来就是你们的系花吗?"

何东生愣了一下,随即品了品她这话里的意思。她这双眼睛实在太干净了,问这话就跟说"今天天气不错"一个语气。

"问她干什么?"他一副没兴趣的样子。

周逸又将头靠回他的肩上,说:"就是忽然想了起来。"在这火车轰鸣里想起魏来曾经对她说的那句"我们平时玩笑惯了"。

"程诚给封的。"何东生笑了一声,"你要是来我们学校,没准能当个校花。"

周逸"喊"了一声,笑道:"你就恭维我吧。"

她刚说完,下巴就被他用手指挑起来。他一脸特别认真地说:"长这么乖的上哪儿找去,当校花都委屈了。"

周逸被他不正经的样子逗笑,拍了一下他的手。

何东生笑着说:"还有半小时,你再睡一会儿。"

周逸闭上眼睛安安心心地枕在他肩上,手被他握在自己手里轻轻地摩挲,还能闻到他身上淡淡的烟草味,她又轻轻地吸了一口气。

没几分钟她又抬头,目光投向他的喉结。

"何东生,"她叫他,"你以后能不能少抽点烟?"

看在她现在有些迷糊又是个病人的分上,何东生轻点了一下头,说:"好,快睡吧。"

周逸心安地又低下头,接着又抬了起来:"何东生……"

她还没说后面的话,就看见他脸色铁青,然后听见他略带责备地说:"虚成这样还不消停,再说话把你扔出去。"

周逸立刻变乖了。

何东生看着她低下头的样子,勾了勾嘴角,目光慢慢地落到玻璃窗外。空旷的原野上飘着袅袅炊烟,远处渐渐出现一些楼房、大马路、汽车和高楼大厦。

是的,青城就要到了。

一下火车,迎面吹过来一股暖风,周逸忍不住揉了揉鼻子。

何东生在出站口给她拦了一辆出租车,跟司机说去老电影院,又俯身到车窗边叮嘱她回去睡一觉,有事给他打电话。

汽车很快融入车流,她看见他站在马路边又点了支烟。

周逸愤恨地想,这个骗子,罢了又被自己的样子逗笑了。

出租车开到半路,她忽然想起什么拿出手机,一咬牙把有关他们之间发的所有短信给删干净。删完又觉得好像丢了什么似的,她叹了一口气。

回到家推开门的那一瞬间,周逸好像就觉得喘不过气来,淡淡地说:"我回来了。"

周北岷坐在电视机前看足球联赛,陈洁在厨房里做羹汤,看起来好像特别和谐的画面。

"你建成叔女儿的学校早放假了,暑假还给自己找了份实习工作。"周北岷看了她一眼,随后视线又落回电视上,"你们怎么放得这么晚?"

周逸说:"考试战线拉得长。"

"这学期就该考四六级了吧。"周北岷说,"准备得怎么样?"

周逸说:"还没考,我也不知道。"

"准备得怎么样,你心里没数?"周北岷的视线终于从电视上挪开,眼神有些锋利,"你建成叔的女儿英语六级都过了,你不好好复习怎么赶得上?"

周逸将书包放到玄关柜子上,不想说话。

陈洁从厨房探出头来叫他们吃饭,周逸说:"我去洗个手。"然后便逃进了洗手间。她有些呆愣地往手心挤了点洗手液,看着镜子里的自己,深深地吸了一口气。

饭桌上,周北岷说:"暑假你哪儿也别去了,回老家陪你爷爷奶奶。"

"他们天天念叨你。"陈洁接着话茬道,"把书都带上,去那边看。"

周逸嘴里还嚼着饭,无力地"嗯"了一声,吃完就回了自己的房间。

家里的隔音效果不是特别好，外头的说话声听得她莫名烦躁。

周北岷把碗筷往桌子上一放，对陈洁说："我以前就听杨嫂说她孩子读了大学后，一回来就钻房间里不出来，我还不信，你现在看看周逸。"

陈洁说："行了，你少说两句。"

"她大学没考好，我没说她什么吧，你看她一回家就这副样子。"周北岷的声音大了，像是故意说给周逸听的，"也不知道什么时候能给我争口气。"

周逸很快找到MP3，想把耳机戴上。

可是耳机线缠在了一起怎么都解不开，周逸感觉自己的手在颤抖，她使劲拽着耳机线，又听到周北岷唉声叹气："我看她就成不了大气候。"

耳机线突然断了。

周逸瘫坐在桌前，双手捂住耳朵，鼻子一酸，眼眶就湿润了。她轻轻闭了闭眼睛，硬生生把眼泪逼了回去，然后吸了吸鼻子，慢慢打开电脑里的音乐。

那一瞬间，世界仿佛就此安静下来。

她在房间里看了一个多小时的书，都没发觉陈洁是什么时候端着水果盘进来的。

陈洁坐在她身边说："勤奋也不是你这样的，出去和你爸一起坐坐，说说话。"

于是周逸把书合上，鼓起勇气往外走。

母女俩还没走出房间，周逸的手机就响了一下。她心里一动，飞快地瞥了陈洁一眼，走回去拿起手机，看都没看一眼，就直接调成了静音。

陈洁说："谁呀？也不看看。"

周逸说："没什么，肯定是那些广告电话。"

然后她就推着陈洁往客厅走。

周北岷依旧在看足球赛，周逸盘着腿坐在沙发上往嘴里塞葡萄。她吃了几颗后，就把盘子推到周北岷面前。

"爸，你吃点吧。"周逸说，"我去给你们倒洗脚水。"

余光里她看见周北岷的脸色还不错，才慢慢松了一口气。

周北岷平时在办公室坐惯了,总是就腰酸背痛,洗脚的时候一弯腰,疼得"哟"了一声。

"活该!让你整天都不运动。"陈洁瞪了他一眼,对周逸说,"去给你爸揉揉。"

周逸跪在沙发上给周北岷捶腰,她也没什么经验,就是觉得该用力的时候用力。

周北岷难得地夸了她一下:"你别说,揉得还不错。"

从回家到现在,周逸才真正笑了一下。

终于熬到一场足球赛播完,周逸简单地洗了个澡后回了房间。手机里乖乖地躺着他发的消息,问她在做什么。

周逸看了门外一眼,关上门后打了个电话过去。

等电话接通,她说:"刚和我爸看完足球。"

何东生乐了:"你什么时候喜欢上足球了?"

"我爸是个球迷。"她不太想说这个,便问他,"你干吗呢?"

"老板派了个活儿,刚忙完。"何东生伸了个懒腰,揉了揉脖子,问她,"你明天能出门吗?"

周逸想了想说:"能。"

过两天她就回乡下爷爷家了,再见他还指不定是什么时候。

何东生低声:"我去接你?"

周逸吓了一跳,连忙说:"我自己过去找你。"

他说:"好。"

整个晚上她都在想明天出去的借口,或许走了一点儿好运,第二天周北岷好像有其他事要和陈洁出一趟门,说是回来时可能要晚上了。

于是周逸把自己打扮好后,大摇大摆地出了门。

何东生实习的地方就在市中心,周逸坐公交车没一会儿就到了。她站在公司楼下等他,MP3 开着外放搁在耳边听。

突然,她手里的 MP3 被人给抽走了。

她吓得一激灵,回过头去看,是何东生。他把玩了几下,问她怎么不戴耳机。她不好说耳机线被自己扯坏了,只能说可能哪里接触不良,用不了。

何东生抬头看了一眼四周,拉过她的手就往前走去。

"我们去哪儿?"周逸跟在他身边问。

他文绉绉地说:"给你的耳朵找一个慰藉。"

周逸抿着嘴笑。

街道两旁的礼品店、小商场多的是,大概男生都是会直接进第一家店挑一个最好的。可一副耳机而已,实在没必要买多好的,周逸在他挑中后抓了一下他的手,小声说:"太贵了吧。"

何东生笑着说"不贵",能给她用是它的福气,说完便去结了账。之后他将耳机包装拆开,把插头插到MP3里,再递给她,说:"听听看。"

音质好得出奇,周逸都舍不得摘下了。

他带她去了青城的古玩市场,又去路边摊吃了广式肠粉。夏天热得人直冒汗,周逸又吃了个甜筒。

后来路过一座公园,两个人便坐在那儿休息了一会儿。

何东生去旁边接个电话。

周逸便一个人坐在树下乘凉,看了一会儿他打电话的样子,不由得心满意足地笑了笑。过了一会儿,她身边坐下一个老太太,笑眯眯的样子看起来特别善良。

"小姑娘今年读初中吧?"老太太问。

周逸笑着摇了摇头说:"我都上大二了,奶奶。"

老太太惊讶地说:"真看不出来。"

周逸不好意思地笑了笑。

"一个人来这儿玩啊。"也许是因为这会儿公园实在没什么人,老太太很热情地和她搭话,"大热天的。"

周逸笑着说:"我和朋友一块儿来的。"

老太太一连"哦"了好几声,说:"那还好,一个人忒没意思。"

周逸觉得这个老太太说话很有趣,于是自己也打开了话匣子。

"你家哪儿的?"

"万盛路。"周逸补充道,"老电影院那儿。"

"在哪儿读大学呢?"

周逸顿了一下,才说:"外地呢。"

一老一少说得正热闹,身边忽然多出一道身影,接着有一道凉凉的声音传来:"您老查户口呢?"

周逸一愣,这人的语气怎么这样?

接着她便听见老太太哼了一声:"我和人家姑娘说说话,碍着你什么事了?"

老太太还对周逸抬了抬下巴:"对吧,姑娘?"

何东生有些无奈地偏了下头,然后对周逸说:"这是我奶奶,人称'大话唐僧'。"

说完他就被老太太拍了一下背,老太太嗔道:"臭小子,说话也没个正经。"

周逸这会儿有点坐立难安了。

"您怎么来这儿了?"何东生问。

"就兴你浪还不许我逛了?"

"哟。"何东生嬉皮笑脸,"这说话怎么还押起韵脚了。"

老太太白了他一眼,拉着还有些呆愣的周逸,说大热天的转什么转,跟奶奶回家乘凉去。

周逸飞快地看了何东生一眼,他一脸悠闲地看着她,似笑非笑。

大太阳下,老太太拉着她的手走在前面。

"叫什么呀,姑娘?"

"我叫周逸,奶奶。"她的声音轻轻柔柔的,老太太又问是哪个字,她说,"一劳永逸的逸。"

老太太问:"和东子是同学?"

"嗯。"周逸说,"高中同学。"

一大一小两个人,你问一句,我答一句,老太太看着这小姑娘有些熟悉的眉眼,笑得很和蔼,周逸则觉得老太太的声音听着很温柔。

等走到路边,老太太回了一下头,喊道:"臭小子,拦车去。"

周逸忍不住笑了。

何东生站在她们身后几米外。她的 MP3 和耳机还在他的手中,他看了一眼走在前头的两个女人,低头笑了一下,低喃:"真是神奇。"

他家在青城旧水厂,小区里大都是20世纪七八十年代留下的楼房,一排排的筒子楼。

楼旁有高大的梧桐树,夏天燥热,知了在叫个不停。

老太太把房间收拾得很干净,气味很好闻。

何东生跟在她们后头进了门,看见这姑娘一直低着头很认真地听老太太说话,嘴角轻轻地勾了勾。

"我跟你讲啊……"老太太一路上嘴巴就没歇过,"他小时候可能跑了,我还以为长大了怎么着也能当个田径运动员啥的。"说着她失望地摇了摇头,"没想到后来跑去学街舞了。"

周逸笑得眼睛都眯成一条缝了。

"反正啊,没干过一天正经事。"老太太说,"读个大学又搞起那啥土来着……"

何东生实在听不下去了,把切好的水果往茶几上一放。

"那叫土木。"他纠正完后睨了一眼老太太,"您就不能说我一点儿好?"

老太太哼笑了一声:"倒是有一点儿好。"

何东生不太相信能从老太太嘴里听到什么好话,周逸看了他一眼,也好奇地问老太太是哪一点儿。

何东生觉着得先给这姑娘打个预防针,于是皱着脸:"说咱拣着听听就行了。"

老太太说:"没带过女孩回家。"她拍了拍周逸的手,爽朗地笑了,"你是第一个。"

周逸抬头看那人,他还不太好意思,左手揉上脖子,将脸别向了一旁。

老太太很喜欢和她说话,还做了一桌好吃的菜,真把她当他的女朋友来疼。

周逸这才知道，父母在他的小时候就离了婚，母亲改嫁了，一直是奶奶拉扯着他长大的。

房间里，奶奶翻出他小时候的照片给她看。

何东生在客厅里玩游戏，偶尔抬头看一眼奶奶的房间。老太太好像知道他心里在想什么，从里头把门给合上了。

"咱婆孙俩说咱的。"老太太拿起一张照片给她看，"这是他八岁的时候吧，和人跑外头野了半夜还没回来，被我揍了一顿。"

说着，老太太就笑了："你看胳膊上这伤。"

"他那时候很野吗？"

"蔫坏蔫坏的。"奶奶说，"就会跟我作对。"

周逸看着照片上那个眼神有点凉薄，又有些痞气的小男孩，没想到他现在成长得这样好。

"有一回跟我作对战，他做了什么你知道吗？买了件短袖……"老太太盘着腿坐在地上，拍了拍自己的胸口，"就这儿，绣着'野狗'两个字，回家就跟我嘚瑟，被我收拾了一顿后乖乖穿着校服上学去了。他小时候皮得很，我差点以为他会走歪路。"老太太的声音这时变轻了，"后来长大了一点倒变乖了，也听我的话了。"

周逸翻到另一张照片，篮球架下，他用胳膊夹着篮球，笑得很阳光。

"他就是有时候脾气不太好。"奶奶说，"看着挺厉害，其实心里头软着呢。知道谁对他好，跟他爸一样能把心窝子给人家掏出来。"

是这样，他能把她往肝里疼。

"你看这张，他那鼻孔朝天。你敢想象他以前还染过黄毛吗？大晚上的耍帅还打了什么啫喱，把我给气坏了。"奶奶说着说着就笑了，"我立刻就拉他去理发店推了个光头。"

周逸听到这儿，扑哧一声笑出来。

那天老太太给她说了他从小到大的很多趣事，临走前还送了她一枚玉镯子。

周逸推拒着不要，老太太拉着她的手腕给她戴上去，笑着说："不值钱。"

何东生在旁边道："奶奶的心意，收着吧。"

周逸在他家一直待到下午，何东生才终于把她的手从奶奶的掌心里给拉了出来。

宋霄刚从上海回来，搞聚餐，叫他们去。看时间还早，他便带她过去玩了。

路上，周逸跟在他后头，一直在笑。

何东生睨了她一眼："吃错药了？"

周逸还在笑，一双手背在身后，将下巴抬得高高的。

何东生被她那样搞得心里直发毛，啧啧了两声。

"不说？"他开始威胁她，"不说就不带你玩了。"

周逸抬头瞥他一眼，心想这什么时候变得这么幼稚了？她慢慢收了笑，把双手摊开在他面前，说了一句话："十块钱。"

何东生垂眸看看她的双手，手指又细又长。

"给不给？"周逸说，"一分钟后涨价。"

何东生笑了笑，装模作样地把手伸进裤兜里。

周逸以为他真去掏钱了，等了一会儿看见他又把手伸出来，攥着个拳头，在贴近她手心的时候忽然张开手，轻轻地拍了一下她的手掌。

周逸也笑着去拍他的手："骗子。"

何东生一躲，周逸没拍着，被他顺势拉住她的手攥在自己手心里，低声笑着说："奶奶又编派我了吧。"

周逸立刻头摇得拨浪鼓似的，然后特别郑重地说："奶奶把你夸得可好了。"

何东生挑眉看她，似信非信。

"没想到你小时候那么皮。"周逸自顾自地说完就去检查他的头发，"何东生，你真染过黄毛啊……"说到这里，她扑哧一声笑了，"还打啫喱……"

何东生冷冷地看着她笑。

"现在真看不出来。"周逸歪着头打量他，"'杀马特'发型你留过吧？"

何东生轻吸了一口气。

"真是想不到。"周逸还没有发现自己已经走到危险的边缘,还认真地说道,"名字是土了点吧,但还可以接受……"

她话还没说完,就被何东生一把拉进了巷子里。

旧水厂这边有很多老巷子。

他小时候在这一片撒野,闭着眼都知道哪儿有路,哪儿没路。

下五四五点,夕阳即将西下,暑气还没散完,老头儿老太们也都待在家里避暑,街上都没几个人影,巷子里就更寂静了。

他把她抵在红墙上,呼吸粗重。

"怎么不说了?"他笑得有些阴险,"要不要我帮你回忆一下?"

周逸哪里还敢开口,大气都不敢出一口。

"这名字是土了点吧,但还可以接受。"他学着她的语气,就是声音又低又沉,"下一句是不是该说'没想到这人也挺俗的'?"

周逸想笑来着,但他一脸"你完蛋了"的表情,她怕了。

"后面那句是你自己说的啊。"她还想为自己辩解几句,看着他的眼睛里有风雨欲来的势头,声音一点一点变小,"我……可没说。"

何东生盯着那张张张合合的小嘴,猛地亲了下去,意料之中的柔软,还有点甜。

周逸被他箍在怀里一动也不能动,他就这么突然亲下来,一只手覆上她的后背。

周逸被他亲得软成了一摊泥,双手慢慢搂上他的脖子,舌尖轻轻抵了一下他的舌头。她学不来这个,一直是他强势入侵,这点主动几乎让何东生欣喜若狂。

他慢慢拉开一点距离,低头凝视她。

依稀听见有人在用方言吆喝:"回收旧电器……电视、冰箱、洗衣机……"

周逸紧张得不敢睁开眼睛。

何东生轻轻笑了起来,这姑娘太乖了,明明吓成那样还不敢推他。再细细地看她的模样,皮肤白皙,眉宇间又有一点倔强和淡淡的忧伤,皱起脸的样子让他心软得一塌糊涂。

"周逸。"他低声叫她的名字。

这一声就跟呢喃一样,他把脸埋到她脖侧。周逸只觉得一种前所未有的亲昵的贴合感袭来,让她获得了满足。

叫卖声越来越近,周逸渐渐浑身僵硬。

何东生察觉到她的颤抖,伸出一只手扶在她的脑后,嘴依旧贴着她的脖子。

"那时候就想亲这儿。"他声音低哑。

周逸在想"那时候"是什么时候,她把头搭在他的肩膀上,偏头看向这条长长的巷子。她想她永远不会忘记这个夏日的午后,他身上的汗味,还有他的手落在她身上的感觉。

后来被他拉着手走出巷子时,周逸的脸上还泛着红晕。

他们到宋霄请客的餐厅时已是傍晚,李胖子笑着出来迎接,激动地说:"谢天谢地,你们总算是来了。"

宋霄看了一眼落座的周逸,凑到何东生跟前笑:"没干坏事吧?"

何东生一把推开他,低吼了一句:"喝你的酒去。"

"咱几个喝一杯。"李胖子招呼道,"小半年没聚了,一口干啊。"

酒过三巡,他们几个男生开始插科打诨。

李胖子叹着气提了两句吕游,给自己倒了一杯酒。

宋霄开玩笑道:"你喜欢那个假小子?"

"朋友一场。"李胖子好像还有点急,"再胡说揍你信不信?"

何东生嗤笑了一声。

"朋友一场还装?"宋霄的眼睛眯起来,"人家现在去留学了,你就后悔去吧。"

李胖子老老实实地坐在椅子上,仰头喝了一杯酒。

"我永远也忘不了那一天。"李胖子突然说道。

何东生抬头看过去,周逸停止喝橙汁。

宋霄上赶着问:"哪一天?"

"一八四二年八月二十九日。"

宋霄一头雾水："啥意思？"

"清政府与英国签订了中国近代史上第一个不平等条约。"

众人皆是一脸蒙。

"这小子没醉吧？"宋霄差点跳起来，"瞎说啥呢？"

李胖子又给自己倒了一杯酒，知道这话没人听得懂。

高二那年，他和吕游分到一个考场，考历史的时候他被一道填空题难住了，绞尽脑汁、叹气摔笔也想不出来答案，然后就听见身后传来一道轻轻的女声："一八四二年八月二十九日……"

他至今都觉得这爱情来得跟风似的。

"我这心彻底被伤着了。"宋霄捂着胸口搞怪，瞧见一脸蔑视的何东生，急道，"真的，不信你摸摸。"

何东生抬头看了他一眼，没接这茬。

后来天色渐晚，周逸赶着回家。何东生送她走的时候，宋霄还喊着让他快点回来，继续喝。等何东生再返回时，宋霄却已经趴在桌上不省人事。

李胖子还在给自己斟酒。

"东子。"空荡荡的包间里就他们两个人还算清醒，李胖子说，"她都不知道我喜欢她，就算她知道了，也看不上我。"

何东生往椅子上一靠，头向后仰着。

"哥就是喜欢她。"李胖子想，是没来由地越来越喜欢，"哎，你什么时候看上的周逸？以前你不是对她没感觉吗？"

何东生想了想，以前他是没感觉，觉得她太乖，后来发现那姑娘都是装的，或许是对她有点好感，又或许是觉得逗她挺好玩。还有就是她那双眼睛太干净了，有点像他母亲。他从前不敢追，也没想过要追。

没把握的事情他不做，没意思。

后来他们能再联系上也算挺巧——他请她帮忙翻译论文也是一时想到的。那姑娘有点傻，路边看见一个乞丐，她就能把"全部家当"给出去。他忽然觉得有点意思了，听她在身边吴侬软语也不错。

"问你话呢，在想什么？"李胖子看他。

何东生缓缓抬头看了一眼窗外的黑夜,笑了一声。

"胖子。"何东生低声叹息,然后轻笑一声,"我真是幸运。"

那个暑假周逸过得有点不知人间疾苦,总觉得那段日子像偷来的一样。她没事看看书、写点小说,再帮奶奶做些活,傍晚时分就找个没人的地方给何东生打电话。

乡下的生活很清静,每晚都能看见星星。

白天会有从县城过来的公交车经过镇子,穿过一条长长的大马路,隔一段路上会等着几个人,司机问上哪儿去,那些人笑着回"白云镇停一下"。

她和他讲遇到的趣事,还有自己写的小说。

"那就写一本小镇故事。"何东生会说,"等老了回想起来多有意思啊。"

周逸觉得他说得很有道理,但她还没写好大纲就已经要去学校了。后来她发现写小说就要不停地写,懒惰是最大的敌人。

一回学校就意味着她又要开始奋斗了。

生物工程专业今年的课排得很满,几乎是从白天上到黑夜。进入秋季,昼短夜长,还未到六点,天就黑下来了。

周逸这学期有几个很繁重的任务。

十月有第二学位的考试,十二月有英语四级考试,年前还有一篇约稿要交,是一家名不见经传的杂志社约的,一万字,她还一个字都没"挤"出来。当然,自己的专业课也相当重要。

这意味着今年冬天的课余时间她都要待在图书馆里了。

有一回下课,赵莹问她会不会织围巾,她一脸愣怔,没明白啥意思。后来还是陈迦南告诉她说:"她和部长又在一起了。"

周逸愣住了。

分分合合的戏码在男女朋友之间不算少见,有时候周逸觉得像她这样难得心动的人是不是一分手就完了?

何东生至今还没和她红过脸,这让她有点骄傲。

陈迦南问她:"你要不要给你家那位也织条围巾?"

"可我不会呀。"周逸说。

"不会就学呗。"陈迦南说,"去店里买毛线,人家会教你的。"

于是周逸就跑去学校精品店买了毛线,每天下午下了课不吃饭先跑去学一会儿,然后晚上回去了再慢慢织。

有那么一段时间,她们寝室仿佛变成了针织作坊。

那个时候,周逸觉得自己除了写小说外还是有点用处的,或许以后给他写书时也可以把这段写进去。她是如何废寝忘食,就为了给男朋友织一条围巾,让他在冬天时想起她的温柔。

陈迦南最近时常打击她说:"我见过那些作家写小说都是回忆前男友,给现男友写小说的真没几个。"

"什么意思?"

陈迦南说:"等你给他写书的时候,可能你们俩就要分手了。"

周逸将一个抱枕扔过去。

陈迦南哈哈大笑,说:"闹着玩的,别当真。"

那晚何东生照常给她打电话,他之前又是和朋友出去玩并喝了一些酒。他一喝酒说话就没谱,口无遮拦。

周逸有时候挺喜欢他这种粗糙起来什么都不在乎的样子,可就是挺担心他这样喝下去胃会出问题。

何东生知道她在想什么,安慰说"没关系"。

"没关系才怪。"周逸还嘴,"真喝到医院去了怎么办?"

何东生低笑着哄她说:"那正好你过来照顾我,咱们俩多久没见了?"

他一边忙着学校的项目,一边跟着师兄在外面公司揽活,每天只睡几个小时。

他这话一说,周逸心就软了,替他难受道:"我也有同学学的是土木工程专业,人家怎么就过得挺潇洒的?"

何东生笑了一下:"人各有志。"

周逸"喊"了一声,说他什么时候这么有深度了。

他一般都会吊儿郎当地笑笑,说:"有一个这么有深度的女朋友,我能不进步吗?"

"谢谢你夸我。"她笑道。

"客气了。"他说,"应该的。"

他这样一本正经地说完,周逸就笑了。

何东生听见她笑,心里跟猫挠似的,问她今天都干什么了,她像跟领导汇报工作一样,一五一十地全说了出来。

"最近没写小说?"他又问。

"哪有时间写啊。"她哀怨地叹了口气,"挣点稿费,我容易吗?"

一篇稿子从开始写到交稿,再经过层层审核,返稿修改,还要等档期,最后直到面世怎么着也得几个月。稿费有时候还和稿子的受欢迎程度有关,写个五千字的短篇,行情一般的小作者最多也就几百块稿费,还得等上好几个月才能拿到。

何东生听她语气低落,还有点委屈,笑着说:"没时间就别写了,先挑最重要的事做。"

当然有更重要的事了。

那次她去他家听奶奶说起他的生日,比她还要早一个月。

周逸想在那个日子来临之前把围巾给织好,她觉得自己有时候还是有些浪漫情怀的。

围巾织好那天,她去店里找老板帮忙收尾。

陈迦南刚好路过,进来陪她,顺便在店里逛了一下。

陈迦南拿起一个很简单的发卡问她好不好看,周逸抬了一下头,说:"还不错。"

"那上头是什么花?"她问。

陈迦南端详了一下,发卡上面有一圈小小的凸起的花纹,半粉半白的,样子很像江南水乡的一种花。

"有点像海棠。"陈迦南说完看她,"你这周末就去青城吗?"

十一月十一日他过生日,这么有意义的日子怎么能不去。

"我买的周五晚上的火车票。"周逸说,"你问这个干吗?"

老板刚好把围巾修整好,周逸谢过之后便拿着围巾和陈迦南往回走。

陈迦南笑着说:"你现在变化真的挺大的,比以前要活泼多了。"

"也不是啊。"周逸沮丧起来,"写小说的时候还是很痛苦的。"

陈迦南认真地看了她一眼:"问你一个问题。"

周逸说:"你问。"

"你写小说是为了什么?"

周逸脱口而出:"喜欢。"

陈迦南好像不太满意她的回答,更认真地看着她,声音很清淡地问她:"那你为什么还把自己弄得那么痛苦?"

"我也说不清楚。"周逸想了一下道,"但写作更能让我放松。"

她们俩之间的聊天似乎总是轻易就能聊到一些比较严肃的话题上,陈迦南笑了一下,那笑有些凉薄,又有些嘲讽。

陈迦南淡淡地说道:"有个爱好其实也挺好的。"

当初选第二学位,周逸的本意是想选修文学写作专业的,但整个B省没有一所大学有这个专业,她只好退而求其次选择了汉语言文学。

"我必须在毕业之前拿出一些像样的东西。"她说,"至少得有一样吧。"

陈迦南将她的话理解为为自己的简历增光添彩,便没再细细追问。她们又安静下来,朝前走去,谁也没有再说话。

接下来的几天A城都下了大暴雨,宿舍楼经常停电。

星期五的傍晚,何东生给她打电话的时候,周逸其实已经坐上了去往青城的火车,但还是一本正经地撒谎说自己刚下自习,都快困死了。

装得挺像那么一回事的,她都佩服自己。

在火车上,她把书包抱在怀里,下车的时候被人推了一下,书包差点脱手掉到地面的水洼里。

她到学校门口才想起给他打电话,刚拿出手机便看见了路边的何东生。

他低着头,身边站着一个女孩。

何东生没有看见她，微垂着眸子在和魏来交代工程上的事情。

魏来的余光瞥见不远处的女孩，忽然开玩笑道："咱们俩就真没机会了？"

他看了魏来一眼，目光深沉。

"我可以等啊。"魏来仰头说，"多久都行。"

何东生嗤笑了一声："你在说什么，自己知道吗？"

"知道啊。"魏来说，"虽然现在你和你女朋友的关系还不错，但你敢保证以后都不会出问题？换句话说，我这是近水楼台，以后万一你们吹了，总会给我个机会吧，多久我都等得起。"

何东生淡淡地说道："那辛苦你了。"

他忽然偏头看过去，见到周逸站在那儿，低着头不知道在看什么，就是不往他这儿瞧。

何东生径直走了过去。

周逸还低着头，视线里突然出现一道身影，她一抬头便愣住了。

何东生低头看着她，看她大冷天里抱着书包的手被冻得通红。

他皱了皱眉："不是说困了早睡了吗？"

周逸嘻嘻一笑，歪着头问他："惊喜吧？"

他冷哼了一声，说："惊喜个锤子，大晚上的敢跑过来，谁给你的胆子？"

他难得爆粗口，周逸抿着嘴巴笑。

何东生拿她没办法，接过她的书包，将那双软软的、凉凉的手握在自己的手心里，又生气又心疼，但还是很温和地低声问："冷不冷？"

他的手很暖和，周逸摇头表示自己不冷了，又看到魏来在向他们招手。

她看了一眼何东生，他跟没看见魏来似的拉着她过马路。他们入住的还是那家宾馆，一进房间何东生就打开了空调。

"先去洗澡。"何东生把书包放在桌上，想了一下问，"换洗衣服又没带？"

这次倒是带了，她怕他翻包时看到围巾就没了惊喜，于是自己主动把包拉开，拿出毛衣和睡裤后又把包轻轻给拉上。那动作太小心翼翼，惹得何东生看了好几眼。结果人算不如天算,等她洗完澡出来,看到他手里正抓着那条围巾。

周逸愣愣地站在浴室门口。

何东生看着她,笑着问:"给我织的?"

她想起在校门口他和魏来说话的样子,故意气他道:"谁说的,这是我给自己织的。"

何东生笑了:"这颜色、这花纹,你戴?"

周逸走过去想从他手里扯过围巾,无奈他的力气太大,她根本就拽不动,还差点被他带到怀里。

她咬着牙,瞪他一眼,问:"你干吗?"

何东生嬉皮笑脸地说:"送我的东西还想要回去?"

"谁说送你了。"她不拽了。

他笑着追问:"那你怎么突然跑过来了?"

周逸又瞪他一眼,说:"那我走就是了。"说完她还真的转身就要走。

何东生见势头不对,忙拉住她的腕子,将她整个人拥到怀里。

"胆子大了,你。"他低声道,"成心气我是不是?"

周逸哼了一声,扭头留给他一张侧脸。

他将唇印在她的脖子上,低声笑道:"别生气了,我赔罪行不行?"

周逸小声道:"谁说我生气了。"

何东生笑出声,说:"这都不算生气,那真生气还不得上房揭瓦?"

周逸又瞪他,冷哼了一声,说:"生在四个一,活该打光棍。"

"四个一?"何东生一头雾水,半晌才回过味儿来,嘴角的笑意已经忍不住了,目光温柔得不像话,声音低了又低,"给我过生日来了?"

周逸闷声道:"才没有。"

何东生笑笑说:"我这不是有女朋友吗?什么叫打光棍?"

周逸看着他,故意道:"现在不是了。"

他嘴角一勾:"你再说一遍。"

"你让我说我就说啊。"周逸推了推他的胸膛,"何东生,你……"

她话还没说完他就已经亲了下来,其实何东生早就忍不住了。都说

"女大十八变",这姑娘现在是越来越厉害了。

她身上有一种很轻很淡的奶香味,甜甜的,他一埋头就舍不得再抬起来。

他又亲了一会儿,才松了手笑道:"睡觉吧。"

第七章
跋涉三万里的寓言

那是她陪他过的第一个生日。

何东生难得那么开心,明明是他生日,却给她买了好几件衣服。

她问他怎么不给自己买,他笑着说:"我一个男的,衣服够穿就行了。"

他一直是这样,对外在的东西都不太讲究。

和他分别,回到学校后的第二天,周逸就又收到一箱子书,是室友秦华陪着她搬回来的。两个女孩瘫坐在寝室椅子上喘着粗气,然后各自喝掉了一大杯水。

陈迦南从外头回来,看到这架势,笑了:"又寄来这么多书?"

"可不是。"大冬天的,秦华穿着羽绒服都热出一身汗,"我一个不爱看书的人都羡慕死了。"

陈迦南坐在椅子上跷了个二郎腿,说:"有什么好羡慕的。"说着她笑意盈盈地看了周逸一眼,"往后当嫁妆还不全是人家的。"

秦华一听,哈哈大笑起来。

周逸不是没有想过几年后和他结婚的样子,有时候光是想想清晨能在他的臂弯里醒来,都会笑出来。

"有男朋友疼就是不一样。"秦华说,"可怜我母胎单身都二十年了。"

周逸笑了一下,慢慢整理书。

"差点儿忘了一件事。"秦华突然道,"我朋友在一个培训班做兼职,你们有没有人要考会计资格证啊?"

"考会计证干吗?"陈迦南笃定道,"我以后可是要做生物工程师研究细胞的。"

秦华和周逸齐齐一愣。

"多学点本事不好吗?"秦华说,"你看周逸都又选修了中文,你就不考虑考虑?"

陈迦南哼笑道:"我连常春藤毕业的硕士生导师柏知远的课都不去……"她顿了一下才接着道,"干吗浪费那时间。"

啧,这一长串定语。

"咱们已经上大二了好吧。"秦华说,"再过一年半就该找实习单位了,简历上什么都没有怎么行。"

那一天,她们极其罕见地讨论起了这件事情。

"听说咱隔壁班有几个学生前几天报考了教师资格证。"秦华说,"都开始准备普通话等级考试了。"

周逸被秦华说得莫名紧张起来。

陈迦南趁机质问:"那你不趁着周末多看点书,还跑兼职?"

"我这不是挣点儿零花钱嘛。"秦华叹了口气,"这些考试的报名费还不知道要多少呢。"

陈迦南才不管这个,一针见血道:"想挣钱,以后有的是机会。你读大学最重要的是什么,为了赚点小钱浪费这么多大好时光,四年一到拍拍屁股就走人,这样好吗?"

"行了你。"周逸笑,"还说秦华呢,你明天试试去上柏知远的课。"

秦华也笑了,跟着附和:"就是。"

让她们瞠目结舌的是,第二天陈迦南还真去上课了,跟周逸并肩坐在第一排,还特别认真地做着笔记。周逸一时间有些不适应,凑上去看这姑娘写了什么。

陈迦南写道:"你猜他点不点名。"

周逸愣了一下,还没发表意见,便听见讲台上的柏知远清了清嗓子:"我们点个名。"他像是感冒了,声音有些沙哑。

周逸没忍住,差点儿笑出声来。

柏知远的课,陈迦南也就来试听了几次,好巧不巧都会遇到点名。不知是该说幸运还是什么,陈迦南都有些飘飘然了。

这节课柏知远讲得少,剩下的时间大家自由发言。

有个挺逗的男生站起来说:"老师,你是留学回来的,英语肯定没的说,教几招好让我们应付一下四级考试呗。"

柏知远淡淡地问:"你想考多少分?"

男生嘿嘿地笑,说:"不多,不多,能过就行。"

"抱歉了,同学。"柏知远看起来还是一副挺认真的样子,"能否让你及格,我真没把握,怎么做到差一分及格,我倒是有经验。"他停顿片刻,才问道,"要不要听听?"

全班同学都笑蒙了。

回去的路上,陈迦南笑得前仰后合,说没想到柏知远还挺风趣。周逸懒得理她,直接奔去图书馆复习英语了。

周逸一直对考过英语四级考试很有把握。

万万没想到,四级考试的前一天晚上,她不知道吃错了什么东西,肚子疼到半夜,好不容易熬到天亮,去校医院买了药硬吞下去就跑去了考场。

也不知怎么回事,广播里的英语听力她一句都听不懂。她干脆不听了,按照英语老师说过的"如果听力不知道选哪个,就先男后女、先正面后负面,挑最特别的走"的规律,把ABCD涂到答题卡上。

考完她就跑去卫生间,把胆汁都吐出来了。

何东生的电话这会儿刚好打过来,听见她蔫蔫的声音,他皱了一下眉头。

周逸还在强撑着说:"没事,我已经吃过药了。"她一边捂着肚子一边下楼往回走。

"你卷子做完了吗?"

"听力完全听不懂。"何东生听她的声音实在是不对劲,眉头又皱了起来,"你回去吃点东西再吃药,然后睡觉。"

周逸额头上直冒虚汗,说:"没胃口,吃不下。"

"吃不下也得吃一点。"何东生强硬道,"喝点粥也行,知道吗?"

周逸"嗯"了一声,都没力气说话了。

"现在走到哪儿了?"他问。

周逸看了一眼路牌,回道:"大学路。"

她连声音都有气无力的,何东生叹息一声,说:"看着点路,别低头。"

周逸慢慢把头抬起来,走了一会儿又低了下去。

她没有吃饭,回到寝室就睡下了。迷迷糊糊中何东生又打电话过来,问她吃药没有。周逸还闭着眼睛,只是"嗯"了一声,然后就又睡了过去。

一觉醒来天都黑了,她出了一身汗。

赵莹和秦华从外头逛街回来,一边吃零食一边说话,看见她醒了,就让她下来一起看鬼片。

周逸刚要开口,手机响了起来,何东生问她睡醒了没有。

"嗯。"她脑袋清醒了很多,"刚醒。"

"还难受吗?"他问。

周逸说:"好多了,就是有点儿头晕。"

大冬天的裹着被子焐一身汗,从医学的角度来讲是不好的,但周逸觉得对她很管用。然后她就听见他说:"把衣服穿好出来,我在你楼下。"

她愣了一下,匆匆下床就跑了出去。

何东生穿着黑色羽绒服站在那棵光秃秃的枇杷树下,看见她光着脚穿着拖鞋就跑了出来。白色羽绒服裹着她纤瘦的身体,那双眼睛亮亮的。

她跑到他身边,仰头问:"你怎么来了?"

何东生看她睡醒了,精神还不错的样子,故意淡淡地"嗯"了一声,说:"你没事我就先走了。"

周逸蹙着细眉又轻又急地"哎"了一声,何东生瞬间笑了出来。

他抬手覆在她的额上,片刻后道:"上去把衣服穿好。"

他的手搭过来的时候，周逸心里热得跟炉火似的，看了他一眼，然后转身就回寝室穿衣服。

赵莹吃惊地问："你男朋友来了？"

周逸点了点头，把书包一拿，说："我先走了。"

看见她出来，何东生俯身过去将她的书包接过去。他先带她去步行街喝了一碗粥，才一起慢慢走去宾馆。

从进房间起他的电话就没停过，周逸躺在床上先睡下了。

房里开着暖气，他一边打电话一边脱掉外套，对着那边的人道："你说。"他站在阳台边上，背影看起来有些疲惫。

过了一会儿，打完电话，何东生将手机轻轻放在桌子上。

他看了床上的女孩一眼，本以为她睡着了，却听见她低声问："是不是有什么急事？"

何东生笑笑："没有。"顿了一下，他问她，"头还晕吗？"

"一点点。"她的脸贴着枕头，从低处看他有点费力，想爬起来却被他胳膊一拦，说道，"我睡一天了，现在睡不着。"

何东生将她扶起来靠在床头，又倒了杯热水递给她。

"何东生，你给我讲个故事吧。"她的声音很轻，有些撒娇的味道，"什么故事都行。"

房间里很安静，暖和极了。她难得这样软弱，有些像湖边被风吹倒的青草。何东生心里软得不行，往她身边一坐，伸手将她一搂。

"很久很久以前，有一片寂静的森林。"他的声音很干净，"听说进去的人从来就没有出来过。"

周逸歪头看他："鬼故事啊？"

他轻拍了一下她的头："好好听。"

周逸嘟了一下嘴，立马变乖了。

"有一天，一个小女孩在公路边玩，被一只蝴蝶吸引着跑了进去，然后就迷路了。她在森林里走了很久很久，直到天黑的时候才发现一座两层的木楼。木楼很旧，旁边还有一棵很粗的树，树荫将整个屋顶部给盖住了。冷风刮过来，树跟着摇晃，像有人在哭。"

周逸忍不住往他那边挪了挪。

"小女孩无处可去,只好硬着头皮推开那扇木门,一进去便听见吱呀一声,像是从二楼传来的。她很害怕,屋子里很黑,没有一点光。"

何东生低头看她一眼,笑了笑。

"她犹豫了很久,还是走上了二楼,那个声音越来越清晰了,是出走廊最里面的房间传出来的。她又往前走了几步,轻轻推开门,房间里只有一张床,声音却忽然消失了。她想回头,却发现门不知道什么时候关上了。"

周逸的眼睛滴溜溜地转动,一声不吭。

"于是她咬着牙狠狠地闭了闭眼,往前又走了一步,那个声音又出现。她竖起耳朵一听,发现那声音好像就在背后。"

讲到这儿,他察觉到怀里的姑娘僵了一下。

"小女孩慢慢地转过身去看,能感觉到面前有一团阴影,但她不敢睁眼。她吓得腿都在抖,慢慢地将眼睛睁开一条缝。刚好这时有月光透过窗户照进来,惨白惨白的,然后她看见……"

他忽然停在这儿,不讲了。

周逸忍不住问:"看到什么了?"

"想知道?"他挑眉,手指碰了碰自己的脸,半天没见她动,笑道,"那算了。"

周逸咬牙瞪他,心想他怎么这种时候还不忘揩油。她凑上去亲了一下他的脸,人还没缩回来,便被他捏住下巴亲住了嘴。

她轻轻推了他一下,说:"你还没告诉我呢。"

他从她的嘴巴亲到脖子,然后抬头,低低地笑着说:"是一只巨大的老鼠。"

周逸气得打了他一下。

他还是很克制的,可是看见她一脸娇羞迷茫的样子,却又忍不住低下头亲了下去。她双手搂着他的脖子,眼神迷离,感觉到身体像是飘起来了一样,时而轻,时而重,浑身酥软。

黑夜像静海,把人的理智淹没。

"何东生,我难受。"她慢慢地低哼出声,"何东生。"

她的声音不像是旖旎情事下的低哼吟哦,倒有些像热潮不退的呜咽。何东生的一只手已经快要向下探去,却硬生生收了回来,去摸她的额头。她的额头烫得像火炉,他立刻从床上坐起来,给她整理好衣服,想送她去医院。

周逸拉着他的袖子,摇头说:"吃点药就好了,我不想去医院。"

她固执起来,何东生只好妥协。

他跑去楼下买了退烧药,回来给她喂下,隔一会儿就换一条冷毛巾敷在她的额头上,一直到半夜退了烧,他才放下心来。

周逸醒来时天微微亮,他在洗手间,她可以看见他靠在门上的身影。过了一会儿,他推开门出来,意外地发现她已经醒了过来。

"烧已经退了。"他坐到床边,对她说,"想不想吃东西?"

人一旦生病了好像都会变得脆弱又矫情,还是在考试考得一塌糊涂的情况下,周逸觉得自己特别需要安慰。他没说一声就从青城跑了过来,周逸想把一辈子都给他。

"我不饿。"她看着他,轻声道,"你什么时候回去?"

何东生笑了一下,调侃道:"这么想我走啊。"说罢他还真的站起身来,有意无意地看了一眼窗外,说,"这么大的雪……"

周逸愣了一下,欣喜地问:"下雪了?"

她忙扭头看向身后,顺着窗帘的缝隙看出去,外面白茫茫一片。她掀开被子跑到窗边去看,刚想打开窗户,就被他伸手一拦。

何东生没好气地说:"还想发烧?"

周逸慢慢缩回手,抿着嘴笑,趴在窗台上瞧着外面白雪皑皑的美景,嘴里呢喃道:"真好看。"

何东生问:"哪里好看了?搞不好火车会停运。"

半晌听见她叹气说:"那还是别下了。"

何东生这时才慢慢地展眉笑了。

他陪着她吃了中饭才离开A城,回去还有一大摊子事等着他做。周逸在他走后回寝室又蒙头睡了一觉,第二日满血复活,抱着一摞书跑去图书馆。

大二上半年,她的计划完成得不是很顺利。

四级考试成绩出来的时候是在寒假,当时爷爷因生病住院了,一家人忙前忙后。周北岷听她说考得不太理想,竟然罕见地没有生气,只是叹息一声摇摇头就回了病房。

那一声失望的叹息让周逸更难受。

当时何东生跟着实习公司去了外省做项目,长途电话隔几天就给她打一个,她还得背着陈洁打。她们寝室的QQ群里都在谈论四级成绩,学校贴吧里全是四级答案和某某又得了高分的消息。

陈迦南给她打电话:"怎么都不见你在群里说话?"

周逸回:"说什么?"

陈迦南说:"当然是你的好消息了。说吧,考了六百几?"

周逸看到那个数字,心里有些刺痛,淡淡地回:"四百五十八分。"

陈迦南过了一会儿说:"比我还高十分好吧。"

这个成绩尴尬到连英语口语都考不了,周逸自嘲地勾了勾嘴角。她那会儿站在病房外,听见爷爷问周北岷"逸逸呢",周北岷说"谁知道干吗去了"。

她鼻子一酸,对陈迦南说:"我要重考。"

在年中的上半年,周逸一直在自习室和图书馆埋头读书,上午做四级题,下午看第二学位的书,晚上再做六级题,一套四级英语考试真题差不多五天可以搞定。

她先在考试时间内把试卷做完,然后便开始对着答案改错。

第一遍粗改,第二遍精读,第三遍逐字逐句地翻译并抄写,第四遍背诵比较优秀的阅读理解和作文,早晨出门耳机里放的都是英语听力,深夜从图书馆回到寝室再看《老友记》。

陈迦南问她:"你一天时间安排得这样满,何东生怎么办?"

这个周逸其实不是很担心这个,他现在的事情比她还多,学生会的事情还有外面接的活就够他忙的了。但他真的是个很好的恋人,电话和书总是按时到来。

那是二〇一二年下半年，世界在悄然改变。

B2号楼504宿舍的六个女生在这半年里出现在各自习室，其中有两个觉得新鲜，第一次去了学校的二十四小时图书馆，从此便爱上了那里的夜晚。

有一天秦华对周逸说："给我推荐一部美剧吧，能学英语的那种。"

周逸说："《老友记》，你看吗？"秦华立刻摇了摇头说不想看那个，问还有没有别的，周逸想了想说，"《破产姐妹》。"

自那以后，寝室里便盈满了秦华魔性的笑声。

为此陈迦南不止一次叹息着说："好吧，504又多了一个精神病。"

赵莹问那另一个是谁，陈迦南纤纤玉手随便一抬便指向了周逸。

到了四五月份的时候，周逸才能放松一下。她已经完成了第二学位的四门专业课考试，每天只用复习英语。到了五月，光四级英语考试真题就已经做了四五遍，抄写翻译的阅读理解比高中时的《5年高考3年模拟》还要厚。

秦华终于看完了《破产姐妹》第一季，在考英语四级前的那个夜晚发表感言："我一句一句学到现在别的都没记住，就是忘不了Max的大胸。我恨你，周逸，什么时候有第二季？"

周逸正忙着跟何东生打电话，听到秦华喊她，扭头说七月开播，说完又继续与何东生说话。他自然听到了，笑着问她："你还看那个？"

周逸翻白眼："看那个怎么了？"

"听说全是……"

周逸打断他："你以为我是你啊，脑子里装的都是些什么。"她"喊"了一声，义正词严，"我是跟着学英语的。"

他听罢低声笑："我脑子里装什么了？"

她的脸颊莫名有些烫，干脆装哑巴。何东生好像还逗上瘾了，笑得肆意，问她怎么不说话了。

"不想和你说话。"她口是心非。

"那不行，话说一半对消化不好。"他开始耍无赖，"你就忍心看着我积食？"

周逸差点没笑喷出来。

她忍着笑说:"忍心啊,难受的又不是我。"

何东生闷闷地说:"真这么狠啊。"

周逸"哼"了一声。

何东生忽然嬉皮笑脸道:"是不是想我了,故意这样?"

周逸脸红:"你再说打你。"

他在电话那头哈哈大笑起来:"你就装吧。"半晌不见她出声,何东生收了笑,语气正经起来,"真不想?"

周逸强装淡定:"真没想。"

何东生咬了咬牙,却又拿她没办法,闷闷地吸了一口气。

半晌,他听见周逸轻声笑了,调皮地问他:"是不是很失望、很难过?"

他的声音乍一听还挺委屈:"算你狠。"

周逸笑得嘴巴都合不拢了,低头抠着被单上的海棠花印花,然后听见他说:"您赢了,周大小姐,咱好好说两句话行不行?"

周逸问他这几天忙不忙。

他沉默片刻才道:"还好。"

三月开学他送她去火车站,那时候已经要忙疯了。

这三个月他就来过两次,还是在夜晚赶来的,每次都是只和她吃顿饭,待了一晚上就被老板的电话给叫走,忙起来时一边盯着电脑一边吃饭。

周逸还是有些心疼,说:"你记得多吃点水果。"

他得意扬扬地说:"不是不想我吗?还这么关心我。"

周逸赌气道:"你爱吃不吃。"

何东生低声笑:"吃。"他又低声道,"你吩咐的无论什么都得做。"

"何东生,你就骗我吧。"周逸早看穿他了,"谁答应我说不抽烟、不喝酒的?还不是没做到。"

他觉得自己给自己挖了一个坑,就故意咳了几声,说不知道吃了什么,有点上火,接着又清了一下嗓子。这样明目张胆地转移话题,让周逸忍不住笑了。事实上,她已经决定了考完英语就去找他。

这些日子，她整个人陷入让人充实的忙碌里，周末的时候想偷个懒休息一下，想回青城，又怕他抽不开身，会耽误工作。

陈迦南批评她说："你就是想多了，知道吧。"

"他很忙啊。"周逸还辩解，"我去了也是打扰他，还不如去图书馆看点书。"

陈迦南说一个男人无论再忙也会希望身边有喜欢的人在，那不算打扰，甚至有些时候还会成为一种力量，让他事半功倍。

"说白一点，"陈迦南又道，"学业对你来说比爱情重要。"

为了证明她不是陈迦南嘴里说的那种人，周逸考完四级的当天下午就买票回了青城。这有点像上次考完四级的时候他连夜赶来一般。她走到他学校的门口才给他打电话。

现在想来，她有些后悔在那个时间给他打电话，因为接听的人不是他。

周逸疑惑地又叫了一声他的名字。

那人问："谁啊？"

接着她听见一阵嘈杂的敬酒声。

"你们都消停点，别灌他了。"是一个女声，"没看他都喝多少了。"

有人调笑说："魏来，你这么上心是什么意思啊，人家东子可有女朋友呢。"

女孩哼了一声，扬声道："有女朋友又怎么样？他眼下在我身边，又不是在他女朋友那儿。"

听着像是开玩笑，周逸却开心不起来。

"让东子自个儿说说。"有人喊，"喜欢魏来吗？"

他好像真的是喝醉了，周逸只听见酒瓶往桌子上一放发出的声音，他的声音有些轻浮："这么好看的姑娘能不喜欢吗？"

周逸心一沉，把电话给挂了。

她没有听到包间里后来的一片起哄声，魏来自个儿也笑了。何东生又给自己倒了杯酒，摇晃着身子看着魏来，眼里浮起一种淡漠、疏离。

"但这辈子真是对不住，我有媳妇儿了。"他举起酒杯隔空敬了一下,像是想起什么,张扬一笑,醉醺醺地说道,"老子做梦都想她。"

魏来眼皮一跳,气愤道:"喝你的酒吧,浑蛋。"

全场哄笑。

后来何东生被程诚扶了回去,一觉睡到第二天下午,醒来时,有些不耐烦地揉了揉眉心。他从床上下来,简单洗了一把脸,脱掉短袖,光着膀子靠在桌前。

程诚在打游戏,看他醒了便说道:"昨晚自己干了什么知道吗?"

何东生皱着眉头想了想,偏头问程诚:"我说什么了?"

程诚叹了一口气说:"你这都谈了一年多了还没得手?"

何东生这时似乎才清醒过来,眉头越皱越紧。

程诚没憋住笑了出来,何东生骂了一声,刚想一脚把椅子给踢过去,寝室门就被推开了。

"哥。"男生哭丧着脸,垂着脑袋看着何东生,"我对不起你。"

"昨晚我喝多了,你的手机搁桌上,我以为是我的……"男生缩着脖子硬着头皮慢慢道,"我接了一个电话,是个女生,还没说话呢,她就给挂了。"

听到这儿,何东生的脸已经黑了。

男生哆嗦着说道:"我越琢磨越不对劲,哥,你要不要打个电话问问?"

何东生冷着脸立刻去查通话记录,昨晚九点五十分周逸打过一个电话,通话时间只有三十秒,之后就再没见她打过来。

何东生缓缓吐了一口气,抬头看了一眼男生,没说,给周逸拨了一个电话。

听筒里传来"对不起,您拨打的电话已关机"的提示音,何东生将手机丢到桌上。程诚看着眼前这个小矮个,用唇语道"你完蛋了",男生想死的心都有了。

"哥,我对不起你。"男生哭得"梨花带雨","咋罚我都行。"

何东生还没说话,电话就响了,他以为是她打来的,一看来电是公司的人。他接了起来,对方临时通知让他去办事。他这回真被气得不轻,随手拿过一件干净的短袖兜头套上就出了门。

男生慢慢转头看着门口，流泪道："哥……"

那似乎是他们第一次吵架。

何东生一连忙了两天，每天忙工作熬到深夜。后来抽空给她打电话却还是关机，他不禁有些头疼。他看了一眼时间，拦了辆出租车去了火车站。

到她学校时是深夜，他在她的宿舍楼门口等了一个小时，才看见她慢悠悠地走回来，她走到一半又停下不走了，转过身往反方向走去。

何东生跟了上去。

周逸哪知道他就在后头，从口袋里摸出手机，想着最后给他一次机会——开机十分钟，要是他还没打过来就再次关机。她走去学校小卖部买了一罐啤酒，刚打开拉环就被人拿走了。她愣了一下，转过头就看到何东生一手高高地举着啤酒，蹙着眉头看她。

周逸的目光只在他身上短暂地停了一下，便移开眼，啤酒也不要了，转身就往宿舍走。

何东生忙跟上去，挡在她身前，说："我都来了，你走哪儿去？"

她不说话，虽然站定了，但就是不看他。

"女孩家家的，脾气这么大？"他探头笑着，又带了些轻责的语气，"什么时候还学会喝酒了？"

周逸心里也许是开心的，但她还得忍。

何东生偏头看她的眼睛，笑着说："还生我的气呢。"

周逸扭头不理他，想着自己那晚狼狈地坐火车返回，第二天他一个电话都没有打过来就生气，甚至在酒桌上还说着那些调笑的话。

"那晚我喝多了。"他低声哄着，"说了什么，我自己都不知道。"

周逸咬了一下唇，忽然抬头看他。

"这么好看的姑娘谁不喜欢。"周逸平静地复述，"你说的。"她看着他的眼睛，轻声道，"你要是真喜欢她，我……"

何东生急了，吼道："扯淡！"

周逸仰头瞪他："你吼我。"

何东生一听更急躁了，说："我这哪是吼你，疼你都来不及。"说着他便死命地拉着她的手不放，低声下气地胡乱解释一通，连"骗你是猪"这句话都撂了出来。

周逸看他没了平时的淡定，忽而无声地笑了。

看她笑了，何东生才松了一口气，说："我这两天累得一口水都没喝上就跑来了，咱开间房慢慢说行不行？"

周逸掐了他的胳膊一下，说："谁要和你开房。"

她一副"我还没原谅你"的神情，何东生认栽地赔笑说："您说什么就是什么，那咱先吃个饭总行吧？"

周逸伸手："把酒给我。"

何东生跟没听到似的仰头将酒全倒进自己嘴里，周逸目瞪口呆地看着他把易拉罐捏扁了扔进垃圾桶，然后笑笑说："女孩别喝这个，太凉。"

周逸瞪了他一眼，扭头向前走了。

何东生抹了抹嘴，笑着跟了上去。路灯照在他们身后，她的裙子被晚风吹起来，擦过他的皮带。他讨好地去拉她的手，被她甩开，反复几次，他就是不放，她这才笑了。

这是他们第一次吵架，第一次和好。

那一年中国有了"十八大"，"神九""天宫"首次空间手控交会对接试验成功，伦敦奥运会要来了，俄罗斯总统大选普京以绝对优势领先，刘德华当了爸爸，《中国好声音》横空出世，莫言得了诺贝尔文学奖，张嘉佳目测要火……何东生差点把周逸给要了。

后来一想，那竟是他们最要好的时候。

大三那年，周逸的所有心思都放在考研上。第二学位从大一考到大三，还剩下两门她就彻底解放了，英语四六级也拿到了不错的分数。

有一天，陈迦南对她说："咱们一起考驾照吧。"

考驾照这件事当初是在她的计划列表里的，但她现在晕车太厉害了，闻到一点汽油味儿就想吐。陈迦南说开车的人不会晕，硬是把她拉过去陪自己学。

那天陈迦南考科三，俨然不像个新手。

她动作熟练地开车上坡、转弯，周逸坐在教练场的凳子上看着，中途又出去给何东生打了个电话，没一会儿便听见一声巨响，吓得她撒腿就往里面跑。

场面有点惨不忍睹，整面墙都被陈迦南给撞塌了。

陈迦南歪着头瘫在驾驶座上，半边脑袋都被血糊住了。伤成这样，她嘴角还能扯出一丝笑，周逸觉得这姑娘简直不像个凡人。教练送她们去了医院，周逸跑着去挂号缴费。陈迦南的伤不是很重，头上缠一圈白色纱带，胳膊绑条绷带固定住，其他并无大碍。

周逸办完手续回到病房时，这姑娘已经在喊着要出院了。

"就这点伤，真没事。"陈迦南盘腿坐在病床上，看着周逸说，"你知道住医院一天要花多少钱吗？"

周逸拉了把椅子过去坐下，漫不经心地说"知道"。

"但人家医生说了你还得观察两天。"周逸说，"万一再有个颅内出血你就完了。"

陈迦南看了周逸一眼，靠在床头不说话了。过了一会儿，她从床上坐起来，吓了周逸一跳。

周逸没好气地说："你现在是个病人……"

话却被陈迦南打断："你下午不是还有考试吗？"

周逸淡淡地"嗯"了一声，一副不在乎的样子，说反正已经错过了，就补考。

陈迦南又慢慢地靠回床头，问她："汉语言文学学习起来不枯燥吗？"

"还行吧。"周逸喝了口水，"学进去了还觉得挺有意思。"

说完她抬头问陈迦南干吗突然问这个，陈迦南好像有些愧疚的样子，看着她说等伤好了请她吃饭。

周逸笑了："大餐？"

陈迦南："大餐。"

话说得斩钉截铁，陈迦南又有了往日笃定自信的样子。后来不知道说到哪儿了，她问周逸有没有去那个网站写一写试试，周逸说考研这么紧张，哪儿有时间。

说到这个，陈迦南又问："你考哪儿？"

周逸本来是想说林州的，但话到嘴边却犹豫了。何东生毕了业应该会待在青城，她不太想离他那么远。

"还没确定。"周逸说，"F大生物专业好像还不错。"

陈迦南差点跳起来："你考生物专业的研究生？"

周逸瞧见病房里的其他人都看了过来，示意陈迦南小声点，然后淡然道："我不考生物，那考什么？"

"考喜欢的啊。"陈迦南说，"不然你考第二学位干吗？"

周逸想说，那怎么能一样呢？

她还没读大学时，家里就放话说大学好好学，毕业了考研。听陈洁说周北岷已经开始给她铺路了，研究生一毕业就可以进青城研究所，从此吃喝不愁，女孩这样就行了。

周北岷的原话是这样的："大学你想考什么就考，技多不压身，我不反对，但你本专业得给我好好学，一点儿都不能松懈知道吗？"

周逸想说她不喜欢学生物。

周北岷又说："咱找这些关系不容易。人家研究所一年也就三四个名额，要求英语六级必须考六百分以上，还得拿过国家励志奖学金。你知道进去的都是些什么人吗？咱得争点儿气，该有的都得有知道吗？"

看周逸发了很久的呆，陈迦南抬手推了她一下。

"问你话，你想什么呢。"陈迦南说，"还真考生物专业啊？"

周逸轻轻点了点头，说了句"还得考"。

她说完对着陈迦南笑笑，偏头瞥到窗外的树，叶子已经泛黄脱落，风轻轻一吹就掉了下去。回学校的路上，她给何东生打了个电话。他似乎在忙，说话不太方便，对周逸说晚上给她打过来，然后便挂断了。

周逸回宿舍拎了电脑去图书馆，忽然想写一篇小说。

那一年，她正式开始创作网络小说。一开始她打开电脑都不知道写什么故事，没有阅历，没有主题，连一句话都敲不出来。那是她第一次尝试写长篇，劲头很大，可就是没挑对时候。

何东生打电话过来时，已经是十点半。

她当时抱着电脑坐在图书馆外面的台阶上，为自己没有写下一个字而烦恼。何东生也是刚忙完，从实习公司慢慢往回走。

听声音知道她心情不好，他问她"怎么了"。

周逸一句话都说不出来，就是觉得全身没劲。

何东生猜着问是不是因为写小说的事，她闷闷地回了一个"嗯"字，然后就不说话了，只是听到他的声音，心里觉得踏实又莫名烦躁。

"写不出来就别写了。"他还是那样安慰她，"咱图的不就是个开心吗？"

这些话现在对周逸已经不起作用了，她是那种一旦开始做某件事就把自己往死里磕的人，非得做出个样子，撞得头破血流都没关系。虽然她现在一年写几篇稿子就被毙掉几篇，但她还是在网上到处找约稿函。这件事不能停，一旦感觉到累她就完了。

于是周逸反驳："那要是一直写不出来就不写了吗？"

何东生叹气道："我不是这个意思。"

他有些疲惫地揉了揉眉头。

"写作就是要不停地写。"周逸说，"我都写了几年，到现在还没拿出个像样的东西，你让我怎么做？"

"有些事你不能这么想，容易钻死胡同，知道吗？"

周逸反问："我什么时候钻死胡同了？"

何东生皱眉道："你现在就在钻死胡同。"他顿了一下，口气有些重了，"写作是那么容易的事吗？要真容易，满大街都是作家了。"

周逸撇了撇嘴，不吭声了。

"很多人在这条路上还没走几步就'阵亡'了。"何东生的声音缓了缓，"至少你还在坚持不是吗？"

周逸慢慢开口问："我是不是不适合写作？"

何东生闻言皱了眉:"如果这点挫折都受不了,那干脆别写了。"他发觉自己语气不太好,又道,"忘了你那篇成名作吗?"

"不过是走了狗屎运。"她说。

何东生哼笑:"那还不如说我看走眼得了。"

周逸没吭声。

何东生低低道:"什么时候连这点自信都没了?"

周逸哼了一声,语气有一点儿郁闷,说出来像是发泄:"要是你做一件事情坚持那么久却一点起色都没有,看你失不失望?"

何东生听着,呼吸轻了。

"我能坚持到现在已经很不错了,你不鼓励我也就算了,"她的声音蓦地变小,"还凶我。"

何东生笑出声:"你这就是胡搅蛮缠了啊,周大小姐。"

"我什么时候胡搅蛮缠了?"

"开始我是不是好好劝你了?"何东生凉凉地说道,"是谁把我的话堵回去的?说写作要不停地写,坚持几年?"

周逸被他一噎,"喊"了一声。

何东生揉了揉有些僵硬的脖子,沉沉地吐了一口气。外面这会儿冷得刺骨,他一只手把拉链拉到脖子下,另一只手放进了裤兜里。

"今晚怎么回事,脾气这么大?"他低声问。

他声音一低,周逸就心软了,将下巴抵在电脑包上。她的心里装了一堆烦心事,又不知道该怎么和他说,有时候被一件很小的事情刺激到就会莫名其妙地想喊累,想发火。

"没什么事。"她声音很小,"就是有点烦。"

何东生说:"有问题咱就解决它,你先说烦什么。"

"我也不知道,就是很烦。"她是真的不知道该从哪儿说起,"有时候什么都不想做。"

何东生吸了一口凉气。

然后他就听她说:"想找个清静的地方待着,有山有水,还有小桥。"

听罢,何东生淡漠地"嗯"了一声,压低声音问:"没有我吗?"

周逸顿时不知道该怎么回答了。

她跟蔫了的茄子一样有气无力地低着头，深夜的图书馆门前很安静，楼梯上几乎没有往来的学生，冷风吹到她的脸上，冻得她打了个喷嚏。

何东生问："现在在哪儿呢？"

周逸揉了揉鼻子说："在图书馆外头坐着呢。"刚说完，她就听见他的声音比刚才凶她的时候还要冷。

"多大的人了，还不知道爱惜身体？"他的口气有些重，"赶紧回去。"

周逸低喃："这就回了，你凶什么。"

何东生冷冷地嗤了一声，说："凶你都是轻的。"

周逸缩了缩脖子不说话，乖乖地站起来往宿舍走。等到挂了电话，她心里想着，他大抵也快到了吧，不知道现在是什么表情，天气这么冷，说话都冒着白汽，慢慢消散在黑夜里。

周逸是喜欢夜晚的，要命的那种喜欢。

白天她埋头在图书馆里，看一堆考研参考书。这两年她把大部分精力放在第二学位和四六级考试、写小说上，虽说对生物不感兴趣，但考试也能拔得头筹，也算是对父母有个交代。

昨晚她心情一直很浮躁，今天又满血复活了。

她的想法很简单，目标要一个一个完成，现在就差拿下研究生考试了。

现在距离考研还有一年，她已经给自己列好了详细的计划。

或许还是因为不喜欢生物这个专业，看书看到疲惫时她就想写小说。写小说能让她感到放松和自由，不用去想那些烦人的事。

那年年底，她收到了吕游寄来的一箱子东西。

好久没有吕游的消息，周逸差点以为那姑娘把她给忘了。那天她刚下课，阳光很稀薄。她坐在大学路边的草地上，身边的箱子里头装着很多护肤品，还有一本书。

她翻开书，看到里面夹了一张便笺纸。

给我最亲爱的周逸：

我来美国后的第一个晚上是在一家书店度过的。

现在我终于有些明白你为什么喜欢写作了。这是我手边所有书里最想送给你的一本，至于为什么，或许你看完就会有答案。

它曾陪我渡过一个很难熬的冬天，现在，我让它来陪伴你渡过今后的每一个冬天。

爱你的吕游

周逸细心地发现她用的是"渡过"而不是"度过"，觉得鼻子好像有点酸，下意识地去摸脸颊，却一滴眼泪都没有。

陈迦南后来说："周逸，你看起来很柔弱，其实比我都要坚强。"

那是二〇一三年，周逸一看到生物和高数就头疼，一套题一套题地做下去，留下的全是挣扎过的痕迹，还有那可怕的正确率。

晚上何东生的电话打过来，她就垂头丧气地向他诉苦。

那段日子她在图书馆待到想尖叫，然后一遍又一遍地告诉自己做事不能半途而废，哪怕是不喜欢。每天她清晨六点起床后就跑去自习室占位子，看考研资料、英语书，听李永乐讲高等数学。

她的耳机里永远是轻音乐。

有一天晚上她回到寝室，陈迦南叫住她说："给你听首歌。"

周逸累得筋疲力尽，瘫坐在椅子上慢慢闭上眼睛。

再后来她想，是那首歌把她给拯救了。

真的，一点儿都不夸张。就像你在沙漠里迷了路，没水了，要渴死了，很突然地看见前方有一片绿洲。于是你给自己找了个理由，还是想努力活下去。

周逸静静地听着，睁眼时眼里已满含泪水。

陈迦南设置了单曲循环播放，在重复听到第三遍的时候，周逸的泪水无声无息地往下流。她也不去擦，轻声问陈迦南这首歌叫什么。

"《你画的彩虹》。"陈迦南说。

寝室里当时就她们俩，一个在床上，一个在床下。

陈迦南说完了一眼周逸，很认真且很郑重地说："你有没有想过或许一开始你就错了，你应该选文，而不是选理。你应该学自己喜欢的，而不是生物工程专业。你或许都不该退而求其次去学什么汉语言文学专业，文凭最多只算是敲门砖，现在出去找工作的人，有几个找的是和自己专业对口的？"

周逸忽然想起读高中的时候，小姨说："哪怕学校选得不怎么样，但这专业一定要是自己最爱的。"她傻兮兮地问为什么，小姨便说，"整天面对自己不感兴趣的东西，人生能有什么意思？"

陈迦南"哎"了一声，叫她。

"这是你最后一次机会。"陈迦南轻声道，"再错过可就真没机会了。"

周逸也不知道听没听进去，就坐在那儿，一句话也没说。过了一会儿，她感觉有点累，洗了脸爬上床，想睡一觉。

第二天早晨她醒来时，已经八点半了。

她突然赖床倒成了寝室里的一件稀奇事，大家都以为她是生病了。

秦华去自习室前还特意问她要不要一起，周逸摇头说："我今天不去。"

说完她便下床洗脸，开始收拾东西。

陈迦南问她干吗去，她头也不回地说回青城。陈迦南又问她回青城干吗，周逸一开始没说话，半晌后把柜子门合上，然后说："想和我爸妈谈谈。"

如果当时能有礼花棒在手，陈迦南肯定能放一百支。至今想起周逸那天决然的模样，陈迦南都深感佩服。

可是她又犹豫着问："能成吗？"

周逸说："不知道。"

她是真的不知道，有那么一瞬间想起周北岷沉着脸坐在沙发上的样子，她都会哆嗦。但她还是想试试——万一成了呢？

到青城以后，周逸并没有立马回家。

她先去了青城大学找何东生。五月的那一天，阳光很好，天也很蓝。周逸提前一站下了公交车，打算走过去。

她的心情特别好。

路过一家手表店，她进去转了转，买了一对情侣手表。不承想只是过了二十分钟，青城的天就变了，没一会儿就电闪雷鸣、暴雨骤降，她无奈之下给他打了个电话。

何东生打着伞赶到的时候，她正在屋檐下伸手接雨水玩。

她好像又瘦了一圈，下巴尖尖的，仰起头看着雨，神情专注极了。前两天打电话的时候她声音里都带着困意，现在活脱脱的一个青春美少女。

听到脚步声，周逸歪头看他，甜甜地一笑。

看她的样子好像要从台阶上蹦过来，何东生忙走近伸手扶她，让她慢点。周逸笑眯眯地伸手挽住他的胳膊，说："没想到我会来吧。"

何东生将伞往她那边挪了挪，说："你哪回来是事先打过招呼的？你自己说说。"

周逸抿嘴嘻嘻一笑。

"看您面色红润……"他看了她一眼，"不像是单纯来看我的吧？"

周逸蓦地停下脚步，说："那行吧，我走了。"简直是把他从前说话的调调学得一模一样，何东生偏头笑了。

"走吧。"他握住她的手说，"带你去见几个人。"

周逸一听这话，忙问他是谁，何东生说她都认识，就是程诚他们几个。刚才她打电话给他的时候，他还在加班赶项目，找老师要了一间专门的教室和几个大学同学一天到晚窝在里头，忙得天昏地暗。

那间教室在他们系教学楼的六楼，楼道黑漆漆的，大白天都看不清远处的人。两个人一推门进去，四五个男生正坐在电脑前噼里啪啦地敲击键盘。

每次听他们笑称她"弟妹"或"嫂子"，周逸都会不好意思。

何东生出来接她时走得匆忙，这会儿正一个一个分派任务，然后说辛苦了，回头请大家吃饭。程诚一脸嫌弃地说："赶紧走，赶紧走，杵在这儿撒'狗粮'让我难受。"

周逸站在一旁，忍不住笑了。

她的笑意还没有收回来，教室的门就被推开了。

魏来拎了一堆盒饭进来，见到她也没有特别惊讶，只是笑着对何东生说："女朋友来了啊。"

周逸也笑着点了点头，算是打了招呼。

程诚捏着嗓子说："人家去吃好的了，哪像咱们，这有女朋友的感觉就是不一样。"

何东生嗤笑说："吃你的吧。"然后拉着周逸出去了。

吃完饭他还想带她去玩，周逸有些累，不想去。

何东生去老地方开了一间房，周逸一进门就趴在床上不动了。他随手把电视机打开调到静音，问她要不要睡一会儿，周逸躺在绵软的白色被子里偏头看他。

"何东生。"她声音也软绵绵的，"我想和你商量一件事。"

他闻声静了一下，随后也往床上一躺，双手枕在脑后，放松似的深呼吸了一下，这才偏头道："说吧，什么事？"

周逸轻声说："我不想考生物专业研究生了。"

她大一就和他说过要考研的事，那是她要做的，他自然要支持到底。现在又听她说起这话，何东生目光朝下看着她。

"我想考S大的创意写作专业研究生。"周逸说。

安静了一分钟，何东生换个姿势躺着，一只手撑着头看她，目光有些复杂，就这么看了她一会儿，没有说话。

周逸咬紧嘴唇不敢出声，半响才问他："你怎么想的？"

她的话音才落，何东生就亲了下来。

他的呼吸有些沉重，把她的嘴堵得严严实实。

周逸话没说完想推开他，却被他压得更紧了。

她忽然有些害怕，何东生在她的颈侧落下的吻像是啃咬，这次动情比以往任何一次都来得迅猛，让她颤抖。

周逸的手臂软软的，被何东生拉着钩上他的脖子。他沿她的唇慢慢地一点一点往下亲。少女特有的体香弥漫到他的鼻间，他狠狠地吸了一口气。

她的手机铃声这时突然响了起来,打破一室旖旎的气氛。

像被警报吓了一跳,周逸条件反射性地睁开眼睛推了他一下。

他静静地看了她一眼,将手机拿给她。

屏幕上来电显示是小姨,周逸不知小姨怎么会给她打电话。何东生翻过身子躺下,将被子盖到她身上。

"先接电话吧。"他冷静地说。

周逸扯着被子调整了一下呼吸,才按下接听键,又偏头看了一眼正闭目养神的何东生,然后问:"什么事啊,小姨?"

"给你二十分钟。"小姨说,"人民路北街。"

周逸本能地想拒绝,却又听到小姨说:"我不介意你带男朋友一起来。"

然后,电话就挂断了。

周逸慢慢吐了一口气,双手揪着被子,脸上的红晕还没有完全消散。

"何东生。"她深深地吸了一口气,说,"我得回家了。"

她说完没再吭声,等着他开口说点什么,可迟迟没有听见他出声。她咬唇就要起身穿衣服,却被他一把拉过又压在身下。他看着她的眼睛,慢慢低下头去。

周逸下意识地轻轻"啊"了一声。

然后就听见他说:"走吧,我送你下去。"

周逸被他亲得脸都发烫了,小声道:"那你起来啊。"

那声音小小的、轻轻的,跟羽毛拂过似的。

何东生看着她笑出声,起身穿好衣服,往洗手间走去。

周逸这才慢慢坐起来,心底有种说不出来的感觉,她抬头看向洗手间的门,慢慢穿上自己的衣服。

窗帘被风吹起一个角,飘来飘去。

何东生在楼下给她拦了一辆出租车,等车子开远了,他才给程诚打了个电话,说让大家都出来喝一杯。

程诚以为周逸也在，小声道："魏来在呢，行吗？"

何东生偏头看了一眼这街道上的车流，心里烦躁不安，又有些说不出来的低落，漫不经心地说："行啊，人多才热闹。"

天气骤变，乌云密布。

周逸下了车，左右环顾了一下便看见了停在街边的那辆拉风的红色跑车。她硬着头皮走过去，小姨给她把车门打开了。

她上次见小姨还是在过年的时候。

这个女人大冬天穿着长裙披件外套，陈洁见了她就让她换一身。

小姨往沙发上一坐，二郎腿一跷，说："裙子是我的命，姐，你忍心要我的命？"

周逸乖乖地坐进车里，缓缓吸了一口气。

小姨侧头看了她一眼，露出一个笑容，然后慢慢将车开起来，安慰似的说："别紧张，不会告诉你妈的。"

周逸认命般地呼出一口气，问："你是怎么知道的？"

小姨挑眉："你指的是你谈男朋友还是去宾馆？"话音一落，周逸的脸就有些红了。小姨笑着解释，"我在街上溜达，觉着那女孩像你。"

"我早就跟你爸妈说过，你上大三了该谈恋爱了。"小姨说，"可你妈那个人你也知道，控制欲太强，心思也全在你身上。"

周逸把头偏了偏，看向窗外。

"虽然我不太喜欢你爸妈的教育方式，但有些话你还是得听一听。"小姨说，"毕竟他们都是为了你好，你明白我的意思吧，周逸？"

女孩要洁身自爱，周逸了解。

她回过头问小姨："我们现在回去吗？"

"今天是没时间带你兜风了。"小姨说，"最近家里事情挺多的，你外婆在我那儿待得好好的，你舅硬是要叫她回去给他儿子做饭。"

周逸皱眉："他怎么这样？"

"他儿子九月升高中。"小姨说，"还不都是你那个舅妈撺掇的，真以为自个儿子能考清华了。"

"你们可不能同意。"周逸说，"外婆都七十岁了。"

"当然不能同意了，我妈跟我还要享清福呢。"小姨说着笑了笑，"不过这回倒是辛苦你爸了。"

周逸问："我爸怎么了？"

"被你那傻舅舅给气炸了。"

家里头现在这个样子，周逸最后还是没能把那些话给说出来。回了家她在自己房间里看书，周北岷在不停地打电话，客厅里全是烟味，说话的声音也很大。

陈洁说："你别气了，好好跟陈道说，要不咱回老家一趟也行。"

外婆家以前很穷，被一些人瞧不起。

妈妈陈洁嫁给了爸爸以后，爸爸帮衬了外婆家很多，隔些日子就回去一趟，又买东西又给钱。外婆很喜欢爸爸，有事情自然也就跟爸爸商量，把他当大儿子一样。

舅舅在乡下安了家，钱挣得不容易。

后来小姨嫁了人，小姨夫没有父母，也就对外公外婆很亲。小姨夫几年前做生意赚了钱，把两位老人接去了他们那边，一来可以给小姨看孩子，二来也能享享福。

爸妈虽严厉，却孝顺得很，周逸这时也不便再给他们添新麻烦。

傍晚她借着出去给周北岷买烟的机会，给何东生打了个电话，可是打了两遍都没人接。

他怎么会接得到呢？KTV包间里歌声震天，麻将碰来碰去的。

程诚打了张二筒，有人喊"碰"。

何东生从兜里掏了钱扔过去，将剩下的牌推倒重洗。

有人说："咱暑假出去玩一趟呗，去西藏，过一遍川西大地，看看S市的景色也不错。"

何东生不动声色地皱了一下眉头，烦躁地随便打了一张牌。

"S市的景色是不错。"程诚摸了张好牌嘿嘿一笑，"就是太远了。"

何东生心里却在想周逸说的事，她哪里是商量啊，就是告诉他一声"我周逸要考S大了"，他能说别去吗，再远都得把她送那儿去啊。

这姑娘做事情从来都比他有主意。

一支烟吸到一半就被他摁灭在烟灰缸里,他从嘴里缓缓吐出烟圈来,看都没看就打了一张牌下去,只听见身边哎呀一声。

魏来看他:"你怎么把这张给打出去了?"

"谁知道他想什么呢。"程诚揶揄道,"不会是想周逸了吧?"

魏来闻声瞪了程诚一眼,看何东生什么反应都没有,又笑道:"干脆别打牌了,咱唱歌去吧,我还没听过你唱歌呢。"

何东生摸牌的手停顿了一下。

"不会这点面子都不给吧,何东生。"魏来偏头看他,"咱们一起做项目这么久了,算朋友就唱一个。"

几个男生都起哄着说"唱一个"。

何东生嗤笑了一声,说"行,那就唱一个"。他推开椅子走去沙发边坐下,魏来将话筒递过来,点了一首陈奕迅的《爱情转移》。

前奏一出来,魏来就站在了他身边。

何东生看着这偌大的屏幕有些晃眼,想起高中毕业那年他对周逸有那么一点儿意思,给她唱《爱如潮水》。她单纯得跟白纸似的,什么都不明白,让他有点儿无力。

他慢慢将话筒往桌子上一放,站了起来。

魏来有点愣怔地问他怎么了,没听见他唱歌,麻将桌边的那一群人也都看了过来。何东生坦荡地笑笑说:"对不住,有点事要先走了。"

他云淡风轻地说完,推开门就走了出去。

刚出KTV,迎面吹过来一股暖风,何东生伸手去裤兜里摸烟,才发现烟盒都空了。他去附近商店买了包烟,摸钱包的时候愣了一下。

这个钱包他带在身上有两年了,再旧也不舍得换新的。

何东生买了烟后抽出一支点燃,黑夜里,那点星火隐隐照出他的脸部轮廓,看不清表情。他摸出手机想给她打电话,却看到了两个未接电话,便直接给她拨了过去。

那边没人接,过了一会儿收到一条短信。

她说:"我在家里不方便,明天再说。"

何东生看了一眼后收了手机,表情没什么变化,只是淡淡地笑了一声,然后朝学校走去。黑夜慢慢将他包裹在里头,渐渐看不清身影。

后来他想想,那个夜晚好像就预示着告别。

就连周逸也没有想到,这个人真的会有一天不是她的了。那是她返回学校后的第二天,到了寝室连一口水都还没喝,就接到了陈洁的电话。

她刚接听,就听见陈洁的质问:"你和那个男生是怎么回事?"

周逸一听,整颗心开始慢慢往下掉,好像下面就是冰窖,还没掉进去就冻得她直哆嗦。她还没来得及说话,陈洁又道:"现在是什么时候,你自己不知道吗?"

陈洁正在气头上,周逸一句话都不敢说。

"我就说你大二考四级给我考成那样,你在学校是谈恋爱还是学习呢?你就是这么骗我和你爸的吗?!把他的电话给我。"陈洁说。

周逸听到这里急了:"妈,你干吗?"

"我干吗?我好好一个女儿成这样了,你说我干吗?你昨晚回来就神不守舍的,是不是和那个男生闹的?"

"妈……"周逸快要哭出来了。

"现在考研时间这么紧张,咱家什么情况你不知道吗?你爸最近生意不好做,亏了多少你知道吗?这些我都没和你说过,就想让你安下心来,好好学习,给我们争口气,你就是这么报答我和你爸的吗?!"

"我没有,妈……"

"别叫我妈。"陈洁真的是气急了,要不是早上陈冰随口一句"你就别为周逸操那个心了,人家有人疼呢",她还一直被蒙在鼓里,"你今年二十岁都不到,知道那些男生什么样子吗?"

周逸的眼泪流个不停,不停地用手擦也擦不干净。

"你要不是想我和你爸被你气死,"陈洁的话说得很重,"赶紧给我断干净了。"

周逸哭出声来:"妈……"

"别让我找到他的学校去。"陈洁气消了一些,声音缓了缓,"你现在还小,你要知道女孩最容易被那些男生的甜言蜜语给骗了。你知道你爸对你的期望有多大吗?"

陈洁继续说:"别再让他失望了。"

说完她就把电话给挂了。

周逸坐在椅子上泣不成声,眼泪不断地往下掉。她不停地用手背去擦,好像总也擦不完似的。

那天她在床上躺了一整天,一整天都睡得不踏实。

陈洁很担心她,一个小时打来十二个电话。很久以后,周逸调侃道:"我记着呢,您在我这儿都破电话纪录了。"

她的语气酸酸的,陈洁笑着摆手道:"行了,行了,我知道对不起你。"

晚上何东生给她打电话,周逸一听他的声音鼻子就酸了。他说他刚忙完,又问她在做什么。周逸轻轻抹了抹眼泪,说:"我要睡觉了。"

他笑着问:"怎么今晚睡这么早?"

周逸压低嗓子轻轻地"嗯"了一声,何东生也学着她低低地"嗯"了一声,然后问她家里有没有什么事。

周逸说:"没。"

"昨天不是有话和我说吗?"他问。

她本来是想送他手表的,可现在她说不出口。她沉默片刻后说"忘了",何东生低声笑起来,说她什么时候记性变得这么差了。

周逸:"嗯。"

她的话实在太少,他问什么她都只答一两个字。

周逸将脸埋进枕头里,过了一会儿像想起什么似的说:"你给我讲个故事吧。"

何东生说:"穿越、仙侠、惊悚、悬疑⋯⋯选一个?"

周逸扑哧一声笑了,她今天哭得眼睛都肿了,这么一笑,那眼睛看着还挺吓人。她学着他说:"穿越、仙侠、惊悚、悬疑⋯⋯选一个?"

何东生笑出声,问她:"选好了吗?"

他刚一说完,她就跟着学:"选好了吗?"

他的声音比较低沉,她这一学,很像小姑娘在咬文嚼字,听起来倒还活泼。

何东生笑笑,说:"你是鹦鹉吗?"

周逸抿嘴笑:"我不学了。何东生,你讲故事吧。"

他给她讲《水浒》一百零八个好汉里的"鼓上蚤"时迁的故事,叙述得有急有缓,还挺像个说书的。周逸静静地听着,慢慢睡着了。

那是他们最后一次认真地通话。

接下来的几天,陈洁的电话就跟洪水猛兽似的打个不停,这让周逸过了很久心理都有阴影。她在图书馆坐着,看着满桌子的生物科学课本,眼睛就止不住地酸涩起来。

终于,有一天傍晚她做了一个决定。

她一个人去了何东生每次来都会带她去吃饭的小店,要了一瓶啤酒。冰冷的液体悉数灌进嘴里,她胆子也大了,给他发短信说:"我们分手吧。"然后便关机了。

那一瞬间,好像整个世界都清静了。

后来陈迦南说她温柔起来能融化哈尔滨一条街,狠起来也够狠,不做坏人可惜了。周逸只是笑笑,一句话也没说。

周逸真的做了一晚上的噩梦。

第二天她醒来,一开机就看到有几十个未接来电,短信也全是他发的,让她接电话,越往后看语气越软,到最后他竟然说求她回个话。

事实上,那天她差点就心软了。

她以为或许他会来学校,如果他来了,即使未来会闹得头破血流,她也跟他好。但那次他没有来,下午手机便没了动静。

半夜十二点收到他的短信,周逸立刻打开看。

他问她:"想好了吗?"

周逸没有立刻回复,心脏不可抑制地紧了紧。她把手机关了机,逼自己睡下,直到第二天醒来,犹豫很久才回了一个"嗯"字。

她想,这回是真的彻底结束了。

那个周末,陈洁来了她的学校一趟。

陈洁带她吃了一顿饭,说让她好好复习,临走时有意无意地提到了何东生。

"那个孩子的情况,我打听了一下,他家境不太好,还没有父母。"陈洁说,"妈不是瞧不起他,就是不想你受苦。"

周逸低着头,脸色平淡。

"以后你考上研究生了,还怕找不到更好的吗?"陈洁叹了一口气,给周逸正了正衣领,"听妈的话,没错。"

周逸心想:我这辈子不嫁人了。

那是大三末,即将步入大四,他再也没有联系过她。后来有一次,她想他想得实在难过,陈迦南自告奋勇地说:"我先帮你看看他的空间有没有新欢。"

新欢倒没发现,她们却见到了有人给他的空间留言,头像一看就是那个女生。最近一条是周逸回青城那天留的,写着"下回接着唱"。

她点开了女生的头像。

背景图换了,有些模糊。周逸放大了看,发现沙发上那个人是他,拿着话筒,在KTV,随意地坐着,眼睛盯着电视荧幕。

周逸默默地退出来,一句话也没说。

第八章
我们都曾这样寂寞生活

她是什么时候开始变得沉默的,她自己也说不清。

分手后她就删了他所有的联系方式,提不起兴趣吃饭,短短两周时间,整个人就瘦了不少。

有时候她还是挺恨那个人的。她说分手、说放弃,他就真的对她不理不睬了吗?其实想想,是她先说分手的,现在这样完全是自作自受。

她不是能回头的那种人,除非他先开口。

大三的那个暑假她一直待在学校里,每天就跟机器人似的看书、背书。陈洁每天晚上都会打电话过来,一定要跟她说两句才安心。

周逸就那样熬过了整个夏天。她好像慢慢地缓了过来,开始专注于考研复习。第二学位她还有一门课没有考,也移后考试。

那段时间陈迦南过得也不太好。

有一天晚上,陈迦南拉着周逸出去喝酒,说自己也被人甩了。周逸问还是不是那个男?陈迦南说他叫沈适。那是个除了名字,陈迦南对他一无所知的人。

那天城里下了很大的雨,小店里没几个人。

周逸给自己倒了一杯酒,又给陈迦南添满。

"我追着他跑了三年。"陈迦南说,"明知道他身边有别的女人,可还是想和他在一起,我是不是特傻?"

陈迦南又苦笑道:"你前脚刚失恋,我后脚就跟上了,咱们俩真是……"

周逸就连苦笑都笑不出来。

"他没再找过你吗？"陈迦南问周逸。

没有，一个电话、一条短信都没有。就好像他这个人从她的生命里消失了一样，只要她不主动，他就再不会出现了。

陈迦南说："你要真是忘不了，就去找他吧。"

周逸觉得自己哪里还有脸再去找他，她只想逃到一个没人认识自己的地方去。那里没有考学，也没有压力，她不用再去学不喜欢的东西，可以睡一天，醒来看月亮星辰。

周逸用手托着下巴，静静地看了一会儿锅里一直在冒泡的滚汤，呢喃道："真累啊，要是有颗药丸，一吃能睡一百年该有多好。"

喝完酒的第二天，陈迦南和她一起去自习室。

"你不是要考研吧？"周逸问。

陈迦南说她就是要考研，考柏知远的研究生。她们大二选修课结束后，柏知远就被调去北京的一所大学教书了，如今这个名字又出现，周逸还愣了一下。

"去北京吗？"她又问。

陈迦南点头："去北京。"

那年十月，周逸从学校回家，开始复习考研。她把书都运回了家里，准备在家看。

她就是觉得待在学校有些难受，每天重复走的每一条路都让她难受。她回了家，陈洁自然很开心，每天都变着花样地给她做菜。

清晨六点起床后，周逸就开始背书，房间的墙上贴满了默写的名词解释。周北岷晚上回来也不看足球赛了，悄悄地进房间，不敢弄出丁点声音，就怕影响到她。

有一天家里来了安装工人，给她的房间换了新空调。

那天下午家里又装宽带，周北岷说以后上网找资料什么的也方便。父女之间的关系好像缓和了，家里的气氛较之前也融洽了很多。

陈洁问她:"要不让你爸给你换台电脑?"

她的电脑是上大一的时候买的,最近经常黑屏,她也懒得去修。

"想要啥就跟你爸说,他可乐意做这些事了。看你这么努力,他不知道有多开心。"陈洁笑了。

周逸也跟着笑了,说:"别换了,我用这台就挺好的。"

有时候家里来了客人,周逸在房间里看着书,就听见客厅里周北岷很高兴地招呼人家。对方问起她,周北岷便拔高了音量说正复习准备考研呢。对方又问考哪所学校,周北岷笑着说:"B大,我和她妈都不敢打扰她。"

于是对方连声说"不得了"。

那是她第一年考研,用了十分力。

或许是看她长期待在房间里看书、背书、做题,都不运动的缘故,周北岷建议她早上和他一起跑跑步,说老闷着对身体不好。

周逸心想那多尴尬呀,便说:"我早上还要背阅读理解,一跑就累得全忘了。"

也有那么一两次,陈洁硬是推着他们父女俩一起出去跑步。

周北岷跑得不算很快,周逸慢慢地跟在后头。父亲会给她讲一些以前的事情,神情温和。

周逸喜欢周北岷这个样子,让人觉得心里很舒服。

后来她想周北岷或许并不知道她谈恋爱的事情,她和陈洁无论说什么吵什么,从来都不会让周北岷知道。

临近考试的时候,他们俩好像比她还要紧张。

周北岷找了朋友联系考点附近的宾馆,考试的前一天开车送她过去。

第一次考研,她挺糊涂的,半夜才想起来忘了带学生证。

周北岷第二天四点就起床了,带上学生证开车往她那儿赶,去得早了怕吵醒她,硬是在车里待了两个小时,还不敢睡。

十二月底的天冷得要命。

天亮后她从宾馆里出来,周北岷已经买好了包子和豆浆,开着车送她去考场。她边吃着包子边想:爸,我原谅你了。

周北岷接送了她两天,候她凯旋。

傍晚回去的路上,他终究忍不住问:"考得怎么样?"

"挺好的。"周逸说,"该答的都答了。"

周北岷点点头,说:"这两天我看网上全是考研的消息,有的考生只考了一门就不考了。你爷爷最近都关注起你的考研了,回去你给他报个喜。"

她难得听父亲说这么一长串话,感到特别亲切。

事实上周逸也没有太大的把握,B大的生物工程系研究生录取分数线很高,每年只有两个名额。但至少在成绩出来之前,她能好好休息一下了。

人一闲下来,就容易胡思乱想。

周逸已经不知道有多久没想起过他了,她回乡下待了一段时间,陪爷爷奶奶,之后又回了青城。

那天她一个人站在青城汽车站,太阳光照下来,让她有些恍惚。

那是二〇一三年年末。

看着车站来来往往的人流,周逸鬼使神差地上了一辆公交车,终点站是青城大学。她紧张、激动,还有些兴奋和忐忑。

汽车到站已经是四十分钟以后的事情了,周逸等车上的其他人走完了才慢慢往下走。外头不知道什么时候飘起了雪花,一片一片,冰冰的、凉凉的。

她站在站牌底下,想走却一步也挪不动。

何东生就站在对面,他们中间隔了一条大马路,刚好赶上红灯,没有车流。他穿着黑色羽绒服,拉链拉开,站在学校门口的大路灯下,整个人懒懒散散的。

他们有多久没见了?这么一见却好像昨天才分开。

她不敢走过去,也不敢让他看见自己。有个女孩从后面偷偷凑上去拍了一下他的肩膀,是魏来。他回头像是笑了一下,然后他们俩就一起走了。

魏来走在他身边,蹦蹦跳跳地歪头笑。

他一只手插兜，一只手自然地垂着。他们要过马路了，有人骑着车从他们边上擦过，魏来拉住他的袖子给他挡了一下。

他不动声色地抽回手臂，随意瞟了一眼，片刻后又淡淡地移开视线。他偏头对魏来说了什么，魏来笑着打了一下他的胳膊。

那时周逸已经坐进了出租车里。

她收回目光，让师傅开车。师傅是个四十来岁的男人，好像很喜欢听20世纪九十年代的歌。电台里正唱着"玩火的孩子烫伤了手，让我紧握你的小拳头"，调子缓慢低沉，温柔伤感，是郑智化特有的嗓音。

二〇一四年二月，成绩出来了。

她原以为这个分数可以轻轻松松进B大复试，奈何那一年B大复试线比前一年提高了整整二十三分，她落榜了，只能选择调剂。

客厅里，周北岷抽着烟说："咱青城大学还报得上吗？"

B大和青城大学都属于A类地区，调剂只能选择B类地区，距离青城又远又偏，周北岷和陈洁这些日子根本睡不好，一直在为她操心。

调剂风险大，而且周逸不愿意去那些学校。

她对周北岷说："我再考一次吧。"

周北岷却犹豫了一下，说："你自己想好，再等一年风险也大，女孩也没必要这样。现在进研究所，我只要打个招呼就行，本科学历会工资低点、晋升慢点，其他也没啥区别。"

陈洁跟着说道："你自己好好想想。"

"我看你建成叔的女儿都直接找好工作了，在学校举办的招聘会上找的，去上海。"周北岷说，"对了，你的第二学位拿到了吗？"

"还有一门没考。"她没心思再去看那些，也腾不出时间一心二用，"有效期有八年呢，以后再说吧。"

周北岷点点头："也行，你自己掂量着来。"

周逸说："我想好了，再考一次，第一年有基础、有经验，第二年再考肯定没问题。"

她说得这么果断，周北岷想了一下便同意了。

四月，她回了学校准备毕业论文答辩。她们寝室除了她"二战"，陈迦南考上了研究生，其他的都出去找工作了。

赵莹她们隔几天就要因为论文的事情往学校跑，不禁抱怨说："学校让我们签就业协议以提高他们的就业率，现在却天天拿论文说事让我们回来。哪个单位受得了你天天请假，还没毕业可能就被辞掉了好吧。"

陈迦南闲闲地笑笑，拉着周逸出去聊。

她们走在学校的足球场上，陈迦南问她有什么打算，周逸说再考，语气坚定，不容置疑，坚定得好像回头就会后悔一辈子的似的。

陈迦南恨铁不成钢地看着她说："还是考生物专业？"

"嗯。"周逸深呼吸了一口气，"毕竟有经验。"

"有经验有什么用？"陈迦南忍不住骂她，"你复习这么用功都没考上，你就没想过为什么吗？因为你打心眼里就不喜欢这个。"

周逸笑了一下，调侃道："其实我真的挺羡慕你的，九月才开始看书，就这么考上了，现在还成了柏知远的弟子，真好。"

"可能我走了狗屎运吧。"

周逸瞥了陈迦南一眼："别嘚瑟行吗？我都这样了。"

"你那是活该。"陈迦南"嘁"了一声，又白她一眼，说，"说好的和你爸妈谈谈，可结果呢？"

周逸抬头看看足球场上的少年，又收回目光。

"要不换专业吧？"陈迦南提议，"和他们好好说说。"

周逸沉默了一下，轻轻地摇了摇头。

"我爸为我操心挺多的。"她慢慢说，"今年生意不好做，不好再和他们说这件事。"

周北岷回家后从来都不说厂子里的事，现在一进家门，人也变得爱笑了。

周逸记得自己有一次问陈洁："这么多年，怎么都没见你和我爸吵过架？"

陈洁笑道："谁说没吵过？我们都躲着你吵，哪能让你知道。"

他们是真正爱她，周逸懂。或许是他们把她保护得太好，她从小到大没吃过什么真正的苦，心思细腻又脆弱，渴望他们的支持和认可。

她认真又敏感，记得每一件小事。

二〇一四年六月，毕业答辩结束，周逸收拾好东西寄回了家。

七月初，她跑去青城大学附近租了房子"二战"考研，每天都去学校自习室待到深夜才回去。她一个人待久了，也就渐渐习惯了孤独。

她不知道为什么要去他的学校，好像有一种期待。但他已经毕业了，再也见不到了吧。

有时候她半夜醒来睡不着，打开电脑想敲点字，那是每天她活得最真实、最自由的时间。整个世界都是静悄悄的，万物都睡着了，真好，她还醒着。

青城大学有一座湖，以前他带她转过。

周逸每天早上都会去那里背很长时间的书，晚上就绕着学校走一圈，从后门出去，回出租屋。

后门那里有很多小吃摊，全都被人围满了。不知道他有没有吃过这些，周逸偶尔会买点回去吃，觉得味道真不错。她有时候还想着或许有一天会遇见他——他来学校办点事什么的。

陈迦南曾经问她："你考研是为了什么呢？"

有的人是为了找个好工作，有的人是为了继续深造，有的人只是盲目跟风，有的人不想毕业就失业，有的人真的是为了理想，有的人害怕进入社会，不想离开校园。

陈迦南接下来又说："周逸，你是为了你的父母。"

她在无数个失眠的夜里很认真地想过这个问题，都没想通。有一天她生病了，渐渐病得很重。她晚上睡不着，一想事情头就痛，后来胃也出了毛病，一吃东西就吐，吐完了腰都直不起来，打嗝、作呕，周而复始，恶性循环。

她去了大学附近的很多诊所和药店，治失眠的、养胃的，各种各样的药都买回来吃，也还是没用。在网上搜治失眠的偏方，在枕头边放洋葱、蒜瓣她也试过，后来实在不管用，她就去了一趟医院，排队拍片子。

大夫诊断她是因为颈椎压迫神经引起的头痛，给她开了一些药。

那天青城的雪很大，她走了很久才赶上最后一班公交车，回去才发现药瓶上写着"卒中"的字样。她不敢乱吃，给陈洁打电话。电话里，周北岷叮嘱她什么药都别吃，他连夜开车过来接她回了家。

周逸觉得自己需要长时间休息，生活允许她暂时妥协。

她每天躺在爸妈房间里的阳台上晒太阳，一句话也不多说。早上陈洁熬好中药，她一喝完就躺下了，中药一喝完就觉得饱了，也吃不下饭。早饭到了晚上才慢慢消化完，一分钟打嗝二三十次，如果睡着了就不打嗝了，可她睡不着。

每到那个时候，她总会想起何东生。她在青城大学待了几个月，从未见过那个熟悉的身影。她不知道的是，九月底他曾回来过一次。

当时他们上木工程系的一位老教授病危，何东生回来探望，待了半天。

那天下午，程诚他们也来了，几个人一起去了医院。老教授躺在病床上，人已经昏迷，他们待了一会儿便开车离开了。

程诚有些难过地感慨道："当时还以为老师能活到九十九岁，生命可真脆弱。"

何东生开着车，轻轻地吸了一口气。

正赶下班高峰期，前头路口出了事故，交警都来了，周围堵得密不透风，半个小时车子都没动过。

何东生干脆给车熄了火，靠在椅背上休息。

程诚也是"哪壶不开提哪壶"，突然对他道："前两天魏来问我你现在什么情况，她好像对你还有那种意思。"

何东生没说话，眯着眼。

"你和周逸都分开这么久了，也该开始新生活了。"程诚打量着他的神色道，"你之前不是打听过了吗？人家都去读研了，咱还惦记个啥？"

何东生静静地平视前方，搭在方向盘上的手掌动了动。他的食指轻轻叩着，半晌握成拳状。他们很久没有提过周逸，每次提起他脸色都很平淡，后来他们也不说了。

"给自己一个机会。"程诚又劝道，"你也老大不小了。"

何东生没有说话，半晌，笑了一下。

"程诚，"他轻声道，"在你眼里，我是一个什么样的人？"

程诚愣了一下，没明白这话什么意思，却还是乖乖答道："好兄弟，仗义，够朋友。"他说着笑了，"对女人吧，清醒。"

何东生挑了挑眉，勾了勾嘴角。

"你知道她怎么说我吗？"何东生的目光霎时柔软起来，"不学无术，吊儿郎当，名字还特土。很奇怪，我不逗逗她，就感觉自己不自在。"

何东生心情不错，想起她曾经的样子，不禁笑了。

外头的天渐渐暗下来，只有路灯和车灯投过来的光。

"她敏感、自卑又消沉，不经常敲打敲打，就天天钻死胡同。"何东生道，"可就是奇怪，后面再谈多少个都忘不了那种感觉，你知道吗？"

程诚问："那就这么耗下去？"

何东生像是听到了什么笑话一样，从嗓子里轻哼出一声笑："我一个大男人，有什么好耽搁的？"

"你是大男人没错，可有的是好姑娘啊。"程诚仍不罢休地劝说，"万一会遇见比她更好的呢？"

马路上有车一直在按喇叭，那声音刺耳极了。何东生慢慢闭上眼睛，等视线里的最后一丝光线消失了，才慢慢开口。

他声音很低："不会了。"

时间一点一点地往前走着，这个世界时刻风云变幻，让人无法捉摸。

他们提到的这个女人此刻在做什么呢，也在努力地朝前奔跑。

可是她的方向不对，跑得很辛苦。

有一天周逸听见陈洁问周北岷："胃痉挛到底是个什么情况？"

那是她生病后看了好多个中医才确诊的病。父母处处比她还小心翼翼，陈洁变着法子地给她做饭，周北岷会说这个菜难消化，别给她吃，有时候还会凶陈洁说："这个是凉性的，她那个胃受得了吗？"

陈洁一点儿也不生气，声音很小地说道："我不是看这个有营养嘛。"

他们不再问她的学习，陈洁把所有书都装箱收了起来。

好几回陈洁看见周逸坐在阳台上掉眼泪，吓得不敢上前，跑去厨房偷偷抹眼泪。

周逸更加不爱说话了，身体也越来越差。十一月的一天中午，阳光特别好，周北岷早就上班去了。

陈洁把家里收拾好后，对周逸说："今天跟妈出个门。"

周逸坐在阳台上看着窗外，闻言，把目光收了回来。

"我听说咱街道有一位医生挺好的，妈带你过去看看。"她吃什么药好像作用都不大，于是陈洁到处想办法，"你爸不喜欢我带你去那些小诊所，咱们俩去试试，说不准有点用，是不是？"

周逸不停打嗝已经持续两个月，吃睡都是问题。

那位医生说她有轻度抑郁，消化系统不好，给她开了一周的中药，让她吃完再来。

周逸吃了两周半，打嗝还是没停。周北岷把陈洁骂了一顿，然后把药给断了。

一天傍晚，陈洁打电话时哭出声来。

周逸从床上爬起来走过去，推开房门就站在门口，只听陈洁对小姨说："你说我怎么办？周逸病了这么久也不见好，姐心里多累，都快疯了。"

周逸鼻子一酸，眼泪扑簌簌地往下掉。

陈洁说："她这不停打嗝是我的一块心病。"

不知道小姨说了什么，陈洁点了点头说"好"。挂断电话一回头看见周逸，她匆忙擦了眼泪，轻斥："怎么没穿鞋就出来了？"

说着，她走过去把周逸拉回房间，让她坐上床。周逸想说让她别哭，可心里那点邪恶在作怪——如果不是他们的一些做法，她现在也不会是这个样子。

于是她硬是没张嘴。

陈洁给她扯了扯被子，说："我刚才和你小姨打了个电话。她的意思是想让你去她那边，你小姨夫认识一个医生，针灸技术不错，说不定对你会有点用。而且你外婆外公也都在那儿，我也放心。"

周逸垂下眸子，半晌，又抬了起来。

"晚上我和你爸商量一下，争取早点动身。"陈洁说。

小姨家在淮城，周逸以前是因为读书没时间去。

一瞬间，她忽然渴望从这里逃走，却又迟疑了。

"我十二月还要考试。"她说。

这句话她说得有气无力。在家这两个月她就没怎么看过书，每天连门都不出，就抱着被子躺在阳台上，可心里知道还有事情没做完。

她这句话一出口，没想到陈洁会哭。

"不考了，咱不考了。"陈洁的眼眶里蓄满泪水，开始骂，"这个破考试咱不考了。"说着她深深地看了一眼周逸，"只要你健健康康的，妈别的啥都不要了。"

周逸的眼泪一下就流下来了。

陈洁重重地"唉"了一声，苦着说："这病要是生在妈身上该有多好。"说着抬手去扇自己的脸。

周逸哭着去拦，嘴里喊着："妈……你别这样。"

陈洁握着周逸的手，给她擦眼泪。

母女俩都哭得不成样子，陈洁边笑边说："你看你都不打嗝了。"

周逸哭着哭着笑了，笑完又打了个嗝，陈洁的眼泪又下来了。

"等你好了，你想干啥就去干吧。"陈洁的眼眶湿润，慢慢地摇着头道，"妈不说了。"

那天似乎是一个里程碑式的日子。

周北岷晚上下班回来和陈洁在客厅说了很久的话，之后给她买了第二天晚上去淮城的机票。陈洁帮她收拾行李，嘱咐她去了之后好好养病，要听外婆的话。

第二天中午，陈洁拉她出去买了好几件衣裳，一件比一件贵。

他们送她去机场，进安检前，周逸回头看了一眼。陈洁捂着嘴不知道是不是在哭，周北岷举起胳膊笑着跟她挥手，她看了那一眼后便头也不回地进去了。此时此刻，她像是经历了一场隆重的告别，与过去割裂。

后来一想起在淮城待的那段日子，她觉得那是她有生之年最懒散、最轻松的日子，虽然身体受苦，但心里自在。

外公特意搬了张小书桌给她,她每天坐在软椅上写小说,外公就坐在她的斜后方和外婆说话。外婆在纳鞋底,猫跑上床,趴在外婆脚边。

阳光从窗口照进来,暖暖的,很温柔。

外婆是个温柔的人,晚上等她写完小说就陪她睡觉,给她讲以前的事,看中央十一套戏曲频道,跟她和外公说:"这是窦娥。"

年关将近的那几天,小姨夫约了医生给她扎针灸。

每天早晨外婆先做好饭,然后就和她一起去医院。小姨夫的朋友开车送她们,路上来回就得三个小时,去了医院还得排一个多小时的队才轮到她。

医生给她扎针,把衣服推上去,扎得从头到脚都是,脚边还烤着火。

外婆这时一般会在外头等。针灸扎一个疗程是十天,外婆天天都陪着她。那是她最亲近外婆的一段时间。

陈洁经常打电话过来,周逸不想接。

外婆就说:"不想接就不接,把外套穿上跟外婆去院子里。"

她问外婆:"是淮城好还是咱家好?"

外婆往往会沉默一下,然后才说:"当然是咱家好了。"但外公得了脑梗,腿脚也不好,住小姨家生活质量会更好。

有时候她写小说写得很痛苦,外婆便说:"歇一会儿再写。"

她曾经认真地想过外婆和奶奶的不同,奶奶心疼她、心疼父亲,常常会对她说:"你要好好学习,你爸爸工作压力很大。"后来她考大学,奶奶会说,女孩本科毕业找个工作就行了。

外婆有时却会问她:"逸逸喜欢做什么?"

有一回外婆和陈洁打电话,老太太还数落自己的女儿说:"我看逸逸喜欢写东西就让她写,她想做什么就让她做,你别拦她。"

她跟外婆说还想考研。

外婆会说:"想考就去考,女孩多学点总归是好的。"然后她私底下会给陈洁打电话做工作。

陈洁说:"她现在做什么我都不拦她,让她先把身体养好了。"

淮城的冬天有零下二十多摄氏度,家里却温暖得像春天。

她身体不好,外婆不让她跟着一起出门买菜,外公会拄着拐杖去楼下给她买水果。她坐在床边写小说,一回头看到外公坐在椅子上低着头睡着了。

年前,外婆外公带她去了一趟红光山祈福。

外婆教她双手合十祈祷,她跟着学,忽然有些难过。想起有天晚上她对外婆说如果能活到四十八岁就好了,外婆轻斥她胡说八道,让她赶紧睡觉,她闭上眼睛乖乖睡着了。

周逸在淮城过完年就回家了,因为爷爷住院了。

她还在读大学的时候,爷爷得了食道癌,由于发现得早,控制住了。可现在在爷爷身上又发现了癌细胞,大年初四他去医院检查,已经是淋巴癌晚期了。

她发现周北岷好像一下子老了。

祸不单行,爷爷回家养病没多久,外公就因为脑梗发作被送去医院急救,在ICU躺了一周才出来,人却瘫痪了,说不出话来,连嘴巴都是斜的。

陈洁跑去淮城照顾外公。

周逸回老家照顾爷爷,爷爷问她:"逸逸找到工作了吗?"

周逸扯着笑说正在找呢。

爷爷点点头说:"等你找到了,爷爷去你单位转一转。"

于是她开始疯狂地上网投简历。自毕业后她一直在考研,没有工作经验,她那时候想,随便什么工作,只要她能找到就行。

她不愿意从事和生物相关的工作,周北岷也不勉强,只是说:"你自己看着办吧。"

家里两位老人相继生病,父母已经心力交瘁。陈洁天天待在医院照顾外公,周北岷天天为爷爷的病四处求医,没有更多精力管她。

那天晚上,周北岷和她谈了很多。

他说:"你今年二十二岁了,该长大了,要知道我和你妈以前都是为了你好,可能方式不对,这个请你原谅。爸今年也五十岁了,今年家里发生这么多事,真的让我们有些力不从心,觉得累了。"

不知道什么时候开始,周北岷的背已经驼得这么厉害,和她说话时,一双眼睛里满是疲惫。

"我二十岁一退伍就从老家跑到青城来,接你爷爷的班,赚钱养一大家子人。"周北岷看着周逸,声音比任何时候都温和,"人生就像参加一场场接力比赛,现在也该轮到你接我这一棒的时候了。"

周逸抿了抿嘴唇,眼睛酸涩起来。

"我和你妈是觉得,文字工作太累人,但你要是想做也可以。工作的事也别着急,慢慢找,总会有合适的。有什么事多和我商量,爸虽然没上过大学,但人生经验总比你丰富吧。"

周逸轻轻点头,"嗯"了一声。

"我也知道你现在可能会有些恐惧,因为长时间和社会脱节,会有些畏缩,但总得跨出这一步,有的人找了几年才找到合适的工作,这也很正常,你说是不是?"

周逸把头抬起,轻轻点了一下。

"咱家现在也不急着让你挣钱,身体比什么都重要。"周北岷轻声道,"只要你高兴,我和你妈就肯定也高兴。"

那是周北岷和她说话最多的一次。

后来的十几天,周逸一直在找工作,毫无工作经验的她每天都是鼓起勇气拿着简历跑各种公司去面试,每一次推门而入都需要提起极大的勇气。

有一次周北岷看见她做的只有一页的简历,把她叫到跟前说:"这就是你做的简历?来我们厂应聘的人的简历都比你的要厚得多。"

于是周逸用了一天时间丰富简历,做了厚厚一沓,跟书一样厚。

周北岷不知道什么时候买了打印机回来,亲自帮她打印、装订。

她去应聘,结束的时候人家总会说:"如果有消息,我们会在×日前通知您。"然后就再也没了消息,周逸则会心疼她那一沓厚厚的简历。

她找了整整两周的工作,跑得脚都磨出了泡。

每天晚上她回来,周北岷都已经做好了饭菜等她,什么也不问,只是和她说陈洁在淮城照顾外公的情况。她吃完饭就回房间想今天应聘时出现的问题,然后有针对性地一遍又一遍地修改简历,重新打印、装订,趁着深夜未眠再上网投一拨。

有时候她也会碰到一些面试官问她:"请问您为什么不找本专业的工作呢?"

周逸说:"相较于从事生物工程相关的工作,我更喜欢和文字打交道,希望能做自己喜欢的工作。"她的简历上写着何年何月在哪本杂志社上过稿,附件里还有文章,以证明她说的一切。

"看这个上头写您是二〇一四年毕业的,那您之前做了什么工作呢?"

周逸一开始说自己一直在考研,后来生了病,对方便会质疑她的身体情况能否适应工作强度和经常性的加班。后来她便绝口不提生病,只是说自己一直在为杂志社供稿。

对方又问:"那您是打算长期做呢?还是只是想暂时找份工作?"

周逸在这些面试中慢慢总结经验、打磨语言,尽量避免出现一些可能让他们刁难自己的问题。当然,她也碰到过一些骗子公司,对方会问她:"您有没有兴趣往销售方面发展?"然后就让她交培训费,说会从工资里扣。网上说让交钱的公司都是骗人的,她赶紧走了。

她每天都在外头跑,然后回家等消息,没消息的话她再去不停地找,也失望、灰心过,不过早上醒来就又满血复活了。

那天是二〇一五年的三月二日,一个很平常的日子。

大清早醒来,她和周北岷一起吃了饭。她原本是想休息的,便又打印了一些简历。打印机没墨了,她跑去客厅里拿墨盒,这时手机突兀地响了起来。

她耳朵里嗡嗡地响,只听见那边的人最后问她:"周一就可以来上班,您还有什么问题吗?"

她愣愣地说:"没有,谢谢。"然后她又呆愣了片刻,便对着卧室喊,"爸,我找到工作了。"

她至今提起这一幕眼眶都会湿,因为周北岷比她还要激动。她没有经验，现有的人生中还有半年的空白，又没有中文专业文凭，拿着一沓简历找到这样一份做文编的工作，工资虽然低了点，但那是她凭着自己的努力找到的，她很开心。

世事总是难料。一个小时后，陈洁打来了电话。

原来在去淮城之前，陈洁就和人打好了招呼，让她去昭阳市的公办幼儿园上班。

昭阳市是青城邻市，坐公交车四十分钟可以到。

陈洁说："你现在身体还没好彻底，从事文字工作太累人了。"

周逸听完，眼皮跳了一下。

"妈不是逼你，做文编确实太辛苦了。现在刚好有空缺，是个机会，那个幼儿园可不是谁都能进去的，知道吗？"陈洁说，"再说你不是喜欢写东西吗？幼儿园工作还能轻松点，又有寒暑假。"

周逸想起给何东生写的书，犹豫了一下。

"你每天都和文字打交道的话，回来哪里还有心情写小说。"陈洁说，"你现在性格这样，和小孩打交道或许会对你改变性格有所帮助。"

电话那边外公似乎在咳嗽，陈洁给外公拍了拍背，接着又道："当老师还稳定，你明白妈的意思吗？"

周逸没有开口说是否同意。

"妈真不希望你的身体再出毛病了。"陈洁苦口婆心道，"别再让我和你爸为你操心了，好不好？"

沉默半晌，周逸"嗯"了一声。

陈洁终于松了一口气，开心地叹息了一声，说："把电话给你爸。"

周逸进了自己的房间，组织好语言后给那位面试官打了个电话，把工作机会给回绝了。

那是一种什么样的心情呢？好像一下子所有的希望又破灭了。

第二天一早，周北岷便送她去昭阳市。

那时候太阳还没有完全出来，大地依然一片安详。

路上经过一座湖，周逸打开车窗去看那座湖。湖面波光粼粼，很平静，跟她的心情似的。

她想起几年前还在读大学，吕游从北京回来见她最后一面的时候问她："应该做的和想做的，你选哪一个？"

那年她没有答案，可现在有了。

第九章
再见昭阳，你好何东生

昭阳市生活节奏缓慢，傍晚七八点时街道便已经安静下来。幼儿园在市中心路边的一条长巷子里，天一黑下来，就只能看见巷口透出的微光。

周逸当天就搬了进去，住在幼儿园宿舍里。

那天她一来还没收拾，便碰上了学校开学前的大扫除，园里所有的老师都去自己班打扫卫生，周逸被分到了学前班。

主班杨老师给了她一张课表，问她："我画圈的这几门，你可以教吧？"

她一看课表就愣住了——数学没问题，社会、健康、音乐、美术……她抬头看杨老师，余光瞥到教室角落里的钢琴，问："教音乐的话，我要弹钢琴吗？"

"对呀。"杨老师说，"你不会？"

接着杨老师便问她是学什么专业的，她说自己是学生物的，杨老师便好奇地问她，学生物专业怎么跑这儿来了。她笑着说："家里人说这个工作稳定，我就来了。"

后来杨老师帮她揽下了音乐课，周逸转而去教幼儿英语。她没上过课，那天晚上，她边学着写教案边发愁。同她一起住的还有一位老师，大学才刚毕业就来了这儿，已经在园里待了两年，人特别热情，给她说了很多要注意的事情。

"我明天就要上课了……"周逸说，"可我一点经验都没有，怎么办呢?"

"刚来的时候都这样子。"姑娘叫陈静,比周逸大一岁,"待几周就习惯了。"

"你当初是过了多久才熟悉的?"周逸问。

陈静想了想,说:"大概一个月吧。"说完她看着周逸笑了笑,"别太紧张,你比我好多了,一来就是配班,我刚来的时候还是机动呢。"

"机动是什么?"

"就是没有固定班级,如果有哪个班的老师请假了,那么我就去顶班。"

周逸恍然大悟,问道:"坚持了多久?"

"大概半年吧。"陈静道,"那时候和我搭班的主班是个孕妇,班里的活绝大部分是我做。我就想着,工作嘛,熬着熬着也就能上手了。"

周逸对这姑娘有点肃然起敬了。

那一瞬间,她忽然觉得其实这个世上的人大都普通,都在为了普通的生活一点一点地努力进步,很少有人会天天把理想挂在嘴边,也都知道应该珍惜当下的生活。

"你看现在也挺好的。"陈静说,"学前班忙是忙了点,但能锻炼人,对你来说是个机会。"

周逸感激陈静跟她说了这么多,让她对即将从事的工作有所了解,但还是紧张地熬过了第一个夜晚。

开学第一天,她站在教室门口迎接小朋友们,看见他们一个个蹦蹦跳跳地跑过来。她脸上堆着笑,说的第一句话是"早上好"。

其实后来她挺感谢这一段经历的。

有时候强行进入一个故事的角色,你除了硬着头皮咬着牙往下走之外,别的什么也干不了,然后有一天你会突然被自己感动,却也只是感动。

第一周她过得特别煎熬,每天都在想着这课该怎么上会比较有趣。一周后,她慢慢会写教案了,和大家也都熟悉起来。

阳春三月,三楼的寝室晚上还有些阴凉。

周逸喜欢一个人坐在前院的小操场上,操场前方是铁栏杆大门,外面就是那条巷子,她一抬头便能看见头顶的风车,再往上是月亮。

晚上寝室里亮着灯,她和陈静会一起画范画。

"画得还挺好看。"陈静由衷地表扬道。

陈静教的是小班,一周要画四十幅范画,画画的时候头都不舍得抬一下,表扬完,她问了个突兀的问题:"有男朋友吗?"

周逸忍不住笑了,摇头说"没有"。

"怎么跟我熟的人都是单身啊?"陈静画着画着,忽然感慨起来,"周逸,你知道我第一次听你说你没微信是什么感觉吗?"

那是她们刚认识时,陈静想加她微信。

可周逸说她没有微信,陈静听完都愣了,诧异道:"你是从原始社会来的吧?"

因为老师和家长之间要经常联系,所以后来周逸才注册了微信。

"我很纳闷,中国蓬勃发展的这些年,你都干吗去了?"陈静说。

这玩笑开的……周逸莞尔。

"念书都念成这样了。"陈静咂咂嘴说,"你这性格,说不定来幼儿园对你而言还是件好事,以后我带你飞。"

周逸无奈地笑了笑。

陈静是个特别活泼的姑娘,和她年龄相仿,兴趣也相似,至今已经相亲过两三次,口里总是喊着想谈个高富帅男朋友。

那年三月底,外公回了青城治疗。

昭阳市有一家心脑血管专科医院,外公直接从淮城转院到了这里。周逸一个星期总会抽个两三天跑去医院陪护,这样陈洁和外婆也能休息一下。

病房里,外公刚打完吊针,周逸去洗老头子的假牙。

恰好吃饭时间也到了,她就顺便下楼去食堂打饭。上楼的时候电梯里人太多,她就去走楼梯,刚爬上二楼,就被一阵烟味呛得直咳嗽。

她还没来得及抬头看,便听见一道声音:"周逸?"

是那种惊讶的、意想不到的语气。

周逸愣了一下,看过去,宋霄穿着一身白大褂站在那儿。

"你不是考研了吗？不是去B大了吗？"宋霄一连几个问题跟机关枪似的说得飞快，"你怎么会在这儿？你生病了？"

周逸不知道要先回答哪一个，欲言又止。

"你这脸色看着就不对劲。"宋霄又问，"什么病？要不要紧？怎么还自己打饭？身边没人吗？"

周逸等他说完，才慢悠悠地说道："我要先回答哪一个？"

宋霄"呃"了一声，不好意思地笑着说："这不是……咱们这么久没见了吗……我也没想到会在昭阳见到你。"

"我外公脑梗。"周逸说，"我先把饭拎上去行吗？"

宋霄说："走吧，我跟你一块儿去。"

周逸客气地问了一句："你在这里上班吗？"

宋霄笑笑说："早着呢，我是过来实习的。"

病房里，陈洁见周逸后面跟了位医生，眼神都不一样了。

宋霄很热情地介绍了一下自己，随后大大方方地说道："我舅舅是这家医院的副院长，阿姨您有事就招呼一声。"

陈洁笑得合不拢嘴，推他们去外头叙旧。

两个人下了楼，在小花园里转了转，宋霄笑着说："估计你妈是把我当准女婿看了。"

周逸笑出了声，没有说话。

"医院允许你们在住院部抽烟吗？"她随口问。

"偷着抽呗。"宋霄说，"再说了，我那哪儿叫抽啊，东子一天抽两包半好吧。"

乍一听到这个名字，周逸的后背都僵了。宋霄也意识到自己说错了话，咳嗽几声当掩饰，笑着问她这两年都在做什么。

"考研没考上。"周逸笑得云淡风轻，"工作了。"

宋霄"嘿"了一声，说："我们都以为你去S市了，还想着以后有机会去那儿玩，你能当个导游带我们看樱花呢。"

周逸低头勾了勾嘴角，轻声叹息。

"那你现在在做什么工作？"宋霄问，"看你这脸色……很忙吗？"

203

周逸说"还好"："我现在在做老师。"

"不是吧？"宋霄眼睛都瞪大了，"和你的专业相差十万八千里呀！"

周逸笑笑："现在出来工作的，有几个是干本专业的？"

看她一脸凝重却偏要装笑的样子，宋霄实在不忍心再问下去，随后还是没忍住告诉她："东子也在昭阳，你知道吗？"

周逸"哦"了一声："是吗？"

这个话题到这里好像有点进行不下去了，宋霄挠了挠头，看了她一眼。

周逸忽然停下脚步，说："有时间再聊吧，我先上去了。"

等她走远了，宋霄才长长地叹了一口气。

有句话宋霄憋在肚子里没说出口——何东生现在还单着呢，没事时嘴里叼支烟，手边一瓶啤酒，天天跑工地，往电脑前一坐就是十几个小时。

这两个人现在好像都过得不怎么样。

宋霄想了想，还是给何东生打了个电话，可那边一直没有人接听。

傍晚时分，宋霄又跑去病房溜达了一趟。陈洁又是递水果又是问工作的，周逸在一旁都不好意思了。

"你们医生应该挺忙的。"周逸插话说，"外公挺好的，你有事就忙你的去吧。"

宋霄装傻充愣："我一个实习生，能有什么事？"

话音刚落，宋霄的手机就响了起来。看到来电显示，他瞄了周逸一眼，礼貌地对陈洁点了点头，才跑出去接。

"我正上班呢，打电话干吗？"宋霄故意没好气地说道。

电话那边很吵，像是在工地。半晌，宋霄才听见他出声，声音有些沙哑，伴着风声，还有几声咳嗽。

"没病吧你。"何东生淡淡道，"不是你给我打的？"

宋霄嘿嘿直笑："是啊。"

何东生不想理他，说"没事就挂了"，话音未落，宋霄就急着道："别、别、别……有事，真有事。"

何东生道："说。"

"那个啥……"宋霄看着病房里的周逸，缓缓道，"我们医院接了一个病人，这个病人吧……"

何东生皱了皱眉，低头点了一支烟。

"是个女孩，二十三四岁，挺配你……"

宋霄的话被何东生不耐烦地打断："你想说什么？"

宋霄继续卖关子，说："要不周末你来医院一趟？"

何东生吸了一口烟，说："你疯了吧。"

"反正话我就说到这儿了，"宋霄道，"你不来别后悔。"

何东生拿着烟偏了一下头，嘴里道："什么玩意儿！"他是真没当一回事，一转身忙起工程来，就把宋霄的话忘到脑后了。

可宋霄不会忘，心里一直惦记着。

这几天没事他就跑病房去陪陈洁唠嗑，护士来换药也都对他笑眯眯的，特别客气。他跟陈洁聊熟了，就问起周逸有没有谈男朋友。陈洁叹了一口气道："这丫头说她不想谈，你没事的时候做做她的工作。"

宋霄乐了，说："阿姨，您就放心吧，这事包在我身上。"

周五的晚上，他就给何东生打了电话，打了两遍才接通，气得他想骂人。

何东生刚洗完澡出来，边擦头发边问什么事。

"明天记得来医院啊。"宋霄直奔主题，"早点来。"

何东生将毛巾往茶几上一扔，皱紧眉头，往嘴里塞了支烟，骂了一声，随后懒懒地撂下两个字："不去。"

"哟，"宋霄夯毛了，"真不来？"

何东生："我吃饱了撑的？"

宋霄感叹了一下，说："那行吧，本来还想给你个机会将功补过的，现在看来还是算了。"

何东生懒得理他，想挂电话，低头点烟时却听见他又道："我其实还挺喜欢周逸的。"

何东生整个人抖了一下，火苗差点烧着了手。

"兄弟我可给你提个醒啊，这姑娘过得不好。"宋霄说，"医院这种地方……"

何东生把电话给挂断了。

宋霄吃惊地看着自己的手机，呆呆地舔了一下嘴唇，说："这是啥意思啊？"

结果第二天等到下午三四点，何东生都没来，宋霄想着他不会是真对周逸没感情了吧？

病房里，周逸已经准备走了。

她现在刚接触新的工作和环境，要学的东西很多，每天都很忙，晚上还经常要加班备课。外婆叮嘱她注意身体，别熬夜，她嘴上应着，也没当回事。

她刚下楼，宋霄就去病房找她，结果扑了一个空，失望而归。

何东生到的时候正看见宋霄在护士站，嬉皮笑脸地跟几个小护士聊天。他两只手叉在腰间，喘了一会儿气，然后把兜里的钥匙掏出来，砸了过去。

宋霄一下接住，阴阳怪气地问："不是不来的吗？"

何东生像是刚从工地上跑过来的，裤管卷到小腿，黑色衬衫敞开着，能看见里头的黑色背心，额头上还冒着汗。

"她人呢？"他冷静地问道。

宋霄想起自个儿撒的谎，有些心虚地笑笑，说："咱有话慢慢说，不是她病了，是她外公……"他还没说完，就被何东生给揪着衣领拉去了楼梯间。

"我这还不是为了你好……"宋霄好不容易才挣脱，整了整衣领说，"也不给我留点面子，那么多人看着呢。"

何东生冷嗤一声："没打你都算轻的。"

宋霄撇嘴，白了他一眼，跟他说了一些周逸的近况。说到最后，宋霄倒有些伤感起来，问他："你们当初是怎么分的？"

何东生低头抽起烟来。

周逸最近报了一个钢琴速成班。她想着既然要学就一定得学扎实，不能学点皮毛了事。她一点基础都没有，学这个很吃力，需要大量时间练习。她周六早上跟一群六岁的小朋友一起从零学起,下午由老师一对一单独授课。

幼儿园学期末,对老师有硬性考核,必须报班。

四月初,园里的主要活动是环境创设,每个班都必须有一个新鲜的主题。周逸是配班,负责墙画,每天下午送走小朋友后,便开始加班。

她调好水粉颜料后,便随便往地上一坐。

已经下班的老师路过时会和她打招呼、开玩笑,陈静给她带了晚饭,顺便在一旁陪她说话。那是她第一次尝试画这个,感觉还不错。

"真别说,"陈静站在后头边玩手机边道,"你画得还挺好看。"

周逸接下那句恭维,笑了笑。

"这个画大一些。"陈静给她提议,"照你这么画下去,画完得什么时候了。"

周逸想想也是,她最近晚上加完班还要写小说。

以前她想着毕业时拿出点成绩来,后来几乎一事无成。刚毕业的时候,熟人问她做什么工作,她说自己准备考研。后来没考上,人家问她做什么工作,她不好意思讲自己在写小说。

"我还是第一次见到有人这么拼。"陈静不禁感叹,"你来当个幼师可真是可惜了。"

周逸淡淡地笑了一下:"都是工作,有什么好可惜的?"她总不能当一天和尚撞一天钟,怎么说都得做出点成绩来,不能给家里丢人。

"反正我是没你这个劲头。"陈静说,"你准备在这儿干多久?还是以后就这样了?"

周逸没想过以后,打算先把今年好好过完再说。

"我觉得咱们园里的老师都很厉害,一个个多才多艺。"她把话题转到这个上面,"你一周画四十幅范画呢,还说我。"

提到这个,陈静重重地叹了一口气。

"我刚来的时候,还想着一周画四十幅范画也许能提高一下我的美术水平。"陈静难过地说道,"现在真心觉得这哪里是提高啊,简直就是在扼杀我的兴趣。"

小班的幼儿大都在三岁左右，美术课上，老师把轮廓画好，让他们自己往里涂色。想想一周要画四十幅，工作量不小，每周陈静都会专门腾出一晚准备开工，跟要上刀山下火海似的。

周逸忍不住笑了："可以了，你比我强多了好吧。"

她每周要写五篇教案，还要准备有趣的教具和图片、视频，又要练钢琴，也要画范画、写三十篇区域活动做电访，还有一篇教育笔记和八篇听课记录要写……晚上还得熬夜写小说。

"我没你那么拼。"陈静想起她花千把块钱报钢琴班就有些心疼，"平淡一点过，我挺满足的。"

周逸笑了笑，画完最后一笔墙画。她把颜料、画笔这些都收拾好了，就准备和陈静上楼，还没踏出几步，就接到一个陌生电话。

那边的人说了句什么，让周逸愣了一下。

幼儿园门口，钟云正站在一辆黑色汽车旁边。听说他一直在北京发展，这两年才将工作重心转回青城。每逢过年，他们楼上楼下串个门，关系也不算过于生疏。

周逸走过去，笑着问："你怎么来了？"

"周叔说你们这儿太潮，给你做了一床被褥。"钟云说，"我来昭阳办点事，就顺便带过来了。"

周逸没听父亲说起过，淡淡地"哦"了一声。

"我也是昨天才知道你当老师了。"钟云说，"现在忙吗？一起吃个饭吧。"

承了父亲这份人情，周逸不好推拒。

"那你等我一下。"她看了一眼自己蹭上了颜料的裤子，"我去换件衣服。"

钟云说："等一下。"他去后备厢拿了被褥要给她送上去。

周逸客气地接过来，说："这么轻，送什么呀？我很快下来。"

回了寝室，她换上简单的牛仔裤、毛衣和外套，陈静语气暧昧地问她："那人是谁啊？你就穿这身去？"

周逸笑笑说："一个邻居大哥，我穿得那么正式干吗？"

她收拾好后，背了个斜挎包就利索地下楼了，钟云这时已经把车门给她打开了。她还有些不习惯上男人的车，有些拘谨地笑笑后，才坐了进去。

车子很快绝尘而去，巷子里刮起一阵风。

幼儿园用一圈铁栏杆围起，隔着一条马路就是市政府的后门。

何东生将车停在园外巷子边的树下，等她走了，才慢慢往椅背上一靠，点了一支烟。

他有多久没见她？她看样子瘦了很多，以前穿着牛仔裤都是贴着腿，现在就像穿休闲裤一样。她头发也长了，见人脸上就堆着笑，真开心似的。

傍晚的长巷，风刮着树梢，没过多久天就黑了。

何东生抽了一根烟，闭上眼休息。也不知道过了多久，感觉到有车前灯照过来，他下意识地眯着眼看过去。

她下了车，又绕到驾驶座那边，弯腰对着人家笑。

那车开走了，她还站在原地，抬头看了一眼天，转身轻声对着门房喊："叔，麻烦开一下门。"

有个老头儿出来了，问她："才回来呀？"

她笑笑说："朋友来了，一起去吃个饭，这么晚，真是麻烦您了。"

她真是长成大姑娘了，这么会说话。何东生看着她，又摸了一支烟，垂眸咬着烟对准打火机点上，烟圈徐徐而上，他慢慢吐出一口气。

周逸没有直接上楼，进去后就往操场地上一坐。

从何东生的角度能看得清清楚楚，她把包拿下来，然后往地上一躺。他将窗户降下一半，一边抽烟一边看她。直到深夜，她才慢慢爬起来走了。

何东生一个人又待了一会儿，之后才发动车子离开。

路上他给宋霄打了个电话，说让宋霄出来喝一杯。宋霄晚上不值班，难得休息，被打扰了好觉，气呼呼地赶去他家。

"大半夜的，你发什么疯。"宋霄一进门就火大地说，"我明天还要上班好不好？"

何东生坐在沙发上，抓起酒瓶往嘴里灌，一口气喝掉大半瓶。他点了支烟,随后将打火机扔到茶几上,懒散地笑了笑后,才说:"你那也叫上班?"

"别侮辱我的工作啊。"宋霄瞪他,"我可是很认真的。"

何东生嗤笑了一声,叼着烟道:"你说的是逗小护士?"

"还没完没了了。"宋霄给自己开了一瓶酒,恶狠狠地说道,"小心我跟你急。"

何东生吸了几口烟后,烦躁地把烟摁灭在烟灰缸里。他又偏头看了一眼窗外漆黑的夜,半晌后收回视线,目光落在酒瓶上,淡淡地说道:"我去找她了。"

宋霄闻言愣了一下,有些明白他今晚为什么情绪不好了。

"怎么……周逸骂你了?"宋霄觉得这个词还算凑合,"还是……"

何东生苦笑了一声:"我没敢见她。"

"还有你不敢的?"当初宋霄也是突然知道他们俩分了,问何东生为什么,他闭口不提,宋霄逮着机会就对他冷嘲热讽,"谈恋爱分分合合多正常,女孩哄哄也就乖了,你倒好……"

何东生抓起酒瓶,把剩下的酒喝干净了。

在一起那几年,他好像也没对她许下过什么承诺。后来她提分手,他也气过,气过之后又心疼,想止痛就抽烟,现在都快成老烟枪了。

"读高中那会儿这姑娘多安静啊,后来和你在一起,变得活泼了不少。"宋霄叹了口气,"现在的样子和以前都不大像了。"

在医院里她对谁都笑,很认真、客气的那种笑。

"她家今年情况不太好。"宋霄看了一眼何东生,"听她妈说她生了一年的病,才让她去幼儿园上班,换换心情的。"

听到这里,何东生的心像被刺了一下。

"还是太乖了,有点逆来顺受。"宋霄道,"她妈最近在给她留意着呢,遇到个老实人说不准就真嫁了。你也知道她很听话,别到时候什么都来不及了。"

何东生把玩着打火机,淡漠道:"你走吧。"

"我这才来多久,还没喝几口好吧。"宋霄伤心地捂着胸口,"你就忍心这么对我？"

何东生从沙发上站起来，面无表情地往卧室里走去。他一边从兜里又摸出烟点上，一边冷淡地让宋霄走的时候记得把门带关上。

后来何东生又去过幼儿园几次。

一般是晚上八点多，她会从里面出来，手里拎着笔记本电脑和台灯，盘腿往草地上一坐，然后便开始敲字，写到十一点多再回去。

他没有想过周逸会给他写书。

事实上那时候那本书已经到了收尾阶段，因为太慢热，接连找的五六家公司都没有签成，周逸在希望和失望交替之下，已渐渐麻木。

她没有想过会再见到何东生。

那天她本来不打算出门的，准备下了班吃完饭就把书的结局写完。陈静有一场相亲约在七点半，非要拉着她一起去，没法拒绝，她就跟着去了。

对方在酒店定了包间，还挺正式的。

周逸一个人在大厅的沙发上坐着等，有些无聊，便拿出带过来的书随手翻看。过了一会儿她听见杂乱的脚步声，一群人从电梯里出来，边谈笑边往外走。

"这个项目做好了最少能赚这个数。"有人笑道，"年纪轻轻就这么有远见，真是让我刮目相看啊，小何。"

周逸下意识地把头抬了抬。

"您太过奖了。"这是一道清淡中带着笑意的声音，"还要仰仗您高抬贵手。"

发出声音的人在一堆人中间，周逸只看见一个挺拔的背影。她愣愣地放下书站起来，等那群人离开了好一会儿才清醒过来，脚有些不听使唤地跑出酒店。

正是傍晚，夕阳的余晖映照着城市，外头早已没了人影。

周逸看着马路上来来往往的汽车，就那么站着，呆愣愣的。她有些自嘲地笑笑，一转身便撞进一双黑色的眸子里。

"找我啊。"语气有点嬉皮,却很肯定。

她从没见过他穿得这样正式,西装领带、黑色皮鞋,褪去少年的青涩,已经变成饭局酒场里"见人说人话,见鬼说鬼话"的生意场上的那种成熟男人。

除了对她说话的样子仍未改变,周逸想。

她看他,眼神有些涣散,又或许是紧张,甚至有一点想哭。但她脸上仍显得无动于衷,更多的是疏离淡漠。

接着,他看见她缓缓往后退了一步。

何东生不动声色地皱了皱眉头,瞳孔微缩。他有那么一瞬间想抬手摸摸她,可她一副拒人于千里之外的样子。

他低声道:"我以为你去读研了。"

周逸抬头淡淡地看了他一眼,嘴唇抿得很紧,一个字都没有说。那双眼睛里充斥着冷漠,似乎还有一点恨意。

何东生咬了咬牙,又艰涩地咬了咬唇,才扯出一个苦笑道:"都不愿意和我说话了吗?周逸。"

她双手在背后纠缠在一起,头垂得低低的。

一通电话打破了僵持的局面。周逸平静地从包里翻出手机,走到一旁去接听。陈静问她在哪里,她说在酒店外面,声音特冷静,平淡。

挂断电话,她一直没有转身。

何东生看着那个僵直的身影,一时间竟有些难以再开口。身后有人推开酒店大门出来,扬声喊她的名字。他淡淡抬了一下眼,目光就落在她身上。

周逸侧了侧身,嘴角勾起一个笑。

"站这儿干吗?"陈静走近她,"大厅里不见人,我还以为你走了。"

周逸笑了笑:"怎么会呢!"

尾音刚落下,她就听见何东生问她们去哪儿,他可以送送她们。两个女人都愣了一下,陈静带着巨大的好奇心,慢慢偏头看过去。

"你好。"何东生客气地说道,"我是周逸的……朋友。"

陈静看了一眼周逸,忙笑着打招呼,说:"那就麻烦了。"

周逸闻言，抬头瞪着陈静，后者才不管这么多呢，有顺风车坐自然是好。

"不麻烦。"他自然也看到了周逸的表情，比刚才的淡漠稍稍生动了些，于是笑道，"稍等，我去取车。"

他开了一辆黑色越野车，陈静的眼睛都亮了。

何东生将车停在她们身边，下车绕过来打开副驾驶座边的车门，然后看着周逸，目光一直没有挪开，明眼人一看就知道他们俩关系匪浅。

周逸跟没看见似的别开眼，陈静敏锐地发现了端倪，不想彼此太尴尬，便笑嘻嘻地说："我来，我来，我喜欢坐前头。"

他礼貌地退开，又打开后车门。

周逸闭了闭眼，认命似的低头钻了进去。错身而过的一瞬间，他闻到她身上淡淡的甜味，看到她的脖子依然白得晃眼。

夕阳余晖带了些许安逸的味道，车流缓慢。

何东生打着方向盘转了个弯直接走单行道，动作老练，开车很稳。

陈静善于找话题，这会儿乐滋滋地问他："你和周逸是大学同学吗？"

他看了一眼后视镜，她半开着窗户，将脸偏向窗外，好像一切都事不关己一样，脸上没有半点波动。

"高中同学。"他轻声道。

"那你们认识很久了呀。"陈静好奇道，"周逸以前的性格是不是特闷？"

何东生笑了笑，说："我倒是不觉得。"

"那肯定是你们很久没见了。"陈静说，"今年我刚认识她时，她连微信都没有，你敢相信吗？简直不像一个现代人。"

何东生瞳孔一缩，笑道："是吗？"

陈静又开玩笑道："通讯录里都没几个朋友，她就像是从外星来的。幸亏她遇见我了，不然得自己闷死。"

何东生轻轻笑出声。

"我看她好像不太高兴。"何东生直视前方，笑着问，"你知道为什么吗？"

213

周逸目光闪烁，仍镇定地看着窗外，一言不发。

她听见陈静说："周逸喜欢安静，这样太正常了，她要是话多了起来，才不正常呢。"

何东生敛了敛眉，不再讲话。

到达幼儿园已经是二十多分钟以后了，周逸飞快地从车里下来，也不打个招呼就走，站在大门外轻声喊："叔，麻烦开一下门。"

她隐约听见他问陈静是否方便留个电话。

好像真的一分钟都不想跟他多待，何东生看着那个匆匆离开的身影，轻轻吸了口气，又沉沉地吐出来。他靠在车外多站了一会儿，低头点烟的时候像是想起什么，又开车回了刚才见到她的酒店。

大厅的沙发椅上，那本书还在。

何东生慢慢地走过去坐下，将书拿起来，拿在手里竟然觉得沉甸甸的。他忽然想起魏来问他："你喜欢她什么呢？"

魏来比她活得利落大方，玩起来很活跃，在一起也轻松。和她闹分手那段日子他也尝试过、动摇过，但最后发现自己还是忘不掉她。

何东生给自己点了支烟。

或许他喜欢的就是她原本的样子，喜欢她的认真和别扭，喜欢她装乖乖女和他耍嘴皮子假正经，喜欢她提起写作时眼睛发光的样子。

那晚，失眠的不只是何东生一个人。

周逸躺在床上翻来覆去睡不着，后来干脆从床上坐起来，打开电脑写那本书的结局。她才刚打开台灯，陈静就凑了过来，问她大半夜的干吗。

"写点东西。"周逸疲累地说道，"我睡不着。"

陈静犹豫片刻后，才道："你和下午那个男人到底是什么关系？"她语气一本正经，"不只是很久没见的普通高中同学吧？"

这定语……很有意思。

周逸老实地说："前男友。"

"不是吧？我看他明显对你还有意思啊。"陈静盘腿往她床上一坐，摆出一副要夜聊的架势，"当初你们是怎么分手的？"

周逸说:"我提的。"

陈静吃惊地张大嘴,缓缓说:"你今天对他那么冷淡……"她又接着说,"不会是还喜欢他吧?"

周逸没有说话,敲字的动作变慢了。

她曾用尽全力爱他,想来以后也不会再有别人值得她那样了。她难过的是,他那时候轻易就放开手,一句简单的"你想好了吗",就把她的所有念想给击碎了。

陈静看周逸的脸色不太对劲,就没再问这个。

"欸,你这写的是小说吗?"陈静把目光移到周逸的电脑上,"我写篇八百字作文都要了老命,你这十几万字是怎么写出来的?"

周逸笑道:"一点一点写呗。"

"这是像电视剧那样几个画面来回转换着写吗?"

"不能这么说。"周逸沉思了片刻,"得看你是从单视角还是多视角去写了,一般来说……"

陈静打了个哈欠,郑重地拍了拍她的肩膀。

"那个啥……你一个人慢慢写吧,我就先睡了啊。"

周逸有点无奈。

等陈静睡了,她又发了一会儿呆,然后就把那本书的结局写完了。

第二日又是按部就班的一天——早上醒来盼中午,午睡醒来盼下班。

事实上,幼儿园给了她一种安定感。

小朋友们也大多很有趣,有的小女孩会抱着她说:"周老师,你身上有妈妈的味道。"有的会问她:"老师,你今天不开心吗?"有的会折纸送她,会每天都雷打不动地说"老师早上好"和"老师再见"。

一天傍晚下了班,她和往常一样去吃饭。

回来的时候她被门房大叔叫住,说有她的一个快递。她疑惑地过去拿,是一个纸箱子。

她抱着箱子坐在小操场上,一点一点撕开胶带。

夕阳余晖洒在绿色的橡胶地面上,头顶的风车转起来,影子投在纸箱上。箱子里面塞满了书,第一本就是她遗落在酒店里的那本书。

周逸拿着书，身体有些颤抖。

这是一整套普鲁斯特的《追忆似水年华》，记得那一年他陪她去书店里逛，那时还没有完整的译本。译林出版社二〇一二年推出了新的精修版本，细比之下还是周克希译本读起来更自然一些。但周克希先生只翻译了第一、二、五卷，后来徐和瑾先生重新翻译，只翻译了前四卷之后，便一直生病卧床，在那年八月与世长辞，这个就是后话了。

这个箱子里装了《追忆似水年华》所有的版本。

她曾经问他："你说哪个译本比较好？"

那是一个深秋的夜晚，他刚和室友玩完回来，大抵是喝过酒，笑起来轻浮浪荡的样子，说话倒是一本正经："译本再好，都是别人嚼过的。"

周逸说："我哪儿有时间读英文原著啊。"

"就译林出版的那套吧。"他说，"那套很有可能是按照国外的语言逻辑翻译的，没那么地道，却也在一定程度上暴露了原作者的写作意图。"

"可那样看着不会难受吗？"

"我比较注重逻辑思维。"他想了想说，"那还是别看这套了，你喜欢细节，对遣词造句比较敏感，读好的译本受益可能更多。"

周逸夸张地"哇"了一声："何东生，你懂得真多。"

"那也是您栽培得好。"他借着酒意，说话都飘了起来，"要不这周我过去？"

那时周克希的翻译版本还没有完整的，他说等有了就给她买回来。后来出版社一直没有动静，他们也分了手。

操场上卷起一阵风，周逸的头发被风吹起来。

她看着这一箱子书，眼睛酸涩。她把书抱回宿舍，陈静问她怎么买了这么多书，她点点头，木讷地"啊"了一声。

这件事好像就这么过去了。

她照样每天正常上班，下了班写教案、做教具，再忙里偷闲地写写小说。有一天，一个杂志社的编辑找过来，说想和她聊聊她在网上连载的那篇小说。

周逸已经习惯这些编辑问完就走人的路数，开门见山道："这个故事属于慢热型的,你确定要聊聊吗?"

对方说她很喜欢这篇小说,想试试能否过审。

周逸当时也是抱着破罐子破摔的态度,想着,那就试一试吧。于是她开始熬夜改稿,仅一个开头就改了十几二十遍。

寝室里太闷,有时候她就去快餐店改稿子。

那天在德克士改完稿子已经是夜里九点半,幼儿园十点关大门,周逸匆匆收拾好笔记本电脑便往回走。巷子里的路灯失修已久,大半夜的,四下无人,猫叫一声都让人吓得直哆嗦。周逸胆子大,慢悠悠地拎着包像散步一样往回走。

月光稀疏地照下来,路面渗着阴冷的光。

她看见何东生靠在车边低头在抽烟。她停下脚步,他偏头看过来。他总是这个样子,好像几夜都没睡一样,眼神透着疲惫。

她看见他轻轻笑了笑,低声说:"我刚出差回来,周逸。"

她看着他,就是一句话都不说。

"那些书都喜欢吗?"他自顾自地说道,"不够我再买。"

她的眼睛很干净,干净得有点冷。

"真的一句话都不想和我说吗?"他的语气听起来怪可怜,声音低低的,带着些倦意和嘶哑,"这么狠啊。"

没听见她开口,何东生轻笑了一下。

他低头静静地吸了一口烟,神色看起来真的累极了。他把灰色衬衫下摆从西装裤里扯了出来,领口随便解开几颗纽扣,看上去慵懒又消沉。

周逸听见自己问他:"你送我书做什么?"

这是他们再见面后她第一次和他说话,声音有些生疏和干涩。

何东生沉思了一会儿,笑着偏头道:"你不是喜欢那套书吗?"

"我喜欢的话自己会买。"周逸觉得她说这话有些过分了,甚至对他过于冷漠。可她骨子里那点矫情不许她低头,低头就输了。

晚风将他的衬衫衣角吹了起来。

何东生默默地吸了一口烟,轻声道:"你现在真是长成大姑娘了。"说着他笑了笑,将烟头扔在地上踩灭。

周逸咬着牙，别过脸去不看他。

"我以为这两年你应该过得很好。"何东生的声音很低沉，"没了我这边的影响，你的理想早该实现了。"

周逸慢慢地揪紧衣服，鼻腔酸涩。

他就那样看着她，目光很深沉。

周逸慢慢松开揪着衣服的手，看向他，再轻轻地移开视线，没有再说一句话。然后抬脚向着幼儿园门口走去。

她听见他在身后问："还在生我的气吗？"

后来周逸想，她的性格真的不算好。

有时候固执起来简直要命，敏感、悲观、没有安全感，说些言不由衷的话，让别人不好过，她自己也好受不到哪里去。

幼儿园最近在准备省复验，老师们天天加班。

她晚上睡得晚，早晨又得早起签到，学生还没有来，课前准备那半个小时就趴在教室里的榻榻米上，眯一会儿。

主班杨老师安慰她说："熬过这个月就好了。"

周逸每天有两节课，课余时间都是区域和户外活动，中午和保育老师一起下楼打饭，她们拎着两大桶米饭和热汤上楼，臂力倒真是能锻炼出来。

他们班有五十个学生，总体来说不太闹腾。

等他们吃完饭，她会和杨老师轮流带他们饭后走线，十五分钟后再喊他们回教室的榻榻米上睡觉。她的声音有些小，便戴着麦克风给他们讲故事。

杨老师说："这学期一过，你嗓门肯定就大了。"

她的言下之意，周逸怎么会不明白，有时候遇见太调皮的学生，她还得故作严厉。陈迦南的电话打过来时，她中午饭都没吃，跑去操场上接。

陈迦南的声音里带笑："当老师的感觉怎么样？"

算起来她们俩是毕业后联系得最多的，偶尔周逸也会打电话过去询问这姑娘的研究生生活。陈迦南声音哀怨地对着她说柏知远对她太狠，简直就不是人。

"除了忙点，都挺好。"周逸说，"精神上没什么压力。"

"要我说，你妈这一步棋走得还挺有道理。"陈迦南说，"就你当初那个状态，考一百次都考不上研究生，你信不信？"

周逸差点笑出来："有你这么安慰人的吗？"

"别说我打击你。"陈迦南难得语气这么正经，"先不说考不考得上，就你这体质，还没进考场估计就倒在路上了。"

周逸："再说绝交了。"

"被我说中了吧。"陈迦南自己也笑出来，"哎，你什么时候来北京玩玩呗，姐带你爬居庸关。"

"就爬个居庸关吗？"

"想去哪儿就去哪儿，食宿全包怎么样？"陈迦南说，"你还别说，我现在还挺羡慕你这工作的。"

周逸好笑："羡慕我什么？"

"有寒暑假啊。"陈迦南嗓门都大起来，"三个多月呢，还带薪好吧。"

周逸笑了一下，也就这点让人觉得开心的。她当初咽下那么多不甘心，认命地来到这儿。陈洁说去了就和那些老师好好相处，别老对人爱理不理的，让人说这姑娘太清高，对她影响不好。

于是她见了人就笑得特别热情。

一到晚上，寂静下来后她会戴上耳机挑喜欢的歌再写写小说，就好像仿佛进入一个只有她自己的小世界。她可以不用和人打交道，也不需要咧着嘴干笑。

记得有一回，班里一个小女孩和她聊天。

小女孩说："周老师，你比我认识的老师都要温柔。"说完她笑了，又问，"你为什么对我们这么好呀？"

周逸莞尔："我很温柔吗？"

小女孩重重地点头，说："比我妈妈还温柔。我妈妈就是有点胖，做饭不好吃，但放学接我比较准时，整体还算凑合吧。"

这么实力坑妈的小孩，让周逸忍不住笑了。

她笑完想起什么，问："老师能不能问你一个问题？"

小女孩点头说："可以呀。"

"如果你面前现在摆着两条路，一条是平坦的阳关大道，走这条路可以让你平步青云；一条布满荆棘，走起来很辛苦，还不一定能得到好结果。"她不知道小女孩能不能听明白，便简单地说道，"就是一条路好走但你不喜欢，还有一条你喜欢但是不好走的路……你选哪条？"迄今为止，这个问题她问过三个人，说不好三个人给出的答案谁的更正确，或许其实根本就没有标准答案。

小女孩果然皱起眉头想了很久。

"打个比方吧，周老师。"小女孩认真地说道，"我四岁时玩魔方就很厉害了，可你看到过我在区域活动玩吗？"

周逸："嗯？"

"一旦玩熟练了就会觉得很没劲。"小女孩压低声音，"懂了吧？"

周逸惊呆了："所以你选择哪一条？"她想要一个确切的答案。

小女孩沮丧地叹了一口气，说："周老师，你怎么这么笨呀，当然是选我喜欢的了。"

周逸有些想笑——自己怎么会和一个小孩在这里较真。

她拍了拍小女孩的肩膀说："去玩吧。"

小女孩看了她一眼，走开几步又折回来，小大人般一本正经地对她道："周老师。"

周逸一愣："嗯。"

"这么简单的道理，你怎么就是不明白呢？"

周逸被这句话惊醒了，事后她想起那次对话，竟慢慢笑了出来。你看，连六七岁小孩都知道要挑自己喜欢的路走。

或许是因为她沉默了太久，陈迦南在电话那头吼她。

周逸揉了揉耳朵，说："刚想起一件事……我听着呢。"

陈迦南"喊"了一声，说谁知道她在听什么，接着又问她最近有没有走桃花运。

周逸静了一下，说："何东生找我了。"

陈迦南是多聪明的一个人啊，立刻猜出了她内心的纠结，就对她说，要真是觉得放不下，就给他个机会再试试。

"现在这年头，要找何东生那样的还真不容易。"陈迦南语重心长道，"小心把他作没了。"

周逸心里有些烦，不愿意去想那些事。

外公最近开始做康复治疗了，陈洁和外婆在医院照顾他，不用别人操心。周北岷把大部分心思放在患癌症晚期的爷爷身上，周逸每隔两周就回一趟老家。

癌细胞扩散很快，只过了一个月的时间，爷爷就瘦成了皮包骨，每天都需要强效药来止疼。这种外国进口药有钱都买不来，周北岷找了很多关系，每次都只能从医院带出来一盒。

那天她在回老家前，去医院拿药。

医生是个五十来岁的男人，问了她爷爷的近况后，安慰道："尽量让老人多吃些素食，吃得太有营养，瘤子长得快。药呢我慢慢给你攒着，有了就打电话让你过来拿。"

她拿了药，谢过大夫就往外走，出了门一头撞到宋霄。

"你来肿瘤医院干吗？"宋霄有些意外，"又是谁病了？"

周逸被他气笑："这话应该我问你吧。你不是在脑科医院吗？怎么来这儿了？"说着她已经开始往楼下走。

宋霄跟着她下楼："我过来办点儿事，你现在干吗去？"

"回家。"她说。

"我送你呗。"宋霄说，"这边不好打车。"

想着外公在医院还多亏了他的照顾，周逸也就没拒绝，上了车便说："你送我去昭阳汽车站吧，我回老家。"

"你家不是在青城吗？"

"我爷爷家。"周逸不想说太多，"不在市里。"

宋霄当时却在想怎么给何东生创造一个机会，路上趁她看向窗外，他就给何东生打了个电话。何东生昨晚上夜班，这会儿正在补觉。

"别睡了啊，有件事要你走一趟。"宋霄觉着自己像在对暗号，还挺刺激,"地址我一会儿发你手机上。"

何东生闭着眼睛疲乏地闷哼一声,将电话挂断后就把手机扔到一旁,继续睡。过了一会儿,他发现这种感觉有些似曾相识,迷迷糊糊地睁开眼,立马掀开被子就跑去洗漱。

他开车赶到汽车站的时候,就看到宋霄和周逸站在马路边。

"现在乘车都实名制了,你不知道吗?"宋霄说,"出门没带身份证的话,怎么买票啊?"

他看见周逸被堵得无话可说。

"你这样租个黑车回去,我能放心吗?"宋霄心里乐了,"再说了,谁会乐意开那么远去镇子里?"

周逸一脸天真:"要不我回……"

"再回去一趟拿身份证,那多麻烦啊。"宋霄一顿,偏头看到下了车的何东生,扬了扬手,然后笑着对周逸说,"让他送你。"

这个时候,周逸偏头看见何东生似笑非笑的样子,才明白过来宋霄打的是什么算盘,就想骂人。

他朝着她走过来,低声道:"上车说,别挡了人家的路。"

她一回头,一个女人抱着小孩走了过去。

何东生趁机接过她手里的包,扶着车门等她上车。汽车站人太多,不停地有人从她身边挤过去。周逸有些紧张地看着他,目光闪烁,被宋霄轻轻推了一把,说:"赶紧走呗,这么多人不烦吗?"

这是她第二次坐他的车,第一回坐副驾驶座上。

想起那晚他问她还生不生气,她只是轻轻摇了摇头,也不管他看没看清楚就走了,现在突然这样单独相处,还是挺让人尴尬的。

何东生把车载音乐打开,放了一首慢歌。

他看她一眼,问爷爷现在什么情况。他问得太自然,弄得周逸倒有些紧张。她想起陈迦南的那句"小心把他作没了",心还是颤抖了一下,也不那么端着了,提到正经事还是回答得很认真,只是不太敢看他:"生活已经不能自理了。"

"怎么不去住院?"

"晚期了，人家医院不收。"她的声音很轻。

何东生轻轻吸了一口气，直接开车上了高速。或许是刚才的话题太沉重，过了一会儿他又问她最近上班怎么样，是否还习惯。

"嗯。"她说，"挺好的。"

何东生心想：这姑娘现在不排斥他，能和他说上两句，这是个好现象。于是他把车速放慢，一偏头就看见她歪着脑袋睡了过去。

周逸醒来时车子还没下高速，身上盖着他的衬衫。

何东生看她已经睁开眼睛，人却在发愣，笑着说："还没到，你可以再睡一会儿。"

周逸的手指轻轻捏着他衬衫的衣角，摇了摇头，声音有些软，说"不睡了"。

"你对你们班学生也这样说话？"他问。

周逸别开眼不看他："难道我要喊吗？"

何东生低声笑笑，轻声说："你以前连说句重话都不会，我实在很难想象你这种性子怎么教育小朋友。"他又看她一眼，"四五岁正是闹腾的时候，你管得住吗？"

"又不要你管，"她回嘴，"问那么多做什么。"

何东生笑笑，说："好，我不问了。"

周逸咬着下唇将目光又转向窗外，从窗玻璃上看他专注开车的样子。

"现在还写小说吗？"他问。

周逸心里咯噔了一下，说"不写了"。

何东生握着方向盘的手紧了紧，过了一会儿再看她，不知道她盯着什么，看得那么入神。他想起她以前写小说的日子，有时候别扭，有时候又装乖，后来遇上瓶颈问他意见，耍嘴皮子的时候最像个女朋友的样子，那认真又酥软的小模样实在让人难以抵抗。

何东生问："怎么不写了？"

高速公路上不时驶过几辆汽车，车里的音乐不知道什么时候停了，周逸能听见自己的呼吸声。她没回答他，他也就不再问。

后来下了高速到了镇头，周逸让他停车，说自己可以走回去。

他侧身看着她的眼睛:"明天回昭阳吗?我来接你。"

"不了。"周逸顿了一下,声音很小地说,"今天谢谢你送我回来。"

何东生直接忽略她后面的那句话,在她已经推开车门的时候叫了她一声。她回头看他,听见他笑着问:"能给你打电话吗?"

周逸受不住被他这样看,咕哝着什么下了车。

一路直行,直到拐了弯她才敢回头去看。他的车还停在那儿,他一只手从车窗伸了出来,手指夹着燃着的烟。真是个烟鬼,周逸想。

晚上安顿好爷爷睡觉后,周逸坐在院子里的藤椅上。

乡下夜空中的星星总是很多很亮,这样的环境会让人没有压力也没有烦恼,可以心平气和地待着,什么都不用去想。可她不一样,那晚她想得还挺多的。到了深夜,她心里实在堵得慌,给陈迦南发微信说了两句何东生的事。

后者很快就回了过来,问她现在是怎么想的。

"脑子里有点乱。"她回,"我挺怕输的。"

陈迦南半天没回她,或许也是对她瞻前顾后有点生气。周逸等了一会儿,就想退出微信,却看见陈迦南发了一条消息过来。

"你现在这个样子,你觉得你赢了吗?"

第十章
就这样慢慢过吧，我爱的人

周逸第二天清晨坐顺风车回了昭阳。

市里不比乡下有山水和野花，空气里都是汽车尾气味道。

周逸在一个路口下了车，沿着昭阳南路往幼儿园走。

她刚过了一条马路，QQ上就弹出一条消息。

她打开一看，是编辑发消息说稿子过审了，还要她再修改一下。那突如其来的欣喜，令她都快哭了。她飞速赶回学校，一进屋就打开电脑开始修文。

星期天下午，没有着急要做的事，她在床上放了张小桌子，将笔记本电脑搁在上头，听着歌开始改稿。

陈静是傍晚回来的，一来就拉着她唠嗑。

两个二十来岁的女孩聊起天来，难免会有关于男人的话题。

周逸想起那天陪着去相亲的事，便问道："你和那个相亲男怎么样了？"

陈静嗑着瓜子，无所谓地说道："早吹了好吧。"

"没感觉呀？"周逸一边敲字一边问，"不是说他这人挺好的吗？"

"他一年就回来一次好吗？"陈静叹气，"我要是哪天被人欺负了，都没地方哭去。"她说着从床上站起来，"你老待在屋子里不闷呀，我们逛街去吧。"

"我还有事没做完呢。"

"做什么做。"陈静硬是拉着她下床,"你得换一换活法了。"

她们去了昭阳最大的财富中心,周逸不认路,全程跟着陈静走。商场里的专柜一个一个逛,陈静觉着好看的衣服就让她去试。

裙子后背一半是镂空,周逸缩着脖子直摇头。

"这个你都不敢穿?你的生活得多无趣呀。"陈静无语,拿起衣服在周逸身上比了一下,"今天听我的,你去试试。"

周逸眯起眼睛跟她打着商量道:"还是算了吧。"

"这个呢?"陈静又换了一条半身包臀裙,"再搭双细高跟鞋肯定好看。"

店员这时也凑过来笑着说:"这裙子最近卖得可火了,您这么瘦,穿这个再合适不过了,简直就是为您量身制作的。"

周逸最后还是拗不过陈静,进去试穿了一下。

她第一次尝试穿这种裙子,真的不习惯,从试衣间里出来时扭扭捏捏的,想跟陈静说"不要了",可陈静已经帮她拿了主意,说就要这条了。

陈静这性格,简直比男的还爽快。

"你得学会适应这个社会,改变自己,知道吗?"陈静说,"整天穿牛仔裤不难受啊?"

周逸小声道:"我觉得挺好的。"

"挺好什么。"陈静又拉着她进了一家鞋店,嘴里还在说,"女孩就应该穿裙子和高跟鞋,多漂亮。"

周逸有点无奈。

"要不是园里规定老师不许穿短裙、破洞裤,我早就放飞自我了。"陈静给她拿了一双鞋,说,"试试这个。"

那鞋跟足有八厘米,周逸感觉穿上就要摔了。

"这才多高你就受不了了?多穿几次就习惯了。"陈静调笑道,"你以前谈恋爱的时候没这么穿过吗?"

最多就穿条裙子,还是很保守的那种。

男生都喜欢青春靓丽的女孩,何东生当初怎么会喜欢她呢?想起这个,周逸又有些烦躁,他说的会打电话给她……可到现在手机还没动静。

好像真有感应似的，她的手机马上便响了起来。

那串号码，周逸早些年就能倒背如流，即使她早已经换了号，将他的一切联系方式都删干净了，但是在看到这个熟悉的号码时，她还是有一种鼻子发酸的感动。

他的声音很干净，问她在做什么。

那样熟稔自然的语气，像是他们之间什么都没有发生过一样。周逸紧张得有些说不出话，走到一旁平复了一阵子心情，才轻轻"嗯"了一声，说："和室友在逛街。"

他问："在哪儿逛呢？"

"财富中心。"周逸说，"具体我也不知道是哪条街。"

"在昭阳都待几个月了你也没出去转过？"何东生话里带着笑意，"从那里到你们幼儿园没几步路吧，你没去过？"

他这是明显的嘲讽，周逸直翻白眼。

"那又怎么样？"她声音小小的，听着又不像顶嘴，"没来过有错吗？"

何东生低低地"嗯"了一声："您说什么都是对的。"

他这话一出，周逸整个人都抖了一下。以前他总这样说，低声哄得她什么脾气都没有。有多久没听到这样的话了，周逸不争气地湿了眼睛。

"你给我打电话干吗？"她嘴上还硬气。

"没事就不能打电话了？"何东生尾音轻轻一扬，笑道，"叙叙旧都不行吗？"

周逸"喊"了一声："谁要跟你叙旧。"

她没有想到这话听在何东生耳朵里就跟撒娇一样，他笑着说："口头禅还是这个？再说一遍我听听。"

周逸的语气很重："不说。"

"不说就不说。"何东生挑着眉低声道，"那说点别的？"

陈静正在试一双高跟鞋，周逸跟在后头，她眼珠子转了转，狡黠地抿了抿嘴，说："能问你一个问题吗？"

何东生勾起嘴角，说："你问。"

"你喜欢女孩穿高跟鞋吗？"

何东生愣了愣,随即往嘴里塞了一支烟,笑了起来,低着头拿打火机去点。半晌,烟雾慢慢从他的嘴里、鼻子里飘了出来。

他戏谑道:"你要穿给我看吗?"

周逸被他说得脸红起来,嘴里嘟囔着:"谁要穿给你看。"

何东生闷笑起来,故意逗她说:"那穿给谁看?"

"你管我。"周逸低着头去看自己的脚尖,啜嚅道,"你又不是我的什么人。"

何东生笑着"嗯"了一声:"您说得是。"

陈静叫她过去试鞋,周逸嘴上说"我要挂了",手机却还贴在耳边。

何东生吸了一口烟,说道:"你好好逛,回头我再打给你。"

两边僵持着,谁都没有先挂电话。最后还是她先挂断了,站在那儿愣了一会儿神,她便朝陈静走过去。

陈静给她挑好了鞋等她试,在一旁问道:"刚才谁打电话啊,你俩说那么久?"

"一个朋友。"周逸这么回答。

那天她从头到脚买了一身,吊带、短裙、高跟鞋,想想这些要穿在自己身上招摇过市的样子那得多可怕。

陈静说:"你再不好好捯饬自己,青春就过完了,知道吗?"

周逸觉得这话有点道理。

"女人一辈子能有多少青春让你浪费啊。"陈静批评完她又笑,"可惜了这么好的身材。"

周逸有点无奈。

她的生活似乎又平静下来,却又暗暗起着波澜。

星期一的中午,陈洁打电话来问她工作情况,她说挺好的。她想起有几天没去医院看外公了,那天一下班就去了医院。

陈洁出去打饭了,只有外婆在。

老头康复得不算快,至今吃饭时嘴巴都是歪的,喝水得用勺子一点一点往里喂。想起过年那会儿外公既能走路也能对她笑,周逸不免难过起来。

外婆说："你回去吧，这儿有我和你妈呢。"

"没事儿，我再待一会儿。"周逸摇了摇头。

她拎来板凳在病床边坐下，问外公："一会儿您想吃啥？我给您买去。"

外公偏头看她，嘴里呷呀着摇头。

"听外婆的话，好好做康复治疗。"周逸微笑着说，"说不准再过两个月您就能下床了。"

外公闭了闭眼睛，嘴角有口水流出来。

周逸抽了纸巾去擦，看着外公的眼睛，又说："我现在工作挣钱了，您有什么想吃的就让外婆给我打电话，我给您买过来。"

"好……好……工作。"外公张了张嘴，说得很慢，"注意……身……体。"

周逸笑了："知道。"

外公点了点头，靠在枕头上闭上眼睛。过了一会儿陈洁打饭回来了，问了她一些工作上的事情，又说起要给她介绍对象的事。

"那男孩的爸妈在政府工作。"陈洁拉着她去楼梯间，说道，"我看他挺靠谱的，要不你们先见个面？"

周逸一听到这个就烦躁，直接就说"不见"。

"你还想拖到什么时候？"陈洁看着她，半晌后问，"你跟妈说实话，你是不是有喜欢的人了？"

周逸沉默了一会儿，视线移开。

"你不会是还惦记着那个男生吧？"陈洁慢慢开口，"姓何的那个？"

周逸的脑袋嗡的一声炸开了一样，她难以置信地看着陈洁，沉默了很久。陈洁被她盯得有些发慌，移开眼不去看她。

"妈，你怎么知道他姓何？"

陈洁缓缓呼出一口气，像是铁了心似的看向周逸，一字一字地说道："你上大三的时候，妈给他打过一次电话。"

周逸只觉得手脚发麻，眼睛酸胀。

"我说如果为了你好,让他别打扰你的生活。"陈洁平静地说,"我打听过他家的情况,只有一个老太太和他相依为命。那样的家庭能给你带来什么?"

周逸狠狠地咬着牙,手开始颤抖起来。

"你还小,什么都不懂。"陈洁说,"妈都是为了你好。"

"我不要你为我好……"周逸控制不住地大喊出来,眼泪一下子就流下来了,几乎是咬牙切齿地说着每一个字,"我讨厌你说为了我好,我不喜欢你说的每一句话!"

那天她哭得特别伤心,眼泪直往下掉。

"我刚上大学你们就让我考研,你们说什么就是什么,我怕你们失望,拼了命去学……我写小说就是想证明给你们看我可以的,可你们根本就看不到,只会说我胡闹。"周逸的双手在空中胡乱动着,"你说做老师稳定我就去教书,你说听话我就听话,可是妈……"周逸的脸上满是泪水,她觉得自己太累了,"我每天要做好多好多事情,我不能给你丢人,每周要跟六七岁的小孩子一起学钢琴,硬着头皮与我不喜欢的人和事打交道……我要和每个人处好关系,见谁都得笑,我真的特别特别累。"

周逸哭得没力气了,整个人都颤抖起来。

"你有没有想过我喜不喜欢?从来没有。"周逸脸上还挂着泪水,她哭着哭着冷静下来,"如果有一天我真的撑不下去了,妈,你是不是就能放手了?"

陈洁哭着呵斥:"你胡说什么?"

"妈,你知道我在淮城是怎么过的吗?"周逸吸了一口气,平静地道,"我每天晚上都想去死,真的,每天晚上都在想。"

陈洁震惊地捂住嘴巴。

"我是怕你和爸受不了,硬撑着熬过来的。"周逸抹了一把泪,眼泪又止不住地往下流,"外婆七十岁了,每天都带我去医院看病,跑山里祈祷我身体健康。妈,我觉得我那样想特别对不起她。"

陈洁的眼泪缓缓流下来,想抬手去给周逸擦眼泪。

"可我现在真的一点自信都没有。"周逸有些心灰意冷地说,"像我这样的人谁还会喜欢?"

陈洁轻轻擦着她的眼泪,哭着摇头。

"妈知道。"她哭着说,"妈都知道。"

周逸终于忍不住大哭起来,眼泪不断地往下流。

陈洁一点一点给她捋着头发,轻声道:"妈怎么会不喜欢你呢?妈知道你很了不起。是妈错了。"她重复道,"是妈错了。"

周逸忽然有些自责起来。

她以为自己会有种胜利的快感,可看到陈洁这样可怜地哄着她说话,忽然难过起来。陈洁不该是这个样子的,应该说她任性、说她无理取闹。

她的眼睛红肿得特别厉害,眼泪都把衬衫胸口给浸湿了。

"不哭了啊。"陈洁慢慢给她整理衣服,"等这周你爸过来,咱们一家人坐在一起好好说说话行吗?以后你喜欢做什么就尽管去折腾。"

周逸轻轻呼吸了一下,把眼泪给收了。

"你现在先回学校去。"陈洁看着她说,"这件事我们回头再说,行不行?"

昭阳的晚春总是格外美,周逸拒绝了陈洁送她。

一个人从医院大楼走出来的时候,她呼吸了第一口新鲜的空气,觉得特别痛快,又特别难受。她以前读中学时经常想试试离家出走,她喜欢自由的空气,喜欢不被束缚。可当有一天真的自由了,她好像又觉得空虚。

回去的路上,她想给何东生打个电话。

犹豫了一路,她还是没有打,后来下了出租车,她独自走回幼儿园里,也没上楼,就坐在操场上。她看着黑漆漆的天空想,如果她默数三下后月亮露出来,她就给他打电话。

一、二、三……

头顶的风车被风吹得呼啦啦地转起来,她抬头看见天上的乌云慢慢散开,有一个亮亮的小角露了出来。没有月亮没关系,那就有星星也不错。

周逸咬咬牙,一闭眼给他拨打了电话过去,那边几乎是立刻就接通了。她屏住呼吸没有说话,听见何东生低声叫她:"周逸。"

那一声又低又轻,她一下就湿了眼眶。

她不知道怎么开口,好像连发声都是个问题,只是默默地流眼泪。眼泪有的滑落在她的嘴唇上,咸咸的,随后顺着下巴滑向脖子,有的掉到了草地上。

听不见她说话,何东生忙问"怎么了"。

"何东生,"这好像是再见后她第一次叫他的名字,那样轻,是熟悉的羽毛滑过的感觉,又有一些笨拙,"你喜欢我什么?"

他被她问得一愣,随即笑了一下。

"我性格那么差,脾气也不好。"周逸将下巴搭在弯起的膝盖上,"活得也挺没劲,脆弱又悲观,你喜欢我什么呢?"

何东生"嗯"了一声,说:"我想想。"

他这一句话让周逸的心往下沉了一点,她一声也不吭地等他说话。时间慢慢过去,她心里越来越慌。

电话那头一直没声音,周逸低喃:"我真有那么差吗?"

何东生重重地出了一口气,低声道:"周逸,现在真不是说这个的好时候。"

她听得鼻子又一酸,想直接挂电话,却又舍不得,只好装哑巴。

他却又道:"在电话里表白是不是显得我很没有诚意?"

周逸忍不住勾起嘴角笑了出来,低头看着风车落在自己脚上的影子,撇了撇嘴道:"谁要听你的表白。"然后她把鞋脱了,光着脚踩在橡胶操场上,感觉软软的。

"真不听?"何东生淡淡地"哦"了一声,"那算了,你挂电话吧。"

周逸"喊"了一声:"挂就挂,我还怕你吗?"

说完她真把电话给挂了,何东生看着不远处草地上那个小小的人,轻轻笑了起来。他打开车门从车上下来,走到铁栏杆大门外弯腰捡了一小块石头,对准她身边几米处扔了进去,刚好砸到大理石墩子上。

周逸还在别扭,被这个声音吓了一跳。

她缩着脖子偏头看过去,然后彻底愣在那里。门外那个身影正在对着她笑,笑得吊儿郎当,笑得不可一世。

就在他们对视的一瞬间，门房那边有推门的声音响起。

门房大叔从屋子里出来，打着手电筒朝她这边照过来，光束扫了操场一圈后落在大门外的何东生身上，不太客气地喊："大晚上的扒这儿干吗呢？"

"扒"，动词，可作"扒手"。

何东生瞧着周逸一副看好戏的样子，咬了咬牙，笑着说："您误会了，我是在这儿等人呢。"

门房大叔冷哼了一声："你再不走我报警了啊。"

周逸这才慢慢走过去，站在门房大叔身边幽幽地说道："刚才我还听到有人扔东西进来，不会是这个人吧？"

何东生好笑地看着她，拿她完全没办法。

"我就说刚才听到了什么响声。"门房大叔瞪着何东生，"是不是你干的？"

何东生看了一眼周逸，又对着这个六十来岁的固执老头儿笑着说："怎么能是我呢？我哪能干那种事儿，您说是不是？"

"不是就赶紧走。"门房大叔拿着手电筒对着他照来照去，"不然我叫警察了啊。"

周逸得意地朝着何东生笑。

"咱好好说，您别动气。"他看向周逸，"我这就走。"

等他转身离开，周逸笑了。她回到刚才坐的地方拎起自己的鞋，对门房大叔说："我出去一下。"然后她便从侧门溜了出去。

几分钟后，操场上又安静了下来。

何东生双手插兜正靠在墙上，像是感觉到什么，转头看过去，就看见周逸光着脚拎着帆布鞋站在那儿。他笑出了声，将手从裤兜里伸出来，慢慢地朝她走去。

距离越来越近，他的眸子漆黑又干净。

周逸咬着唇，紧张得心怦怦直跳，却仍旧静静地望着他。分开这么久了，这是她第一次这样认真地看他，还是那样吊儿郎当，但眼睛里有藏不住的深情。

何东生站定，眼里带着三分笑意和三分玩味："刚才你挺狠啊。"

"有吗？"她故作淡定，"没送你去警察局那都是轻的。"

何东生轻笑，瞧着她低声问："想看我进局子？"

周逸被他注视得不自在，慢慢别开视线，嘴里嘟囔道："我可没说。"

"嘴上没说不代表心里不想。"他偏还杠上了，"你说是不是？"

周逸垂着眸子把目光落在他的裤子上，裤管随意地挽起，黑色运动鞋上落了一层灰。

不过只是一刹那，她便感到一阵天旋地转。

何东生拦腰将她抱起，惊得她差点叫出来。

他抱着她走了几步，将她放下来抵在巷子边的墙壁上，让她的脚踩在自己的鞋面上，两个人被一棵法国梧桐树给挡了起来。

他的脸压下来，呼吸渐渐逼近。

周逸有些不适应这样的亲密，两条胳膊挡在胸前想推开他。可他的力气似乎比以前更大，怀抱里积蓄着蓬勃的力量。在那张胡子拉碴的脸落下来的时候，周逸紧紧地闭上眼睛，半晌又怔住。

他把头埋在她的颈窝里，深嗅了一下。

她呼吸间充盈着男人的体味，是他的。

周逸很轻很轻地呼吸了一下，低头看他，他的头发有些短而扎人，像是不久前才剪的，干净又利落，她抬手去摸。

"你从哪儿过来的？身上这么脏。"她说，"别忘了赔我衣服。"

他的笑从胸腔里溢出来，肩膀轻轻抖了抖，从她的颈窝里抬起头，伸手捏住她的下巴摇了摇，有些痞气地说："嫌弃我？"

周逸扭头不看他，却被他把脸扭了回来。

"高中时是谁说我不学无术、脾气差的，忘了？"他静静凝视她的脸，笑道，"之前还没人敢这么说我，周逸。"

她的脸有些烫，受不了他这样撩。

"所以说咱们俩相爱是为民除害。"他说完笑了，又低下头，把嘴贴在她的脖子上，慢慢移至耳根，低声说，"都不想我吗？"慢慢地，他吻得更重，在她要喘息起来的时候把她的嘴给堵住，沿着唇线一点一点轻移，腾出空来又道，"我想亲你，周逸。"

明明已经在亲了，周逸忍不住想掐他。

其实她早就动情了，抬手搂住他的脖子，缓缓闭上眼睛。

何东生又亲了一会儿，渐渐放开她的嘴，轻轻地将吻落在她的眉心，又小心翼翼地将胳膊撑在她的后背上让她靠着，然后低头看起她来。

感觉到那灼热的目光，周逸慢慢睁开眼。

他抬手替她捋了捋脸颊两边的碎发，轻笑道："今晚怎么给我打电话了？这么主动，我都有些不习惯。"

周逸问："和我在一起是不是挺累的？"

她的声音那样轻，何东生在心底叹了一口气。

周逸看着他，眼眶慢慢湿了，然后侧过脸埋在他的胸膛，拥抱他，说："对不起，何东生。"

他一只手搂在她的腰上，一只手覆在她的脑后。

"不生我的气了？"何东生问完，她在他的怀里轻轻地摇头。

他将她的头抬起来与他四目相对，看见她的脸颊上有两行泪痕，便低头去亲那泪痕，笑着说："这么悲观敏感，咱别去祸害社会了行不行？"

周逸拍开他的手，瞪他："你才悲观敏感，你才祸害社会。"

何东生无声地笑起来，点头说："是，您说得对，祸害我一个人得了。"

周逸别过脸笑，又被他捏住双颊亲了下来。

他一边亲一边问她："昨天出去都买了什么？"

周逸轻喘着回应："就买了两件衣服。"

何东生的手在她背后轻轻摩挲，笑着说哪天穿给他看看。

"不好看。"她轻轻地推开他，似是想起什么，问，"要是有一个很漂亮的女人坐在你腿上，你会动心吗？"

何东生皱了皱眉："这是什么问题？"

"必须回答。"周逸说，"不然不许亲我。"

何东生坏笑着看她："你不就是。"

周逸心里满足了一下。

他说着又抬眼瞧她，笑着说："现在没动手都算客气了。"

周逸气极了，伸手去掐他。

何东生将她的双手禁锢住，嬉皮笑脸道："要不试试？"

周逸脸红了，脚用力踩在他的脚上。

何东生轻轻吸了一口气，"嗞"了一声，随即轻声笑起来，将她拥在怀里，脸上笑意不减。

周逸缩着脖子："你再说打你。"

看见她气急败坏的样子，他似乎很开心，也不再逗她，俯身捡起她掉在地上的鞋子，将她抱到车里去，然后蹲下身子给她穿好鞋。

"以后再光着脚，就别怪我不客气了。"何东生还蹲着，抬头看她，"听到没有？"

周逸鼓着腮帮白他一眼，将头扭向一旁，下一瞬间，她的脚踝被他握住轻轻地挠，她痒得想抽出来却又抽不动，只好苦笑着说："听到了，听到了。"

时间不早了，周逸该回去了。

何东生送她到门口，笑着说："托您的福，被当了一回贼，以后过来还得警戒。"

周逸仰着头笑，恶作剧般地对门房喊："叔，麻烦开下门。"

那是二〇一五年四月二十七日，很普通的一天。

周逸第二天上起班来好像整个人都神采奕奕，杨老师问她发生了什么好事，她也只是笑。她给小朋友讲十三的加减和进位点，浑身的细胞都好像充满了活力。

她好像又回到了热恋的时候，脑子里一直在想他。

晚上他会打电话过来，两个人一聊就是很久。有时候她看到好玩的也会给他发微信，他还是那么吊儿郎当，她给他发环创图片问他好不好看，他直接回了句："好看个鬼。"

周逸暗自发誓，下次见了面一定要打他。

傍晚，她刚调好水粉正在画墙画。

陈静一边看视频一边朝着她走过来，说："咱昭阳出大事了。"

周逸抬头问:"怎么了?"

"说是昭阳湖那边有个工程塌方了。"陈静给她看视频,"就是这里,还在直播。"

周逸瞄了一眼,记者站在出事的工地前直播,身后有一群警察。她正要移开眼,似乎看见何东生戴着安全帽、穿着黑色衬衫站在斜后方的一堆人里。

"这肯定是得判刑的罪。"陈静气道,"听说有工人被埋在里头了。"

周逸突然从地上站起来,颜料洒了一裤子,粉的、黄的,一片狼藉。她也顾不上了,拿出手机就给他打电话。可那头始终无人接听,她再去看视频,此时里面已经没了他的人影。

陈静奇怪地看着她:"你干吗呢?"

周逸有些慌乱地直接在裤子上擦了擦沾有颜料的手,像是没听见陈静问什么,径直跑了出去。她在巷口拦下一辆出租车就往那边赶,冷静下来后不再给他打电话。

现场一片混乱,马路被堵得严严实实的。

她下了车就往工地那边走,警戒线已将现场围住,不让任何人进去。周逸探头去找他的身影,整个人都紧绷着,说不出话来。身后有人拍她的肩膀,周逸像没感觉到似的,她踮起脚还在往工地里头张望,肩膀又被拍了一下。

她下意识地回头去看,何东生笑着去拉她的手。

周逸愣住:"你……"她指了指工地,又指了指他。

何东生拉着她往车子的方向走,解释道:"一个合作工程,我过来看时刚好碰上,没出什么大事,记者都爱夸大其词。"

周逸终于松了一口气。

何东生说完,将她从头到脚看了一遍,笑道:"你就这么过来的?"

周逸"喊"了一声,又瞪他一眼。

何东生笑笑,心知肚明,不再逗她。

两个人上了车后,他落了锁。

周逸问他:"我们现在去哪儿?"

何东生侧过身去给她系上安全带,捏着她的下巴忽然亲上她的嘴。

半晌,他松开她,低声道:"回家。"

路上,他一边开车一边和她说话。

周逸弯下腰挑歌,车里没有她想听的,她干脆拿出自己的手机放了一首《Fade》。

"这个好听吧。"她看着手机,"一个朋友推荐的。"

何东生开着车,目视前方,笑道:"你什么时候喜欢听电音了?"

周逸将声音稍微调大了些,然后靠在椅背上慢慢闭上眼睛。

"电音挺好听的。"周逸又睁开眼,目光也不知道落在哪儿,"我以前睡不着觉的时候还听戏曲呢,也挺催眠。"

何东生将两边的车窗降下来,偏头看了她一眼:"后来睡着了吗?"

周逸扑哧一笑:"没有。"

"那怎么办?"

周逸想了想说:"硬睡吧,慢慢就睡着了,我还试过那个全身放松呼吸法,就是闭上眼睛,想象你漂流在大海里,每个毛孔都很放松,只有海水的声音,不过好像也没用,再后来还试过一个办法。"

何东生嗯了一声,眸子轻抬,看着前方,话里有一点笑意,语气平淡温和地道:"什么办法?"

周逸笑了出来:"听鬼故事。"

何东生抬眉,稍感讶异。

又听见她道:"结果越听越清醒,吓得睡不着。"

何东生握了握她的手,车速稍稍慢了一些,淡淡笑道:"你可真能折腾,倒不如养只猫和你玩。"

周逸眼睛一亮:"不许耍赖。"

何东生失笑:"我什么时候骗过你。"

周逸慢慢往后一靠,喟叹一声道:"现在想起来,那时候失眠真的挺痛苦,考研失败的后遗症也太久了,看来做人不能执念太深。"

何东生发现,只要一提起考研她的声音就低了下去,他淡淡道:"话不能这么说。"

"那怎么说?"

何东生想了想,低声道:"有些事情现在看得很重,十年之后你再看,可能都不值一提,所以有时候要学会放下。"

他说这些的时候,周逸一直看着他。

这些年来很少听到有人这样说她,说得句句在理,让她醍醐灌顶。过了半晌,她笑了,看着远方的路,有些遗憾地说道:"听说昭阳有座山陵,现在社会太浮躁,很多人想去那儿放松,不过挺难找对地方。"

何东生听罢看她,说:"也不算难找。"

周逸好奇心起来:"你去过?"

何东生轻哼一声,笑着说:"还真去过。"

那是大四要毕业的时候,他和朋友商量着想自主创业,到处跑工程、拉融资。有一个老板喜欢住在山里,每天得听着附近寺庙的钟声才能睡着觉。他特意买了机票过去,陪着待了几天,人家才同意投资。

去的第二天,老板问他会不会下棋。何东生陪着下了几盘,听了一天的钟声。最后一天,老板带他去了后山,问他这个地方怎么样。他当时也没抱什么希望了,看着远方的山和云,淡淡地笑着说:"我以前的女朋友也喜欢清静。"

老板说那以后带她过来看看,他说会的。

车子慢慢地从车流中开了出来,拐进一条街道。夕阳余晖洒在马路上,有小狗趴在路边,再往里开,拐个弯就是一个小区。

小区四周都被茂密的树围了起来,跟小树林似的。

周逸趴在车窗上轻轻呼吸着新鲜空气,看见远处的小院子里有一堆老头儿老太太在说话、下棋,忽然觉得安心极了。

"昭阳还有这么安静的地方?"她说。

何东生笑道:"你忘了我是干什么的?"

她后知后觉地笑着说:"是哦。"

何东生无奈地摇了摇头,找了个车位停车。

下了车,周逸问:"你家在几楼?"

"先猜猜看。"何东生拉着她的手进了一个单元楼,也不按电梯,好整以暇地看着她,"你来。"

周逸看他一眼,果断按下了最高层,然后问他:"对吗?"

何东生只是笑,没有说话。这个小区每单元每层有两家住户,他家对面好像还没住人,所以整层楼都很安静。

一进屋,周逸就跑去落地窗跟前往下看,入目全是绿色的草坪和小树林。她回头看他,说:"你这儿真好看。"过了半天她又问,"奶奶怎么不过来?"

何东生从茶几上的烟盒里抽了支烟叼在嘴里,一边点火一边道:"她在青城待惯了,来这儿没熟人。"

"她一个人在那边,你放心啊?"

"有时间我就回去。"何东生抽了几口,将烟斜放在烟灰缸里,看着她的侧脸说,"你裤子上是什么?"

周逸低头,好几处颜料在夕阳下泛着光。

"颜料。"她低头抠了一下,"画画的时候弄的。"

何东生挑眉,笑着问:"你还会画画?"

周逸转头白他一眼,抬着下巴说:"你别小瞧人,我画的还是墙画。"

"哟。"何东生调侃道,"这么厉害?"

周逸"哼"了一声,又将头转回去看窗外。

何东生在她身后看了一会儿,从卧室里拿出一套他的睡衣,走过去搁到她怀里,让她去洗个澡。

"穿你的衣服啊?"她迟疑了一下。

"不然你想穿谁的?"何东生好笑,话里有点挑逗的意味,"我这屋里没女人的衣服。"

周逸被他说得脸红,抱着衣服去了浴室。

何东生站在阳台上抽烟,听着浴室里的水流声,心底莫名地躁动起来。

半晌,听到开门的动静,他咬着烟偏头看过去。

周逸穿着他的睡衣站在那儿,衣服松松垮垮的,裤腿被她挽了好几下,她还在低着头挽袖子。

何东生将烟掐灭，朝她走了过去。他抓过她的手将袖子向上多卷了几下，宽松的睡衣敞开了一些，干燥的指腹擦过她的肌肤，她的脸上泛起红晕，眸子低低地垂着。

何东生吸了一口气，直接对准她的嘴亲了下去。

周逸下意识地嘤咛了一声，人已经被他搂在怀里。他亲得很凶，抱得又紧。她刚洗完澡，整个人都是软的，手指扯着他的衬衫衣摆，慢慢被他抵在墙上。

夕阳余晖从落地窗照进来，洒在地板上。

周逸眯着眼睛去看那光，感觉到他手掌的温度，他的牙齿轻轻咬在她的脖子上，随后慢慢向下移去，落在锁骨处。他唇的湿热、手的粗糙，还有他的气息，令周逸想睁开眼认真看看这个已经从少年成长为男人的人。

"何东生。"她轻声叫他。

他从她的颈窝里抬头，低低地"嗯"了一声，又一点一点地亲到她的耳朵根。

周逸笑着逗他："名字真土。"

何东生愣了一下，闷闷地笑，抬起头捏着她的下巴看她。他的手故意使了力在她腰上揉了揉，周逸有点受不住。

他低声笑道："再说一遍。"

周逸的睫毛颤抖着，轻轻莞尔，咬着下唇直摇头。何东生看着她泛红的脸颊，慢慢将手搁在她的脖颈上。

睡衣的领口宽大，此时已经被扯歪了。

何东生将她打横抱起坐到了沙发上，周逸坐在他的腿上，听他低声道："给我说说你这两年都做什么了。"

周逸靠在他的肩上，一副很平静的样子。

"考研，生病，再考研。"周逸说完笑了，"是不是听着特别没意思？"

何东生一只手放在她的腰上，另一只手握着她的手。

"我有时候觉得我总在追求一些最不重要的东西，有一段时间特别焦虑，害怕未来，具体怕什么我自己都不知道，可就是迷茫。"

周逸低头看着他的衣领，握住他的手。

"后来我安慰自己说有个爱好也不错,无聊了就写写小说,但压力也挺大的。"周逸缓缓叹息一声,"我是不是特悲观?"

何东生揉着她的手,将下巴搭在她的头上,淡淡一笑,说:"二十来岁的人都这样,你不能指望一个年轻人拥有四十岁中年人的阅历和心智,是不是?"

周逸仰头看他:"你怎么就不焦虑、不迷茫呢?"

何东生笑着说:"可能我早熟。这么跟你说吧,"他将她抱紧了些,"如果有人问马云愿不愿意用自己的财富去换他十八岁的青春年少,马云肯定会换,你信不信?"

周逸嘴角弯起一个小小的弧度。

"你想过没有。"何东生说,"你写的东西也不见得每一篇都有人喜欢,总有一些会闪闪发光,也会有一些无人问津,这都很正常。像达芬奇,我就知道他画了《蒙娜丽莎的微笑》。"

周逸歪着头看他,眼睛里像闪着光似的,说:"何东生,你怎么这么会安慰人呢。"

他嘚瑟地笑笑:"我要是没干土木,也许会是个著名的心理学家。"

这人被夸两句就嘚瑟,周逸忍不住笑起来。

她靠在他怀里,轻轻凑到他的衣服上闻了闻,皱着鼻子说他一身的烟味臭死了。何东生扯起衬衫下摆放鼻子下一嗅,又搁她跟前让她闻。

周逸嫌弃地躲开,何东生大笑。

"什么时候这么嫌我脏了?"他挑眉看她,"那你以后得习惯,我这种干工程天天跑工地的人就是这样子。"

周逸无辜地看着他:"习惯什么?"

那张小嘴一开一合的,何东生微微眯了眯眼,冷笑道:"你说习惯什么?"

周逸嘴硬道:"我怎么知道?"她眼睛不看他,自顾自地说,"总有人习惯对吧?唉,当初你读大学,那时候不是有个女孩总跟你们搭班吗……"

她说到一半噤了声,发现何东生的眼神有些危险。

周逸哆嗦道:"你干吗这么看着我?"

何东生冷哼一声:"我看你就是欠收拾。"他将脸凑到她面前,语气极低地说道,"你和那个钟云是什么关系?"

周逸愣了一下,然后才说:"他是我邻居。"她一副清清白白的模样,随即话里有话地笑道,"喜欢你的和你喜欢的,你选哪一个?"

何东生反问:"你选哪一个?"

"站在女生的角度来讲,选一个喜欢我的比较好。"周逸这话倒说得挺认真,"你呢?"

何东生气得有些牙痒痒,一双漆黑的眸子看着她,要笑不笑的。

"我要是选了喜欢我的,还有你什么事?"何东生用手指挑起她的下巴,笑道,"是不是啊,小周老师?"

周逸拉开他的胳膊,无声地笑开了。

何东生低头刚好看见她抖动肩膀笑时扯开的睡衣领口,目光深邃了一些,她好像还没有意识到。他半晌没出声,周逸便抬头看他。

那双眸子又黑又沉,目光落在她的胸前。他像是在克制,半晌后,咳了一下,别开眼,喉结轻轻地动了动。

"饿不饿?"他把话题扯开,"我去……"

周逸趁着他在说话,抬头去亲他的嘴,这是她第一次主动亲他。

何东生有片刻的愣怔,诧异地看着她,慢慢将她推开一点。

他哑声说道:"一会儿别哭。"

她没有说话,双手钩上他的脖子。

何东生目光一暗,牙根一紧,低头亲了下去。

他一只手伸到她的领口,一颗一颗地将睡衣纽扣解开,然后直接将睡衣扯掉,唇落在她的肩上,亲得她抖了一下。

周逸轻哼一声,将下巴抬起来。

何东生垂眸看着怀里的这个女孩,从初见到现在,她的变化实在太大了。她敏感脆弱过、悲观厌世过,她问他,自己是不是挺没意思,可怎么会呢?他喜欢她这种真实的样子,无论说什么都坦坦荡荡的样子,有时候还会莫名其妙地难过。

这样的女孩他心疼都来不及，何东生想着想着就笑了。

他将脸埋在她的颈窝，用力嗅着她身上的味道。

他能觉察到她的紧张，轻笑着说："这可是你自己送上门的，周逸。"

她哪儿还说得出话，只是轻声叫着："何东生。"

那声音带了些颤抖和对未知的恐惧，何东生低笑着"嗯"了一声。

他从她的颈窝抬起头来看她，见她神情纠结又别扭，笑着逗她："乖，把眼睛睁开。"

周逸埋在他怀里，闷闷地摇头，一声不吭。

何东生无奈地笑笑，问她："真不睁开？"

周逸紧闭着眼摸索着去掐他的胳膊，何东生轻轻吸了一口气，低头沉声道："我想让你看看。"

她闻言，指甲都抠到了他的肉里。他低笑着将她抱起，朝卧室走去。

清晨的第一缕阳光从窗外照进来，落在床的一角。

周逸半睡半醒中翻了个身，嘴里嘤咛着。

只是她稍微一动弹，全身就都酥软地疼。她忍不住轻轻"嘶"了一声，慢慢睁开眼，看见被风吹起的帘子，还有帘子外湛蓝的天空和白白的云朵。

半晌，她听见他的声音从头顶传来："看什么呢？"

何东生光着膀子靠在床头抽烟，看见她醒了，便将烟摁灭在烟灰缸里，躺下来自后方将她抱在怀里，隔着薄被揉着她的手。

"真想天天这样躺着。"周逸轻声感叹，"什么都不用做，什么都不用想。"

何东生轻笑道："那不成猪了？"

"做猪也挺好的。"周逸的声音轻轻的，"吃了睡、睡了吃，多舒服啊。"

何东生将脸埋在她的脑后，鼻子蹭着她软软的发，从嗓子里发出一声笑，说："什么时候变得这么懒了？"

周逸说："你才发现啊，已经晚了。"

何东生慵懒地应了一声,接着便听周逸说:"我不会做饭、洗衣服,也没你会挣钱,这可怎么办?"说着她叹了口气,"做女人真麻烦。"

听到这个,何东生都笑出声来了。

他身上的气息弥漫在她的鼻间,嘴巴在她的脖子后头游移,一边揉着她的手一边笑着问:"哪儿麻烦了?给我说说。"

周逸皱眉:"哪儿都麻烦。"

何东生呼了口气喷洒在她的肩上,嘴角带着笑,漫不经心道:"你说的是女人来例假和生小孩?"

没想到他说得这么直接,周逸耳根都发烫了。

何东生探头看她一眼,又笑着说:"这有什么好脸红的,昨晚胆子不挺大的吗?怎么还这么不经逗?"

想起昨夜,周逸恨不得昏睡过去。

何东生哪里舍得放弃这么好的逗弄她的机会,将她翻了个身转向他,她却一个劲儿地往他怀里钻。

"跟我讲讲。"他伸手去挑她的下巴,"小周老师?"

周逸忍不住去拍他的肩,咬着牙轻声道:"你再说打你。"

这话听在他耳朵里像极了撒娇,他大笑着说:"好了,不逗你了。"他给她掖好被子,又说,"再睡一觉。"

周逸听了他的话,乖乖地闭上眼睛,慢慢又睡了过去。

等她睡着了,何东生动作很轻地抽出自己的手,去浴室冲了个冷水澡,点了一支烟到阳台上去抽。

他斜倚在玻璃门上,一边抽烟一边抬头看天。

宋霄的电话刚好打过来,叫他晚上出来喝一杯。

何东生拿下烟轻轻地吐了一口烟圈,淡淡地笑着说:"行啊。"

宋霄又问:"最近和周逸怎么样?"

何东生闻声抬了抬头,目光投向卧室那边,半晌又收回来,还没说话,却听见宋霄急了。

"多少天了,干吗呢?"宋霄的音量拔高,"对得起我辛辛苦苦为你做的一切吗……"

何东生被气笑了，眯着眼将烟往嘴里放。

"我告诉你啊，用点脑子、长点心行不行？"宋霄气呼呼地又道，"不会是还惦记着那谁吧？"

何东生闻言，蹙了蹙眉。

"我记得以前你QQ空间里有个女的天天给你留言。"宋霄说完哼笑，"别以为我不知道啊。"

何东生笑骂了一句。

宋霄说："这回周逸再不理你，我也不管了啊，反正她妈动作比我还快，听说给她介绍了一个男生，挺厉害那种。"

何东生吸了口烟，把电话给挂了。

他把那支烟抽完就去了卧室，整个人倚在门框上静静看着床上睡熟的女孩，闲闲地看了一会儿后，去了厨房。

周逸下床的时候腿都是软的，缓了好一会儿。她穿好睡衣，打着哈欠在屋里叫他的名字，看到他在厨房里做菜，还使劲揉了揉眼睛。

何东生笑着瞄了她一眼，说："这么看我干什么？"

周逸难以置信："何东生，你竟然会做饭？"

他嗤笑了一声，拿手在她身上比画了一下，还没开口就被周逸打断："我知道你又要说你不像我……"她把手横在自己脖子那儿，"你这么大就会做饭了，是不是？"

何东生挑起眉看她，笑出声。

周逸将手背在背后，看了看他做的小菜，故意皱着眉道："这能吃吗？"说着她拿起旁边的筷子夹起尝了一下，倒吸一口气，小脸皱成一团。

何东生冷笑道："装得还挺像。"

"谁装了，我说真的。"周逸昂首挺胸，"有那么一点怪怪的……"

她还没说完，何东生就搂着她的脖子亲了下来，把她那张言不由衷的小嘴给堵严实了，低笑着问她哪里怪了。

周逸在他腰上掐了一下，何东生倒吸一口凉气后，移开身子。

"在哪儿学的这个？"他皱眉问，"真掐出毛病来，我这一个不小心，你舌头还要不要了？"

周逸那时候哪里想得到他会这样说,尤其是做了那件事以后。就是偶尔想起来她也会羞得满脸通红,不敢看他。

中午吃完饭,周逸收拾了东西就要走。

何东生的脸色不太好看,从烟盒里抖出一支烟叼在嘴里,弯着腰在茶几上找打火机。他上身裸着,下身只穿了一条牛仔裤,也没有系皮带。

她走到他身边,歪头,伸手拿掉他的烟。

"宋霄说你一天抽两包半,是真的吗?"周逸有点生气,"真抽出毛病来,肺还要不要了?"

这才一个晚上就会学他的语气说话了,何东生轻笑,抬眉看她:"这不现在有你了吗?我今后一定注意,周大小姐怎么说,我就怎么做。"

周逸顿时又红了脸。

她将身体直起来,不再看他,往门口走,背挺得直直的。

何东生舔了舔下唇,从沙发上捡起短袖套到头上,又将皮带系上,扣好,拿起车钥匙跟了上去。

周逸下午三点半有钢琴课,不能缺课。

何东生耐心地开着车送她过去,过了一会儿看她好像没事人一样,就问她几点下课。

周逸从窗外收回视线,说:"一个小时的课,差不多四点半下课。"

"你学多久了?会了吗?"他问。

周逸说:"哪有那么快,我现在就会弹几首。"说完她又笑了一下,炫耀似的看着他,"我还会弹一首流行歌曲。"

何东生问是什么,周逸说是《失恋进行曲》。

话音一落,何东生挑了挑眉,好笑地看着她,问有没有《热恋进行曲》,有空可以学一学。

周逸白他一眼后移开目光,忍不住笑了起来。

下车的时候她让他先走,等钢琴课结束了她就回青城。

何东生看着她拎着包走进去,然后点了一支烟抽起来。

他将车停在那儿没走,一直等到她下课。

那种感觉直到很久以后周逸再描述时,还是会忍不住莞尔,被人等待的感觉实在太好了。她从里头出来,一眼就看见他的车还在那儿,心里好像有什么东西化掉了一样。

她给陈洁打了个电话,说下周再回去,随即拎着包朝他走过去,弯腰透过窗子看他。这人微仰着头靠在椅背上睡觉,手里还夹着已经熄灭了的半截烟。

周逸敲了敲车窗,何东生忽然睁开眼睛。

等他降下车窗,周逸笑着问:"您在这儿干吗呢?"何东生笑出声,说他晒个太阳再等个人。周逸"哦"了一声,问他等谁。

何东生一只手扶着方向盘,侧过身子凑近她,笑着说在等个姑娘。

"哪个姑娘啊?"周逸认真地问,"好看吗?"

何东生眯了眯眼,一看那样子,周逸就知道他嘴里又没好话,接着便听他说:"要不找个地方,我们仔细交流一下?"

周逸嗔了他一眼,拍了一下他搭在车窗上的手,转身就走。

何东生眼明手快地从车上下来,抓住她的腕子,笑着问她干吗去。

"现在有一件很重要的事情,"她回头看他,"做不做?"

何东生扬眉:"不回家了?"

周逸将手腕从他的手里抽出来,直接朝幼儿园走去。

何东生锁了车,很快跟了上去,到门口时迟疑了一下,问她:"我会不会被认出来?"

她起初愣了一下,随即就忍不住笑了。

门房大叔来开门的时候确实多看了他几眼,周逸笑着解释说:"叔,这是我男朋友。"听到这几个字,何东生偏头笑了,对老头儿微微颔首,周逸听到他很客气地说了声"您好"。

进了园里,何东生四下看了几眼,由衷地评价:"你们这儿还挺大。"

"我第一次来时也觉得。"周逸将他带上二楼,在自己带的班外站定,问,"知道我让你来做什么事吗?"

何东生一头雾水:"上刀山下火海?"

周逸弯腰从走廊上的柜子里翻出调色盘、画笔和几盒颜料,然后又打开教室的门,从里头拎了一小塑料桶水出来。

准备完毕，她将画笔递给他："行吗？"

何东生看着她递过来的画笔，笑了笑后接过来。他低头看了一眼，又抬头看她，还像模像样地问："想画什么？"

"我们班这个月的主题是夏天。"她说。

周逸没有想到何东生很认真地调好颜料，真的提起笔在墙上画了起来。她蹲在他身边看他画。

后来她干脆盘腿坐在地上，静静地看他。

何东生画了几笔后偏头看她一眼，又把目光落回墙上，一边画一边说："我现在真的不得不佩服你们老师了，除了教育一堆小孩，还得多才多艺。"

"你以为老师那么好当？"她笑。

何东生点头"嗯"了一声，将画笔在水桶里洗了一下，又提起笔才道："真不容易。"

他说得还挺有同理心，周逸发出一声笑。

"要搁以前，打死我都不相信有一天我会当老师。"周逸看着他，慢慢道，"人生变数可真大。"

何东生将画笔一收，眸子落在她的脸上。

"变数大才有故事。"他凝视她，勾了勾嘴角，"特别是对你这样……"他拿着画笔的那只手抬高了些指向她，还做了个像在描摹人物画像的样子，"会弹钢琴又喜欢写小说，敏感又悲观，温柔还善良的文艺女青年来说。"

"你才是女青年。"周逸反驳，"我今年已经二十二岁半了。"

何东生哈哈大笑，说那就二十二岁半。

听他口气，明明就很敷衍。周逸伸手在调色盘里蘸了些颜料，趁他没注意抹到了他的脸上，自个儿乐了。

"这才叫变数。"她正色道。

何东生看到她嘴角挂着得意的笑。周逸自觉地就要站起来，手掌才刚撑地，他的脸就压了下来。

"有监控……"她轻声喊。

何东生搂着她的脖子,将嘴凑到离她的脸颊三厘米处。

周逸脸都红了,用手掌顶着他的胸膛,紧张地说"被拍到就完了"。

他的呼吸渐重,低声坏笑道:"随便拍。"

第十一章
布鲁克林有棵树

那天傍晚周逸没回自己家,却去了老家。

爷爷打电话说有点想她了,周北岷直接开车来了幼儿园接她。何东生在周北岷来之前便驱车离开了,他直接去找宋霄喝酒,约在了酒吧。

宋霄来的时候跟一阵风似的,心情似乎还不错,点了一杯度数极高的酒,抿了两三口就有些受不住了。

何东生嗤笑道:"就这酒量,你还好意思喝烈的?"

"那又怎么了?"宋霄自上而下地瞥他一眼,"你这裤子上头五颜六色的是什么?"

何东生头都没低一下,喝了几口酒,慢悠悠道:"哦,画了一幅画。"

宋霄一脸诧异地喊出声:"要画也是画你那工程图,这是啥玩意儿?"

"颜料。"何东生云淡风轻地说,"去她那儿弄的。"

宋霄愣了一下,结结巴巴道:"她……周逸?"他像被抽了筋一样倒在沙发上,"真的假的……她这么快就原谅你了?"

何东生冷冷地瞥了对方一眼,好像之前说他那么久都没追上周逸的话不是这人说的一样。

"那姑娘可真善良。"宋霄在沙发上慢慢坐起来,"要搁我,非得虐你个三五年的。"

何东生哼笑道:"那真对不住了,我取向挺正常。"

"这可说不准啊,万一哪天……对吧。"宋霄朝他挤了挤眼,玩笑道,"再说咱们俩都认识多少年了……"

何东生:"走开。"

他低头点了支烟,目光落在前方。

这个时间点酒吧里的人还不是很多,舞台上的歌手抱着吉他扯着嗓子在唱《爱如潮水》。

宋霄也把视线投过去:"这歌原唱是谁来着?"

何东生没有说话,垂眸弹了弹烟灰,想起那年刚和周逸分手,他凌晨跑去KTV包夜,屏幕上放的就是这首歌。单曲循环了一夜,他也就抽了一夜的烟。

母亲在他五岁时便改嫁了,临走前对他说让他忘了她。他没问奶奶就知道那话是什么意思,自那之后这么多年,他们再也没有见过面。

那晚是他头一回和周逸的母亲打交道。

跟他母亲一般大的年纪,光听声音他就能想起很多年前在商场的那一眼,知道她一定是个严肃而冷静的女人。他忽然有些明白周逸的性格是怎么养成的。他甚至有些羡慕周逸,即使这样的母爱让她有些喘不过气,却也是一心一意为了她着想。

几天之后,魏来向他表白了。

他当时一心投入大学生自主创业的洪流之中,抽烟、喝酒、跑饭局,刻意地去逃避一些他不太愿意面对的事情,也追寻过一些刺激来填补空虚。

于是在魏来铆足了劲追他的时候,他脑子一蒙就同意了,当天傍晚魏来就拉着他出去逛街。可他就是觉得哪里不对,身边再没人像她那样叫他的名字,喊着"何东生,你再说"。

第二天他就去向魏来道歉,挨了三巴掌。

何东生知道自己那时候有点不太认真,他以前发誓绝对不做像父亲那样没有责任感的人,可当有一天他不能给一个女孩安全感和爱的时候,他体会到了年轻最大的无力和挫败感。

酒吧里《爱如潮水》唱完了,何东生摁灭了烟。

他站起来走出去,站在路边的一棵树下给周逸打了一个电话。铃声缓缓响起，他抬头看向远处的昭阳湖。

电话通了，他都能听见那边的风声。

"这会儿在干吗呢？"他问。

周逸轻轻吐了一口气，笑着说："我一个人在院子里看星星呢，家里来了一群人在屋里陪爷爷说话。"

他问："爷爷身体怎么样？"

"挺好的，他就是想我了。"周逸靠着摇椅，小腿晃啊晃，"我爷爷现在跟小孩一样，比外公还像小孩。"

何东生听后笑笑，问她："有这么说自己爷爷的吗？你也才二十来岁，不算小孩？"

周逸执拗地"啊"了一声，很正经地说道："我早长大了。"

"你自己说说，"他笑道，"哪儿长大了？"

被他这么一堵，周逸急得"呀"了一声。何东生闷声笑，还故意逗她说："我这才说一句你就急成这样，还敢说长大了？"

周逸气闷："你不也才二十几岁？还说我。"

何东生笑了："怎么着我也比你大个两岁吧，我在外头都说自己二十六七岁了。"

他总能这样，轻松的一两句话就把她堵得无话可说，然后见她不说话又低声下气地哄，没一会儿两个人就又好得跟一个人一样。

"都二十六七岁了……"周逸却对这个感兴趣起来，"奶奶给你说过媒吗？"

何东生被她这话给逗笑了，摸了摸鼻子，随后想从兜里拿支烟出来，动作顿了下又忍住，接着听到她说："我奶奶今晚还和我说这件事了。"

他的兴致被这句话给挑了起来。

"我们老家好多女孩二十岁就结婚有小孩了。"她用一种比较惋惜的语气对他说，"我都这么大了，还觉得自己挺幼稚。"

何东生没忍住，还是点了一支烟抽起来。

"你怎么想？"他咬着烟问。

"要我说，那么年轻就结婚要小孩……"周逸的声音有点低了，细一听还有那么一点无辜，"我会把小孩教坏的。"

何东生被烟呛到，咳了好几下才缓过来。

"小周老师，"他好笑地叫她的名字，"怎么说你也是位人民教师，培育祖国下一代的。你这么说，你们班学生的家长知道吗？"

周逸不理会他的嘲笑，语气反而强烈起来："我说真的。"她一字一顿道，"我感觉自己还是个小孩，又怎么教育孩子啊。"

何东生听她说完，吸了一口烟，笑了笑道："刚才是谁说自己长大了？"

周逸一时语塞，气急道："一码归一码。"

他低低地"嗯"了一声，沉思片刻。

"那咱一个一个说。"他轻声道，"对女孩来讲，青春不是用结婚与否来判断的，只要那个男的疼她，十八岁都可以结，八十岁照样青春；对男孩来讲，这件事可以让他过早成熟，不过比起同龄人，肩上的担子也要重一些。"

周逸听着听着，无声地笑起来。

"再者说了，教坏小孩这件事用不着担心。"他说，"就你这性子，教出来的小孩再叛逆最多也就瞪个眼，自己生闷气。"

周逸默默地偏过头去。

"知道我是怎么想的吗？"何东生忽然轻笑了一声，"当初咱们俩要是没闹分手，现在你已经在她们的队伍里头了。"

顿了顿，何东生又说："保不齐这会儿已经显怀了。"

周逸红着脸说不出话来，盘着腿坐在摇椅上。

逗完了她，何东生清了清嗓子，声音压得特别低："说正经的，你什么时候搬我这儿来？"

周逸很轻很轻地吸了一口气，想着他们都处到那种程度了，她再拒绝也没意思，可是又放不下矜持，便道："我还没想过这件事。"

"这有什么好想的。"他直接就单方面给定下了，"明天下午等你到昭阳了，我过去接你。"

周逸无声地扬眉："你说让我去我就去啊？"

何东生冷哼一声,揶揄道:"不然你说怎么着,哪天一个不小心肚子里揣着我的种跑了可怎么办?"

周逸早听不下去了,急道:"你再说!"

他笑开了:"好了,我不说了。"

两个人又说了一会儿话,周逸才挂断电话。听到爷爷屋里的说话声小了,她便从摇椅上站起来,想过去看看,周北岷刚好掀开门帘走了出来。

父女俩对视的一刹那,都没有作声。

这些日子以来,他们的关系较之前似乎缓和了一些,却也说不上多少话,即使傍晚一起回来,在车里也没怎么说话。

周逸想开口叫声爸,却听见周北岷问:"男朋友?"

她愣了一下,不知道该怎么说。周北岷已经走过来,顺手从旁边拎了板凳过来坐下,像是要和她好好说一番话的样子。

"什么时候谈的?"周北岷声音特温和。

周逸犹豫了一会儿,轻声问:"我妈……以前没和你说?"

周北岷笑了,说:"你和你妈瞒着我什么了?"

周逸吸了一口气,简单地提了两句,说是上大学时谈的,后来分了,说完就垂着头揪着衣服。

"那男孩回头找你来了?"周北岷问。

周逸抬头,用沉默代替了回答。

"这么算,他毕业也快两年了。"周北岷的声音还和刚才一样温和,"他现在做什么工作?"

周逸说:"他大学修的土木工程专业,现在自己创业,在外头揽工程。"

"自己创业挺好。"周北岷顿了一下道,"你妈也知道这件事?"

周逸轻轻点了点头。

"以前你读大学的时候我就担心,高中一毕业就想着赶紧给你铺条路,四年大学读完后直接工作。"周北岷说,"这社会有多现实,爸比你清楚,本科生一毕业找不到工作的太多了,眼高手低,等最好的机会错过了,就只能找那种是个人都能干的活儿,还不甘心,觉得自己理想远大。"

风吹过来,院子里的核桃树枝叶摇晃,像背景音似的,很柔和。

"你当年考研错过了最好的时机,再找工作就不容易了。爸能理解这是多么摧毁人自信心的事。可是周逸啊,这个社会太现实了。"周北岷叹了一口气,"我和你妈老给你一些压力,让你对未来充满恐惧,我有时候觉得这样并不好,可这是我们的责任。"

周逸感觉到有风吹过后脖颈,凉凉的。

"今年发生了你爷爷这件事,我也想明白了。"周北岷说,"他刚才还问我逸逸工作忙吗,我说忙,就这会儿我才发现,我女儿这两年好像都没快乐过。"

周逸的眼睛有些酸了,嘴角轻轻扯动。

"幼儿园的工作,咱既然做了,就得干好,至少把今年做完。"周北岷说,"以后你想做什么就去做吧。"

周逸努力眨着眼睛,不让眼泪往下掉。

"爸今年就五十岁了。"周北岷伸出手掌给她看,"你要是还想折腾就赶紧的,爸还能给你兜两年。"

周逸笑了:"我又不干犯法的事。"

屋里爷爷好像在喊什么,周北岷站了起来,腰弯得有点厉害,笑着对她说:"有时间带他来家里一趟。"说完他就转身回了屋里。

周逸站在树下,擦了擦眼角,跟上去。

幼儿园大楼的三楼是老师的寝室,到了五六月里面就跟蒸笼似的,也没有风扇、空调。往年这个时候,住宿舍的老师都会跑去亲朋好友家,楼里也就更加清静了。

周逸那天一回到寝室里,就感觉一股热气扑面而来。

陈静吹着小风扇,穿着睡裙大大咧咧地躺在架子床上看视频,笑得嘴都咧开了。

"这么热的天,你能待得住啊?"周逸立刻站到了风扇跟前,"怎么不去外头找家快餐店待着?还能吹空调。"

陈静躺着一动不动，无力地看她："懒。"说完看见周逸笑了，她又慢悠悠地问，"你那天下午干吗去了？"

周逸愣了一下："忽然想起一件事要办，我就出去了一趟。"

她这边话音刚落下，电话就响了起来。何东生说他一会儿就到，问她收拾好东西了没有，周逸含混地应了一声便挂了。

陈静觉察出不对劲，问："你干吗去？"

周逸支支吾吾了一会儿，挤出一个笑说："静……以后我就不能和你相依为命了，你一个人要注意身体哦。"

陈静做了个深呼吸："我现在终于见识到什么叫真正的重色轻友了。"她翻了个大大的白眼，"说吧，那个男的给你灌了什么迷魂汤？"

周逸笑了笑："要不要我给你介绍一个？"

"我现在一听到相亲就头疼好吧。"陈静耷拉下脑袋靠在床边看她，"前两天我妈又给我介绍了一个驾校教练……我满脑子都是那人的啤酒肚……"

周逸无声地笑起来，开始一点一点地收拾东西。

过了一会儿，陈静忽然急急地喊了起来，周逸刚要合上行李箱的动作顿住。她抬头看去，陈静指着箱子说："穿你在商场买的那一身。"

周逸有点犹豫。

"听我的，就穿那身。"陈静笃定，"他看了绝对移不开眼，信不信？"

这不是信不信的问题，这是穿不穿得出去的问题。

看她一脸害羞的样子，陈静直接下床将那条吊带短裙拎出来给她扔床上，甚至还威胁道："不穿这个就别出这门。"

周逸别别扭扭地换上了，对着镜子看了一会儿，化了个淡淡的妆，踩着五厘米高的细高跟鞋问陈静："行吗？"

对方双手一翻，手指一跷，说了句"完美"。

行李箱里就只有一些衣服，不重，重的是她的一纸箱的书。

周逸打电话给何东生让他上楼搬书的时候，他刚将车停好，没过几分钟他就上来了，陈静假装一副特别文静的样子，站在一旁对着她笑。

何东生看了一眼周逸，又不动声色地从她身上移开目光，对着陈静轻轻颔首,接着问周逸:"是这个箱子?"周逸手背在背后,点了点头。

他弯腰抱起箱子,看她一眼后才出门。

等何东生离开,陈静笑着催她赶紧走。

周逸轻轻吸了一口气,拖着行李箱跟了上去。或许是穿着裙子和高跟鞋的缘故,她走得很慢。

一层楼都还没下去,她便看见他又折返回来,伸手接过她的行李箱,走在她身边。周逸不太习惯穿得这么暴露,这会儿有些不好意思地跟在他后头。

何东生瞥她一眼,笑:"今天怎么这么乖?也不说话。"

周逸挺直背,就是不看他,嘴里嘟囔着:"热都热死了,还说什么?"何东生也不拆穿她,只笑了一声。

车里他开了空调,可周逸还是觉得有些热。

她靠在椅背上看着窗外发呆,稀里糊涂地睡了过去,再醒来只觉得脖子上凉凉的、痒痒的。何东生此时正覆在她身上,唇在她颈窝间流连忘返。

她被吓了一跳,发现车子不知道被他停在了哪儿,两旁都是茂密的大树。

何东生察觉到她醒来,轻笑着吻上她的耳根,低哑着嗓子说:"特意穿给我看的吗?"

周逸脸红心跳,微偏着脖子承受着他的吻。

何东生低头咬在她的锁骨上,一只手轻轻钩住那根吊带,嘴里的热气洒落在她的肩上,轻轻吸气说:"这简直就是在引诱我犯罪。"

她哪儿还说得出话来,仰脖羞红了脸。

何东生慢慢将手从她的衣服下摆伸进去,周逸忍不住瑟缩了一下,觉得那只手粗糙干燥,指腹贴着她的细腰滑过,身体轻微地战栗起来。

他眸子低垂着看下去。

"这是上次买的那一身?"他低声问。

周逸很轻地"嗯"了一声,突然听到外头有人说话的声音,立马紧张起来,纤细的手指推着他的肩,轻声说:"你起来啊。"

那声音软软糯糯的，何东生咽了下口水。

他将脸埋在她的肩头又细细地闻了一下，这才慢慢起身，给她拉上肩带。车子重新开了起来，周逸缓缓松了一口气。

何东生笑着逗她："至于那么紧张吗？"

"你还说……"周逸急了眼瞪他，"万一……"

她说着就停了下来，何东生偏头看她一眼，轻笑着问她怎么不说了。周逸无奈地看他一眼，将脸扭到一旁看起窗外来。

后来下了车她也故作不理，拖着行李箱就走。

何东生在身后看着她柳腰细腿的样子，好笑地抱着箱子跟了上去。一进屋周逸就累得受不了了，脱了高跟鞋光脚踩地，屈膝坐在地上收拾起箱子里的书来。

"书就那么好看，明天再收拾不行吗？"他提了提裤腿蹲下去。

"不行。"她说得斩钉截铁，"今天弄不完我会睡不着觉。"

何东生看着她笑了一声，起身去厨房里倒了一杯水端过来给她。

周逸一边整理一边接过来，喝了几口又递给他，何东生喝了几口。

他随手拿起一本书，翻了几页后看她。

"这整本书连个分段都没有，你能看进去？"他又道，"能看完吗？"

周逸从他手里将书抽走，好像还没消气似的："你以为我是你啊，连看本书的定力都没有的话还怎么写小说？"

何东生笑了一声，说她不是不写书了吗。

她像没听明白一样，故意"嗯"了一声，问他："有吗？"

她那一脸无辜的样子，何东生都被气笑了。

夕阳余晖透过玻璃窗落到地面上，瓷砖上都泛起了光。何东生靠着沙发坐在地上看着她，胳膊搭在弯起的一条腿上。这姑娘真是嗜书如命，眼睛好像都钻进了书里，头都不抬一下。

她说是整理书，却认真地翻看了起来。

白色吊带衫紧紧包着她的腰。

何东生静静地看着，见她忽然抬起头来。

那笑得一脸谄媚的样子，他和她最亲密的时候都没见她这样笑过。

何东生懒懒地一抬眼皮，低声问她想说什么。

周逸歪头："给我写篇后记呗。"

那时候他并不知道她写那本书的意义，倒是起了捉弄她的心思，漫不经心地"嗯"了一声，似笑非笑地问她拿什么作为答谢。

周逸眨眼："回头送你一本书。"

见何东生一副兴致缺缺的样子，周逸试探着说："要不送两本？"

他慢悠悠地瞧她一眼，笑了一声，没有说话。

"好吧。"周逸妥协了，"你想要什么？"

何东生舔了舔干涩的唇，在她还认真等待他的答案的时候扑了上去，将她一下子压倒在地板上，这让她差点就叫出来。

她的双手被他一只手反剪在头顶，腰被他固定在另一只手中。

周逸正气恼着，却被他低头咬住上唇。他的唇移向她的脖子，笑着问："你说我想要什么？"

她早已喘不过气来，胸口上下起伏。

那天如果不是那一通突如其来的电话，何东生很可能就把她给要了。电话锲而不舍地响着，她接电话的时候，兴奋得都说不出话来。

等她挂断电话，何东生仰躺在地上问："谁啊？"

周逸捂着手机慢慢转过头看他，有些激动地说："她回来了。"

何东生愣了一下就被她抓住胳膊。

她这才说清楚："吕游回来了。"

何东生皱紧眉头，气得想骂人。

他看着她从地板上跳起来，书也不收拾了，就跑去洗手间，想笑又笑不出来。这姑娘又不是不知道，怎么就不明白他当时那种心情呢？

何东生在地上坐了一会儿，咬了咬牙。

他烦躁地抓了一把头发，站起来朝她走过去。周逸还在往脸上拍水，没一下子便被他扳过身子面对他。

那种感觉，周逸至今都描绘不出来。

周逸昏睡在他怀里，再次醒来时天都黑了。

安静的卧室里只亮着一盏台灯，他站在阳台边打电话。不知道对方讲了什么，他说"她睡了"，又笑骂了一句，再说了两句便挂断了电话。

何东生一回头，看见她醒来了，笑了笑。

"刚才我和吕游重新约了时间。"他走过来坐在床边，"明天晚上聚。"

周逸懒懒地"嗯"了一声，趴在床上，将手垫在脸颊下。她的眼神有些迷离却又清醒，像是在回忆很多年前的事情。

"她出国前问了我一个问题，"周逸平静地道，"应该做的和想做的选哪一个。"

那声音实在太轻，轻到何东生得凑过去听。

"那时候我还不明白。"周逸淡淡地笑了，"直到有一天我开始变得焦虑，想过很多办法去改善却还是焦虑，你知道我后来是怎么办的吗？"

何东生顺着她的话问"她怎么办"。

"我开始强迫自己去做那些让我特别讨厌和焦虑的事情。"她轻轻侧过身子看他，"还挺管用。"

何东生笑了笑，翻身上床自后面抱住她。她身上有种淡淡的香味，很好闻。何东生将脸贴在她的脖子后面，双手环抱她的腰。

"想起陶渊明了。"周逸忽然道，"真嫉妒他。"

何东生闻言轻声笑了，将她搂紧，手掌包裹住她的手。

"嫉妒不是坏事。"他低声道，"它能告诉我们想要什么。"

周逸"哟"了一声，转头看他一眼。

何东生也垂眸看向她，轻声问她还想不想考S大的创意写作专业研究生。

周逸怔了一下，听见他笑着说："考吧，我供你读。"

人间岁月容易过，不知不觉已几月。他们就这样重归于好，两人每天忙着各自的工作，忙完一起做饭吃，好像生活就是这样了。

后来，周逸问他："为什么要送我《布鲁克林有棵树》？"

那是他送她的第一本书，在二〇一〇年的十二月。

周逸将那本书翻看了五六遍，直到现在还记得书里的很多细节。

当时他正在客厅里工作，目光聚焦在电脑上。周逸六月底放了暑假之后就开始准备研究生考试，他每天上班的时候载上她，顺道将她放在昭阳图书馆，傍晚下了班再过去接她一起回家。

那天恰逢周六，图书馆闭馆一天。

周逸难得地想放松一下，抱了一本书坐在阳台上看。她本以为他会说一些意味深长的话，然而没有，他依然看着电脑，只是笑笑说"这名字好听"。

她气得想拿抱枕砸他的头。

过了一会儿，何东生忙完了，合上电脑，走到她身边的软椅上坐下，顺手拿过她手里的书，漫不经心地问："好看吗？"

周逸正想找个机会和他吵架，陈迦南突然打电话过来，说她已经到了昭阳机场。自从毕业以后她们就再没有见过，都是靠微信和电话联系。

何东生提出送她过去，却被周逸拒绝："不劳尊驾。"

说着她从软椅上跳起来，夺过他手里的书回卧室去了。何东生气得好笑，站在客厅里双手叉腰，看她换了身衣服出来。

他站在那儿问她："真不用我送？"

周逸穿着深蓝色牛仔短裙和红色球鞋，印着小兔子图案的红色短袖上衣下摆束在裙子里，斜挎了一个黑色小包，看着像十八岁的活泼少女。

她看着他说："我还不知道什么时候回来，你不用管我，自己弄点东西吃吧。"说完她便推开门风一般地走了。

何东生看着门口，偏头笑了。

他一个人在客厅里转了一会儿，有些无聊，随手拿了茶几上的钥匙就出了门。他在车里给宋霄打了个电话，得知对方正在吕游回国后开的一家会所里喝茶。他就过去了。

吕游特意开了间包间，陪他们坐了一会儿。

何东生靠在沙发上点了一支烟，听见吕游问周逸怎么不一起过来。他闲闲地笑了笑，说周逸现在管不住了。

宋霄一口酒都要喷出来，笑着看他："这么可怜？"

何东生睨了他一眼后将烟往嘴里送，想起这姑娘现在忙起学业就一头栽进知识的海洋，晚上想跟她聊一下都得看时候。

吕游抬起下巴问："她最近情绪还好吧？"

何东生俯身弹了弹烟灰，不咸不淡地"嗯"了一声，又侧头看了一眼窗外的绿树红花，随后收回目光落在吕游脸上。

"你这里一天都没几个人来，挣个什么钱？"他问。

吕游笑了："我就图个清静不行吗？再说了，你家周逸可喜欢来我这儿了，喝喝茶、听听鸟鸣，多爽。"

何东生哼出声："爽什么爽。"

有一回他出差回来家里没人，打电话才知道她在这儿待着，一待就是好几天，弄得他晚上一直睡不着。

他将烟咬在嘴里，说："赶紧关门算了。"

吕游气得白他一眼，忍不住骂道："你也太浑蛋了吧，说的是人话吗？小心我告诉周逸，让她收拾你。"

宋霄终于插上话，笑嘻嘻道："我看行。"

何东生冷眼道："找抽是吧。"

宋霄也学着他刚才那样"哼"了一声："有本事和你丈母娘絮叨絮叨，那一关你要能过去，哥们儿叫你爷。"

"说得是啊。"吕游兴奋道，"你和她妈妈现在关系怎样？"

两周前他去她家做客，她父亲是个很睿智的人，谈吐大方，和他很谈得来。她母亲那天虽说也很客气，却也特别淡漠，那态度让人拿捏不准。

"你没事多过去几趟。"吕游笑道，"她妈妈就是控制欲挺强，其实是刀子嘴豆腐心，心肠特软。"

宋霄也道："她妈为人确实不错。"

"不过，我估计吧，这两年你要想结婚的话，那是挺难的。"吕游优哉游哉道，"她妈肯定不同意她这么早结婚，所以，为了你在丈母娘跟前的形象考虑……这两年你就别提结婚这件事，好好疼周逸，其他的再说。"

何东生皱了皱眉头，又吸了一口烟。

吕游看他那一脸颓废的样子，心里一阵得意，像想起什么，又问他：

"周逸给你写的那本书怎么样了?"

何东生愣了一下,眸色深沉起来。

一瞬间,他忽然意识到,刚搬过来那天,好像她曾讨好地问他要不要给她的书写个后记,之后她忙起考研便再没提过。

事实上周逸还在修稿,修得特别痛苦。

她当然不知道何东生这会儿复杂的心情,正悠闲地和陈迦南坐在机场附近的餐厅里聊天。陈迦南傍晚要转机去西藏,这么久没见面,转机时来看她一眼。

听闻她的书要出版,陈迦南笑道:"这顿你请。"

周逸笑笑:"八字都没一撇,还早着呢。今天你是贵客,想吃什么随便点,好歹我也是挣钱的人了。"

幼教工资很低,忙也是真忙。

"就你当老师挣的那点儿钱?"陈迦南笑了,"我都不好意思让你请了。"

周逸忍不住笑:"你行了吧。"

"你们家老何挣得多吧?"陈迦南吸了口果汁,眼睛微微一眯,"以前觉得你这性子就得磨磨才行,现在好了还真羡慕。"

玻璃窗外的人来来往往,飞机场就是聚散离合之地。

周逸沉默了一会儿,还是问道:"你现在是一个人吗?"

陈迦南低头轻轻搅拌着果汁,半晌笑了笑,说算是也不算是。

周逸没明白那话里的意思,也就没再细问下去。

"柏老师对你怎么样?"她想起了这个,"严格吗?"

陈迦南皱着脸:"你说柏知远啊,他看着挺温和一个人,其实还挺凶的,我有一次做实验出了错,都快被他给骂死了。"

"他还会骂人?"周逸十分好奇。

陈迦南冷哼了一声,脸一下就黑了。

这世界上还有治得住陈迦南这种女孩的人,周逸算是见识了。

她们坐了好几个小时,说了很多话。餐厅的墙上有一块电子显示屏幕，在她们临走前，屏幕上播出了一则新闻。

陈迦南的脚步顿了一下，周逸也看了过去。

新闻里提到一个人，名字有些熟悉。直到送陈迦南进了安检，周逸才记起来，那个男人是沈适。

周逸站在机场外，给何东生打了个电话。

得知他在吕游的会所，她便打车过去了。包间里乌烟瘴气的，他和宋霄在吞云吐雾。周逸嫌弃地放下帘子，叫上吕游，从包间里退了出来。

两个人站在院子里，她问吕游："他们这么抽烟，你都不说吗？"

吕游拍了她的胳膊一巴掌："那是你男人，我说算怎么一回事？"说完她瞪了周逸一眼，"还说我？你自己倒逍遥，也不叫我。"

周逸笑："下回行吗？"

她刚说完，就看见何东生从包间里出来，穿着那身黑色短袖上衣和大裤衩，一身的烟酒味，过来拉着她的手说说回家。

吕游气道："我们还没说上两句呢。"

何东生扯了个笑道："你先管管里头的人再说。"

他拉着周逸就走，周逸被他惹得好笑，故意走得很慢。

"这么着急干吗？"她问。

何东生拉着她的手渐渐放松下来，揉了揉眉心，笑道："宋霄酒后吐真言，给他一个机会。你要是再来晚点，我也就真醉了。"

他这样子开不了车，两个人便慢慢往回走。

周逸有点诧异地问："你的意思是说……怎么可能？"

"怎么不可能？"何东生轻笑，"这么多年过去了，也就你看不出来。"

周逸平复了很久才接受了这个事实，还没缓和一会儿，又听见何东生笑着说："你这个好朋友眼光高得很，我看他有点悬。"

"吕游那么厉害，当然得挑了。"周逸背着手仰头道，"哪有人都跟我一样，将就着过。"

何东生偏头笑出来："您说得是。"

他们那会儿正好走过一座小公园，天色刚暗下来，路灯光也昏昏沉

265

沉的。公园还没修建好,也没什么人,大多都去附近的广场遛弯了。

隔着一条马路,周逸听见那头传来音乐声。

她忽然停下脚步看他,何东生下意识地回头问她怎么不走了。周逸对他笑得特别灿烂,说:"何东生,你给我跳段街舞吧。"

没想到她会提这个,何东生愣了一下,心想自己好多年没玩过这个了。

四周都是树,没什么人,很清静,细听只有微风拂过。

他缓缓抬头看了她一眼,摸了摸鼻子,笑着说:"行啊,你往后站一点。"

周逸听话地后退,兴奋地看着他。

或许是许久未跳,动作有点生疏,他前后左右地跨着步子,幅度很大。他一会儿单手撑地,一会儿又转圈,看得她眼花缭乱,和着远方的音乐,她像在看少年的过去。

周逸忍不住跳着鼓起掌来。

何东生看着她笑起来的样子,勾了勾嘴角,眼前的女孩调皮又活泼,有着难得一见的小孩子气。

等他跳完,周逸鼓掌鼓得更欢了。

何东生喘着粗气看着她笑:"以前没见过人跳街舞吗,乐成这样?"

周逸跑过去挽住他的胳膊说:"辛苦了,一会儿给你买水喝。"

何东生舔唇笑了一下,垂眸看着她:"买个水就可以了?"

她不解地抬头:"还干吗?"

何东生看着她的眼睛,咳了几声又别开眼,也没说话,就被她这样挽着手拉进了二十四小时便利店,再看她特别认真地挑了一瓶水。

周逸低头在找零钱,忽然愣住了。

她看见何东生走过来,淡定地从一旁的架子上拿了一盒 Durex(杜蕾斯),从兜里掏出钱递过去,淡淡地说道:"一起付。"

走出便利店时,周逸的脸都红了。

何东生侧头看她,笑着问:"要不咱叫个车?"

周逸的脑袋转得实在太慢,半晌没有反应过来,蹙眉说:"就这么一段路还叫车啊?"

何东生笑着逗她:"我这不是怕你着急吗。"

她又红了脸:"你再说。"

何东生开怀地笑起来,拉着她的手慢慢地在街上走。

风吹过来,他看似无意地问:"什么时候给我写的书?"

周逸一听,抿了抿嘴,有些支支吾吾。

街上霓虹灯闪烁,树下一片阴凉。路灯光将人行道上的两个影子拉得很长很长,远远看去,男人偏头又说了句什么,女孩跳脚拍了他一下后将头扭向一旁,男人又笑着歪头去哄。

他的声音又低又轻,表情似笑非笑。

周逸有些遗憾地想,估计她要对不起追"海棠"的读者了,写到这儿不得不结束,因为她已经迫不及待地想把生活过成小说里的样子。

番外一
夜深人静的时候

第一个故事：《春》

那一年何东生刚读大学，高三毕业时给蓄了一个暑假的头发做了个发型。有时候他出门和朋友玩会打啫喱，后来军训的时候直接被教官一剪刀给"咔嚓"了。现在他梳着寸头干净又利落，一回头不知有多少女生把目光投过来。

程诚说："咱们系的魏来好像在追你。"

当时他们刚打完篮球，何东生随手拧开一瓶矿泉水，一边喝一边目视前方，喝完用手掌抹了抹嘴。

"人家好歹也是个系花，是我干妹子。"程诚用胳膊肘顶了他一下，"看在我的面子上，至少给句话呗。"

何东生睨了程诚一眼，往后一靠倚在篮球架上，要笑不笑地勾了勾嘴角，懒懒地道："不知道，没兴趣。"

"那你对谁有兴趣？"

这话一出，何东生愣了一下，一瞬间脑海里竟闪过一个身影，真的只是一闪就过去了。他拎着外套站起来，回头漫不经心地说道："对谁都没兴趣。"

说完他就转身往宿舍的方向走去。

程诚嘴里的那个女孩倒真是锲而不舍，接下来连续好几天明目张胆地在教室门口堵他。他们土木系的女生实在是少，像这样漂亮的女孩更是少之又少。

那天他下了课，又被堵在了教学楼下。

十月的天气，魏来穿着超短裙，踩着高跟鞋站在那里，看到他走出来后小跑过来，仰头便对他笑："你今天下来得还挺早。"

何东生皱了皱眉，没有说话。

"我听程诚说你在外头接了一个项目，"魏来说这句话的语气很小心翼翼，"能不能带我一个？"

何东生顿时眉头舒展。

魏来看见他那些微小的表情后笑了："你不会以为我是要拦着你跟你表白吧？放心吧，这回真不是，我就是想跟你们一起做项目。"

半晌没听见他说话，魏来有些紧张了。

看着何东生那副拒人于千里之外的表情，好像随时会给她浇一盆冷水下来的样子，魏来正要说话，便听见他开口了。

"会经常加班。"何东生说，"你确定要加入吗？"

魏来提着一口气，不住地点头说"确定，确定"。

其实那时候她的算盘就打错了，有些近水楼台是可以事半功倍，但有些就真的只是到此为止而已。

何东生有时候做项目到很晚，魏来买了夜宵回来，他一般就只是简单地吃两口，客气地道个谢，再后来两人熟了，他就真将她当哥们儿看了。

可魏来不想继续这样子，又打算试试。

那一天实在算不上是一个多好的日子，大中午的，何东生还在做数据。他之前找老师帮忙申请到了一间教室，如果忙到很晚，倒下就可以睡。不过那天是真的有些乏，他便直接回了宿舍打游戏。

吕游的电话就是在这个时候打过来的。

他在做那个策划案的时候想起了高中时代的那个女孩，很多回忆一下子都冒了出来。

吕游的QQ一直在闪，空间里全是她出去玩拍的照片。他随手点开一张便看见了她，柔软的短发，逆着光，侧头，嘴角勾起。

是谁说他不学无术、吊儿郎当的？

何东生看着那张照片笑了笑，加了她的QQ，逗了她几句，有些感觉好像就是在某一个瞬间忽然又被唤醒了。

傍晚的时候他在教室遇见了魏来，魏来送他礼物。

"这东西我不会要。"何东生说，"你收回去。"

"就当是朋友送的，怎么就不能要了？"魏来心下一急，嘴边的话脱口而出，"再说了，咱们俩什么关系呀，你又没有女朋友，为什么……"

他飞快地打断："有。"

魏来说到一半的话顿住了。

"骗我吧？"

"女朋友没有。"他又说道，"喜欢的人有。"

"怎么可能？"魏来彻底被惊到，"我从来就没听程诚提起过。"

何东生轻笑了一下。

"男人的事多了去了。"他云淡风轻地说道，"他怎么可能什么都知道？"

魏来觉得这是何东生拒绝自己的借口，要不怎么早不说晚不说，偏偏这个时候说？

程诚刚好这会儿打了电话过来，何东生说了两句便挂了。

他将手机放回裤兜里的那一瞬间，魏来的眼睛被刺了一下。

手机屏幕上是一个女孩，只是一张侧脸照，短发，光是这个侧脸就足够动人了。

原来他喜欢的是这样的女孩，秀气、文静，笑起来很甜。

魏来叹了一口气，看着何东生。

"她是谁啊？"魏来大胆地问，"也喜欢你吗？"

何东生说："高中同学。"

他说完这几个字，偏头看了一下窗外的夕阳，半晌将头转回来，对着魏来笑着说："会喜欢的。"

魏来哀叹一声："算了，我们还是做哥们儿好了。"

何东生轻笑着"嗯"了一声。

第二个故事：《夏》

他们在一起半年后，周逸生过一次病。

普通的小感冒竟然折腾了两三周才渐渐好转，还没好彻底又迎来了"大姨妈"的光顾，于是接下来的一周她过得很痛苦。

何东生每天晚上都会打电话过来，那几天她总是睡得特别早，有时候会接不到他的电话。

电话再次接通，何东生皱紧眉头。

"睡这么早？"他问，"哪儿不舒服？"

周逸不好意思说实话，便道："就是有点困。"

"困？"何东生看了看时间，笑道，"大小姐，这会儿北京时间才七点半好吗？"

"那又怎么了。"她将被子往肩膀上提了提，有气无力地说道，"女孩多睡觉对皮肤好，这是美容觉，你不知道吧。"

何东生无奈地一笑："您说什么都对。"

周逸只感觉肚子里像是有什么东西在翻腾，实在没有力气再说话，整个人在床上蜷成一团，慢慢开口："何东生，我真的很困。"

"睡吧。"何东生低声道，"明天我再给你打电话。"

说完迟迟没有等到她挂电话，何东生试着轻轻喊了几声她的名字，确认这姑娘真的已经睡着了，才将电话挂断。

第二天是周五，天还没亮周逸就醒了。

她刚睁开眼睛没多久，他的电话就打了过来，好像也是刚醒还没有起床的样子，声音有点沙哑。

"起这么早？"他问。

"睡不着了。"周逸翻了个身，压低声音，"你怎么打电话过来了？"

何东生"嗯"了一声："昨晚没怎么和你说话，睡不踏实。"

他现在说这些情话真是张口就来，周逸当下没忍住，便笑了。

"这么会说话，"她轻声道，"下次见了赏你一颗糖。"

何东生笑道："今天课多吗？"

"下午第二节有课。"

"那你一会儿准备干什么?"他问。

"吃个早餐,然后继续睡觉。"

何东生逗她:"还睡?猪啊。"

"你说谁呢?再说一遍。"

"我说什么了?"何东生扬眉,"要不你提醒我一下?"

周逸气极,"喊"了一声。

那会儿她的肚子已经不是很疼了,又与他说了一会儿话,下床给自己泡红糖水喝。整整一个上午她都躺在床上没怎么动,给他发消息问有没有好看的电影推荐。何东生很快便发了几部电影名字过来,她就那样躺着看了好几部电影,直到下午两三点才去上课。

课堂上讲了些什么她已经忘了,只记得自己最后睡着了,被陈迦南摇了半天才醒。她迷糊了好一会儿才从桌上爬起来,收拾好书包,慢慢朝楼下走去。

然后,隔着一条马路,她看见了他。

何东生站在树下,背着黑色书包,抬头朝她看过来。周逸愣了好一会儿,直到他走近了才反应过来。

"乐傻了?"他笑笑。

周逸呆呆地看着他。

何东生无奈,俯身拎过她的书包,看了一眼她有些苍白的脸,抬手覆在她的额上。半晌,他才收回手,见她还愣着,便弹了一下她的脑门。

"不是给我吃糖吗?"他摊开手掌,"拿来。"

周逸轻轻呼吸,慢慢地笑起来,伸出手在他的手上拍了一下,还没有离开便被他紧紧地握在掌心里。他的掌心干燥、温暖,有着满满的安全感。

第三个故事:《秋》

分手后的第一个夏天,何东生去杭州出差。

晚上他被那边的朋友叫出去喝酒，朋友带着女友，和她完全是不一样的风格。

朋友不知道他还单身，笑道："什么时候带你家那位过来玩？"

何东生当时抿了一口酒，淡淡地笑了笑，说有机会一定带来。他说完又给自己倒了一杯酒，一口喝下去。

朋友的女友转过身问："你说我唱哪首比较好？"

朋友是大大咧咧的性子，满不在乎地说哪首都行。那个女孩或许是看他在边上有些不方便，悄悄瞪了一眼朋友后，转过身去。

何东生轻笑了一下，没说话。

他们喝了一会儿酒便不再喝，出门吹风。酒吧隐藏在一条热闹的长街上，一出门便是闹市，挤满了来往的游客。

朋友的女友在一家丝绸铺子前停下脚步。

"这条好看。"朋友随手拿了一条，"衬你。"

女孩笑意盈盈，又挑了其他的试了试。

朋友这时推了推他的胳膊，说："你来一趟杭州也不容易，给你女朋友带两条？女孩都喜欢这些。"

何东生目光扫过那一排排丝巾，身体像是定了一下，随手将烟塞进嘴里，走过去慢慢地挑选起来。他想起她的皮肤很白，平时穿惯了素雅的衣裳，很少穿裙子。

他于是挑了两条丝巾，将近一千块钱。

后来夜深和朋友分了手，何东生一个人坐车回酒店。

出租车穿过繁华的街道，他握着手里装丝巾的袋子，忽然有种不太真实的感觉。

和她在一起这几年，他作为男朋友，似乎很不称职。

不像其他男女在一起那样，他给她买的东西不多，就连生日都从没有一起好好过，带她出去玩的次数更是少之又少。但她似乎从来没有抱怨过，甚至很多时候还在为他着想。

何东生看向窗外，街道灯火辉煌。

他掏出手机，很熟练地按了一串号码，却一直没有打出去。许久后他换了一个号打过去，半晌，通了。

"这么晚打电话干吗？"吕游没好气地问。

何东生有些词穷，不知道该说什么好。时隔这么久，他并没有刻意地去打听过她的消息，想来她应该已经实现了自己的梦想才对。

"她最近还好吗？"他问。

吕游气他放开了周逸的手，赌气道："去 S 大读研究生了，离你远远的，没人打扰，过得特别好。"说完她就挂断了电话。

许久以后，何东生点燃了一支烟。

第四个故事：《冬》

周逸读研究生的第一年，何东生便已经开始逐渐将工作重心转移到林州。他在她学校附近的小区租了一套两居室，合同签了三年。

每天下了班回去，他总会看见周逸在厨房里捣鼓。

那是一种失而复得的心情。二十六七岁是对未来野心勃勃、虎视眈眈的年纪，他却贪恋怀里的这点暖意。

周逸见他回来，总会问："喝酒了吗？"

他现在到处拉项目、跑工地，难免会有很多应酬，好几次回来时一身酒气，被她堵在卧室门口不让进去，哄了很久才算消气。

那天他回来得很早，浴室里亮着灯。

他先回卧室换了睡衣，又将电视切换到体育频道。过了一会儿仍然没有见她出来，他便从沙发上起身走了过去。

他敲了敲浴室的门："周逸？"

依然不见她应声，他皱了皱眉头又叫了一声，可里面一点动静都没有。

他抬手握上门把手，顿了片刻才道："我进去了。"

他推开门，结果发现里面一个人都没有。

何东生走到客厅给她打电话，她的手机却在卧室里响了。

何东生的眉头皱得越发紧了，看了一眼时间，立刻便拎着外套下了楼。

大冬天的，风吹到身上冷得刺骨。

何东生在楼下等了一会儿，又抬脚去了附近的街道。没走几步便看见她蹲在一个乞丐跟前，好像在说着什么。

他恍然想起好多年前，她也是这个样子。

何东生笑着慢慢走过去，并没有惊扰到她。他纯粹就是好奇她在和那人说什么，走近了才听见她问那个人："你每晚这样能赚多少钱呢？"

那个人也实在，讲一口林州方言："看运气，好的话，能赚到几天的饭钱吧。"

"我听你声音还不错。"她竟然和人家说起了这个，"唱歌应该很好听吧？"

何东生听得想笑。

"现在社会这么好，怎么着都能挣钱。"她倒是苦口婆心地说教起来，"你想过自己能做什么吗？"

那个人半晌没抬头，周逸歪着脑袋看过去。

何东生实在看不下去了，俯身拍了拍她的肩膀。

周逸显然吓了一跳，等看清了是他，才道："你什么时候站在我后头的？"

他双手插兜道："从您说教开始。"

周逸瞪他一眼，何东生笑了，一边笑一边拉她起来。周逸蹲久了，刚站起来有些不稳，眼前一片黑，好一会儿才缓过来。

她偏头去看那个人，又向何东生伸出手。

何东生一脸茫然："干吗？"

她嬉皮笑脸："给钱。"

他无奈地摇了摇头，从西装口袋里掏出钱包，抽了两张一百元的钞票，微微俯身，毕恭毕敬地递给她："够吗，周大小姐？"

周逸笑了，踮脚亲了一下他的脸。

她将钱放到那个人面前的碗里，然后挽着何东生的胳膊慢慢往回走。

走出一段路后，他看着她外套里穿着一身睡衣，才开始和她算账。

"我是要洗澡时发现没有洗发水了，就出来买。"她乖乖道，"但我忘了带钥匙。"

何东生毫不留情地拆穿她:"还没带钱?"

周逸看着自己空空的两手,嘻嘻一笑,装傻卖乖。何东生也不再逗她,将她搂紧了,路过超市时去买了生活用品才回去。

家里装了地暖,一进门像是进入了春天。

周逸抱着洗发水去浴室,刚推开浴室的门便被他拉住,说一起洗。

她还没来得及说话,便被他半抱着进了浴室,花洒洒出的水淋湿了两个人。

"不行,你没弄那个……"她喘着气想推开他,"万一有了怎么办?"

何东生低笑:"那就生下来。"

他的声音慢慢被水流淹没,浴室里的那扇窗子渐渐覆满水汽。外面不知什么时候飘起了雪花,轻轻盈盈,像淅淅沥沥的小雨。

浴室里的呼吸乱了流年,冬去春会来。

番外二 西城往事

1.

陈迦南没有想过会以这样的方式遇见他。

她从图书馆走出来,怀里还抱着一堆书,目视前方的时候,他便闯入了她的视线。他看上去就是个超凡脱俗的男人,连简单的西装都被他穿得很好看。

社会车辆现在很少被允许进入学校,陈迦南多看了几眼那辆低调的黑色宾利。

她就站在那儿看着,男人下了车后将一位长者请进车里。他微微俯身的动作恰到好处,笑起来很是温和从容。

车子很快便开走了,太阳躲进了云里。

那个时候他们对彼此都没有太深的印象,陈迦南只认为他大概是一个很厉害的男人,三十岁不到便混得风生水起。

就这样过了一个多月,他们又遇见了。

她当时在老师家的客厅里练钢琴,只听见门铃响了一声。老师去开门,他拎着两大盒子东西走进来,说话有点随意。

"来就来,还带这些干什么?"老师说。

"那怎么能成。"他声音压得有点低,细听还有点促狭,"奶奶吩咐的,我能不做吗?"

陈迦南有些拘束地坐在钢琴旁,等他们从玄关处走过来的时候,才慢慢站了起来。他的目光这会儿也扫了过来，眼睛里闪过一些模糊的情绪。

"哟，姑父。"他的目光却是看着老师的，"您有客人？"

"老同学的女儿，南南。"老师给他们作介绍，"这是沈适，我侄子。"

陈迦南轻轻颔首："我去倒茶。"

因为母亲的关系，老师待她格外好。

她和老师熟了，在这里也不怎么拘束，当下便很熟练地倒了两杯茶，然后再乖乖地坐回琴凳上。

她那天弹的是《送别》，弹得很慢。

或许是因为有她在，他们在客厅只说了一会儿话，然后他便走了。

陈迦南说不出为什么心里会有些失落，只感觉他不穿西装的样子也特别好看。

等他走后，老师笑道："那小子一天到处晃荡，没干过什么正经事，那生意也不知道是怎么做起来的。"

没想到老师对他会是这样的评价，陈迦南笑了。

"现在做什么事都要脚踏实地。"老师说，"南南呀，你这大学学业可不能荒废了，要好好读。"

陈迦南耷拉下肩膀："您怎么跟我妈一个口气。"

老师哈哈大笑起来，连忙摆手说："咱还是继续练琴吧。"

那天她练完琴已经是傍晚了，走出小区时，肚子便开始叫起来。她强忍着饥饿跑去坐公交车，站台上就她一个人。

隔着一条马路的距离，她又看见了那辆黑色小车，从车里下来一个女人，接着车子便扬长而去。

她慢慢收回视线，目光一偏，看见那辆车在前面拐了个弯，朝着她这边开过来。

陈迦南愣了一下，忙侧过身去。

正好公交车来了，她匆忙上了车，刷卡的时候向外看了一眼，那辆车已经看不见了。

2.

她一直以为那场遇见很平常,当然更不会想到和他相识之后的日子将会是一生中最难忘也最痛苦的。从十八岁的少女到二十多岁的女人,她最好的时光都给了他。

他们再见面是在学校,她当时正坐在长椅上晒太阳。

那辆车缓缓停在她身边,后座的车窗慢慢降下来。

他侧过头看向她,目光冷静淡然,又带有恰到好处的客气。

"在这儿做什么?"他问。

陈迦南逆着光朝他看去,愣怔了好一会儿才确定是他,她开始慢慢改变盘着腿毫无形象的坐姿。

她说:"晒太阳。"

他听罢轻笑了一声,将车门推开看向她:"我有一个可以晒太阳的好地方,去吗?"

陈迦南那时有点不识时务,仰头道:"我下午还有钢琴课。"

他敛眉沉思片刻,才抬头笑道:"年纪轻轻这么好学是好事,晒完太阳我送你去我姑父那边,这样总可以了吧?"

陈迦南犹豫,目光在他身上游移。

"老师说……你每天都有很多事情要做。"她说,"今天很闲吗?"

他听完笑了:"姑父没说我一天吊儿郎当,没干一件正经事吗?"

一个男人有能力,长得好看,还幽默、有风度,别说清醒的陈迦南了,就算是做梦的陈迦南都会醒过来跟他走。

沈适带她去了一个会所,将她丢在一间面向太阳的房间里便出去了。陈迦南一个人待得有些不自在,好在阳光确实不错。

过了一会儿,沈适回来了。

陈迦南趴在窗户边的木桌上,巴掌大的小脸朝着阳光,也不知道在看什么,很认真的样子,他叫了好几声,她都没反应。

沈适走近拍了拍她的肩:"南南?"

这一声叫得她整个人都颤抖了一下,猛地从臂弯间抬起头来。她仰着小脸看他的样子实在太单纯,沈适不由得移开了眼。

"我叫陈迦南。"她淡定地道,"耳东陈,释迦牟尼的迦,南方的南。"

沈适淡淡一笑:"我知道。"

她看了他一会儿,又将脸偏向别处,或许是在克制什么,半晌才转过头对他道:"今天谢谢沈先生带我晒太阳,我还有钢琴课,要先走了。"

陈迦南说完就起身越过他往外走,手腕却被他抓住。

"我送你过去。"他的声音很淡。

"您忙您的,"陈迦南勾了勾唇,"我自己去就可以了。"

"从这边去我姑父那边没公交车。"他语速很慢,"你怎么去?"

陈迦南回头嫣然一笑:"这有什么难的。"说完她轻轻抽出自己的手腕,随后就推开门出去了。

沈适看着那个背影,不知不觉竟笑了出来。

这类人自有他们的一套,陈迦南那天才懂。

她从来没有接触过沈适这样的人,他们无论说什么做什么,好像都有自己的想法,陈迦南自知道行低看不透,索性离得越远越好。

结果她才出会所,他的车就追了上来。

陈迦南下意识地扭头一看,车里是他的司机老张,而他根本不在后座上。

老张将汽车停在她身侧,恭敬道:"陈小姐,沈先生让我送您过去。"

她"哦"了一声:"那他不用车吗?"

"沈先生还有个客户要见。我先送您过去。"

后来熟了,她知道老张也是个执拗的性子,只要是沈适吩咐的事情,无论如何都得做。

所以,那天她无论怎样都婉拒不了,最后还是坐着他的车去了老师家。

那次之后,他们两个月未曾再见面。

3.

那天是母亲的生日,陈迦南在Y市某酒店订了一个包间,老师特意从外地赶了回来。只是让她有点意外，因为沈适也来了。

他一身笔挺的西装，看着风尘仆仆的，陈迦南是在给他敬酒的时候注意到的。他的目光一直淡淡的，说话特别温和。

"这是我侄子沈适。"老师给母亲介绍，"别跟他客气。"

母亲笑着招呼他："多吃点菜。"

陈迦南坐在母亲身边，感觉哪里都不自在。她抬头看对面的那个男人，他从容淡定，完全没有之前跟她开玩笑逗趣的样子。

"听姑父说您是岭南人，"他喝了一口酒，慢慢道，"很懂诗画。"

母亲笑道："你姑父太高看我了。"

沈适笑了笑没再说话，将姑父的酒换成茶水，有意无意道："您少喝点，当心奶奶发火。"

老师扬眉："臭小子，拿奶奶压我？"

"我哪有那个胆子。"沈适的目光在桌上扫了一圈，"就是以前姑姑在的时候我也不敢。"

陈迦南注意到母亲嘴角的笑淡了下去，转瞬间又慢慢浮起，脸上堆着客气的笑，看着老师说："沈先生说得对。"

沈适勾了勾嘴角，用纸巾擦了擦手。

"同学这么多年，你还记得我的生日，这让我已经很感激了。"母亲道，"这要是喝出个不自在来，让我心里怎么过意得去。"

陈迦南先低了低头，再抬头去看那个人。

恰好他的目光也看过来，看她的眼神很平淡。

陈迦南若有似无地笑了笑，给母亲夹菜，轻轻开口道："妈，你多吃点这个。"

母亲偏头看她，笑着应了一声。

"老师酒量好着呢，能喝得很。"陈迦南说这话时有些俏皮，"就这几杯，还不够他塞牙缝的，您就别操这个心了。"

闻言，沈适抬头看她，目光深了几分。

"沈先生还这么年轻，应该也很能喝吧。"陈迦南将酒瓶转到他那边，笑着说，"总不能因为怕被老师比下去就把奶奶给搬出来吧。"

老师笑了起来："南南的这张嘴啊。"

沈适也笑了一下，看着她一脸挑衅的样子，不由得眉头舒展，拿起酒瓶给自己斟满，端起来看着她道："你这口才学生物倒是可惜了。"

"您能屈尊来我们这个小地方可真是稀奇。"陈迦南也举杯敬他，"这杯我敬您。"

沈适没再说话，轻抿了一口酒，无意间扫过她的眼神也很平静。

那顿饭结束时，天已经黑了，沈适的司机老张送她和母亲回家。

陈迦南从车窗看出去，他微微带着醉意，西装外套搭在胳膊上，白色衬衫被风轻轻吹起了衣角。他一只手插进裤兜，倒真像一个少年，只是看到那张淡漠的脸时便知道他不是。

那天她便知道，一切都是试探。

母亲以课业繁重为由不再同意她去老师那里学琴，自己换了电话号码，从家里搬去了萍阳外婆家。

老师后来联系过她，她照着母亲告诉她的话说："外婆一个人不太方便，我妈去照顾她了。"

再后来看到一些捕风捉影的新闻，陈迦南才知道原来沈家真的是个低调的望族。

沈适的姑姑六年前去世，他姑父一直未娶，这其中的缘故不用猜也知道几分，定是和他奶奶关系匪浅。

只是可惜，母亲蹚了这浑水。

那段时间陈迦南的生活极其平静，闲来无事便泡图书馆，周末教小孩学钢琴，也算对得起她从小学到大的这一门才艺。

话说回来，她和沈适还真是有缘。

谁知道那天他又跟哪个女人做什么了，开着车从小区出来的时候，领子半开着，领带都没有系好，一副随意的样子。

她刚下钢琴课，正想着好好去吃一顿，便被他的车子挡住了去路。

他看上去冷静至极，降下车窗不动声色地挑眉看她。

陈迦南被他看得心里发毛："沈先生。"

沈适笑了笑，说："去哪儿？我送你。"

她很有礼貌地道谢,然后果断拒绝,从他的车旁边走了过去。那时他们已将近一个月没见面,早就成了没有什么关系的陌生人。

只是她才走几步,他的车就跟了上来。

陈迦南本打算不理的,可他的车一直跟着,甚至挡了她拦出租车的路。这里想打个车很困难,陈迦南忍着怨气站在路口不走了。

他偏头看她,依旧好脾气地笑着。

这样的场景有点像几个月前,他将她带去那家无聊的会馆晒太阳,不同的是,今天开车送她回去的人是他。

她最后还是上了车,因为交警来了。

陈迦南坐在副驾驶座上,一句话也没说,眼看着他把车开回了闹市区,又开过她的学校,这才惊呼出声,却被他张口堵住了话。

"陪我吃顿饭。"他笑着说。

4.

陈迦南知道怎么打扮最漂亮。

他身边的女人好像都是短裙、高跟鞋,要么长发披肩,笑起来很温柔;要么短发利落,看起来很精干,都是职场女强人。

后来他每次过来找她,她都会这样打扮。

拍上淡淡的粉底,再描眉抹唇,穿条连衣裙,头发披散在肩头,像极了那些挽着他的臂弯陪他出席各种酒会的女人。

沈适最开始眼神玩味,后来也不评判了。

陈迦南才不管那一套,他请吃饭她去就是了,反正闲着也是闲着,出去玩玩还能长见识,也不算吃亏。

有一天傍晚他开车过来,给她打电话。

"我晚上有一堂专业课。"她直接拒绝,"真不好意思啊,沈先生。"

沈适见惯了她这个样子,笑了。

"你这么聪明,逃一堂课算什么。"他漫不经心道,"是吧,南南?"

他最后那几个字说得极轻极淡,陈迦南却听得胆战心惊,没忍住打了个喷嚏。

"不至于吓成这样吧？"他调笑道。

陈迦南翻了个白眼："您身边女人那么多，哪个不争着抢着陪你吃饭，您找我又图什么呢？"话说到这份上，陈迦南也不藏着掖着了，"当初您先是试探我随后又接近我妈，您放心，我妈真没嫁进豪门的心思，您现在真不用这样。"

电话那头的人忽然沉默了，特别安静。

陈迦南紧张起来，握着手机低头去看脚尖。看了一会儿还没听见他出声，她刚想挂断电话，就听到那边的人开了口。

"你倒是坦荡。"沈适的声音里带着笑意，"哪来那么多的弯弯绕绕。"

陈迦南"嗯"了一声："那你为什么找我吃饭？"

沈适轻轻地笑了笑，说："大概是你不会讨我开心。"

她慢慢确定这个男人真的不会对女人动心，他只是觉得有趣，身边有个人陪还不会打扰他，那感觉不错。

陈迦南后来一直在想为什么会是她，又或许只是恰巧碰到了？

沈适很会哄女人。

他好像一直就把她当女孩看，即使她身上穿的是款式成熟的裙子和高跟鞋。有时候她妆容太重，他也只是看一眼，不说话。

她就是存心让他不舒服，他也只当没看见。

就这样相处了一两个月后，陈迦南不想再这样下去了。

偏偏那天外婆打来电话说，母亲突发脑梗住院了，她直接买了机票赶了回去。

那天她才知道，沈适也在萍阳。

母亲抢救过来后便瘫痪了，在医院做了半年复健才回到萍阳。

而那个时候她已经是经常陪在沈适身边的女人，他圈子里的人，任谁见了她都会叫她一声"陈小姐"。

周逸曾经恨铁不成钢地对她说："那个男人大你有十岁吧，最多就是觉得你有趣，肯定不会是真心想娶你。那样的人身边女人肯定不少，为此荒废了青春不划算，你究竟想要什么？"

陈迦南总是笑笑,想起很久以前和他奶奶打过的那次照面,脑海中又闪过他那张极其淡漠温和的脸。

然后她说:"想要他离不开我。"

番外三
过去，现在，未来

1.

程诚打电话过来的时候，何东生还在宿舍睡觉。昨天晚上他熬夜工作，一直到今天中午才忙完。还没睡一会儿就被打扰，这让他有些烦躁，不耐烦地揉了揉眉心。

"出来喝几杯？"程诚问。

何东生闭着眼没说话，半晌才从床上坐起来，靠在床头，手指摸向枕边，抽了支烟出来叼在嘴里，一边摁打火机，一边含混不清地问："这会儿喝什么酒？"

程诚支支吾吾了半天，也没说出个所以然来。

"不说话我挂了。"他淡淡道。

"别、别、别。"程诚急了，话到嘴边又犹豫了一下，才道，"这不……魏来签了个上海的单位，明天就走了，想请你吃顿饭一起聚聚。"

何东生沉默片刻："算了吧。"

"我就知道。"程诚叹了一口气，"你知道她刚跟我说什么吗？她说你肯定不会来，让我别白费力气。"

何东生一抬眼帘，吸了一口烟。

"这都什么年代了，还玩千年等一回，你可真行。"程诚嗤笑，"不是听说人家要去读研了吗？那女的可真够绝的。"

何东生皱眉："行了啊。"

"当我没说好吧。"程诚无奈地问道,"可怜魏来追了你这么多年,你们俩就真没可能了?"何东生掸了掸烟灰,眼睛微微眯了眯。

"程诚,"何东生漫不经心道,"想追一个女人不是这么追的,给别人做局,你还活个锤子?"

程诚被他一噎,莫名笑了一下。

何东生说完就把电话给挂了,人靠在床头,一口一口地吸着烟。忽然想起有一年他去A城找她,白天带她玩了一天,晚上回了旅社,他也是这样躺在床上抽烟解乏。

她笑眯眯地看着他说:"抽烟是什么感觉?"

那是个秋天的深夜,她穿着宽松的毛衣,盘腿坐在床边,眼睛亮亮的,问这话时仰着白皙的小脸,锁骨清晰。

他听罢,笑了笑。

"干吗这么笑?"她的目光落在他的香烟上,又好奇地问,"何东生,你会吐烟圈吗?就是那种圆圈……"

他眼角含笑,手指敲了敲脸颊。

周逸抿紧嘴唇瞪了他一眼,深吸了一口气,不情愿地将嘴凑到他脸边,轻轻挨了一下又离开。

"你这都没诚意。"他不咸不淡地说道。

周逸气急:"什么叫没诚意?你怎么还耍起无赖了?"

他眉毛一抬,手指又敲了敲右脸颊,看着她一动不动,似笑非笑道:"还想不想看了?"

周逸白他一眼:"不看了。"说完气呼呼地扭头下床,将电视机打开。

屏幕刚亮起来,周逸就被他揽过腰拉扯到床上,她吓了一跳,只感觉他的下巴搭在自己肩头。

"这么不禁逗。"他调笑道,"亲一下能少你一斤肉还是怎么着?"

她歪头看他,这人嘴里还咬着烟,一副要笑不笑的模样。

"做不做?"她问。

她仰着巴掌大的小脸,一副肆无忌惮的样子。何东生低声笑了笑,凑到她脸边低声道:"我倒是想,就怕弄疼你。"

周逸的脸一下子就红了。

他们在一起这两年来,就差最后那一步,她不是不懂这些。现在听他这样说出来,她紧张得不知道要说什么,突然掐了一下他的胳膊。

"乱讲什么呢你。"她匆忙解释,"我说的是让你吐烟圈。"

何东生将烟拿下来,舔了一下嘴角,看着她笑起来。他的手慢慢摸上她的腰腹,声音又低又轻地说道:"不是问我抽烟是什么感觉吗?"

她抬头认真地看着他。

"你看过那么多书,不知道吗?"他凝视她的脸,哑声道,"男人喜欢两样东西。"

她特无辜地问:"什么?"

一支烟抽完了,何东生仰头,一只手垫在脑后靠着床头,脑子里是那天她问他时那副天真无邪的样子。他只是笑笑,含糊着说"你自个儿猜去",说完便堵上了她咿咿呀呀的嘴。

现在想这个真不应景,何东生吸了一口气。

后来再也没有人问过他抽烟是什么感觉。她好像总装着一肚子稀奇古怪的问题,让你头疼又好笑。后来他见过很多比她性格好太多的女孩子,然而在抽烟的时候却总是最容易想起她。

那句话怎么说的?

"男人喜欢两样东西——冒险和女人,懂吗?"

二〇一五年夏,他给吕游打了一个电话。

"她最近还好吗?"他问。

吕游恼他放开了周逸的手,赌气道:"去S大读研了,离你远远的,没人打扰特别好。"

她说完后,倏地挂了电话。

2.

那天忙完手里的工作已经是夜晚。

何东生从公司出来时接到一个电话,高中时的朋友喊他去酒吧。他来的时候，一桌男人已经喝起来了。

"来、来、来，东子，坐这儿。"一个朋友坐在沙发上，指了指桌子侧面的椅子说，"怎么下班这么晚？"

何东生笑了一下，说："今天算早了。"

他说着，靠着椅背点了一支烟。

"喝点酒。"有人把他杯子倒满酒。

何东生嘴里咬着烟，一只手搭在桌子上，一只手在翻手机。他穿着黑色短袖，裤腿随意地挽到小腿上。或许是经常跑工地的缘故，趿拉着的白色帆布鞋上已经蒙了一层灰，让他看起来有些不修边幅。

"跟谁聊呢，这么认真？"一个朋友凑过来。

何东生抬头，笑笑没说话，随后把手机放在桌面上，拿下烟，端起杯子一仰而尽，用夹着烟的手抹了抹嘴。

"怕是哪个貌美如花的小姑娘吧。啊？"这个朋友开玩笑道，"有没有好看的，给兄弟介绍一个。"

何东生微眯着眼，吸了一口烟。

"都是男的。"他咬着烟说，"要吗？"

朋友骂了一声。

何东生笑了一声，拿下烟又喝起酒来。有人借着刚才的话头要给他介绍个女朋友，问他喜欢什么样的。

"我现在只想工作，别的暂且不提。"他说。

酒吧里的女主唱吼着后劲很足的摇滚，目光时不时地落在他们这一桌。

朋友留意到，指了指舞台的方向，开玩笑地问："喜欢那款吗？"又道，"像你这么闷骚的人，就得找这款的。怎么样？有兴趣没？"

何东生喝了一口酒，偏头看了一眼。

"你喜欢你去。"他慢慢吸了口烟。

"不是……你这都单身多久了吗？要搁我肯定不行。"一个朋友皱眉，"你就说吧，到底喜欢什么样的？"

何东生叼着烟，靠在椅背上。

记忆里那个女生比他想象中的还要脆弱敏感，被他一逗就上火，轻轻一哄瞬间软下来。她喜欢文学，会为写作发愁，仰头和你顶嘴的时候，眼神干净又倔强，他总是哄小孩一样，几乎每次都成功哄好。唯有一次失败了，只是那一次的后果比较惨重——分了手。

"赶紧说？"朋友这边在催。

何东生重重地吐了一口烟圈，将烟头摁灭在烟灰缸里，这才漫不经心地抬头看着朋友，勾了勾嘴角。

"娇气点儿的吧。"他淡淡地道。

3.

现在是他们重新在一起的第一年。

恍惚之间，时间匆匆而逝，去如流水。周逸一边准备研究生考试，一边和他重新开始恋爱生活。他再次坚定地先走向她，就像是昨天的事情。

那个下午，学校的事情一忙完，她就往车站赶。

她照着何东生发过来的路线，在一座小广场附近找到了去F县的车。刚走到跟前，她就稀里糊涂地被拉了上去，一抬头才发现这车上已经拥挤不堪，再想回头坐下一趟，已经挤不出去。

他的电话就在这个时候打了过来。

"坐上车了吗？"他问。

周逸以一种很难受的姿势拿着手机，一脸沮丧地"嗯"了一声，说："很多人，看样子都是去考试的。"说完她长长地叹了一口气。

"这一趟至少得坐一个钟头。"他好像在风口，话里都夹杂着风声，还带着淡淡的笑意，"能站过来吗？"

周逸听不惯他那种笑，轻哼一声道："我哪有那么娇弱。"

事实上那天早晨他来过一个电话。当时她还在睡梦里，迷迷糊糊地接起，听他说了一大堆话，到最后一句都不记得，却被他那句"你是猪吗"给骂醒了。

周逸当即就回："你才是猪。"

他轻轻笑了，问她："这都几点了，你还睡？"

"北京时间六点五十九分。"她没好气道，"晚吗？"

他笑："周大小姐，麻烦您拉开窗帘再说话。"

于是周逸很认真地又看了一眼时间，时针刚好指着九点。她顿时不吭声了。何东生缓缓笑起来，半晌才收住笑，正经地说起话来。

"我刚说的，你再想想。"他重复了一下之前的话，"要是不愿意折腾，明天早上我过去接你。"

周逸愣了一下："八点考试……那得起多早啊？"

"瞧这话说的。"他故意曲解道，"你这是心疼你还是心疼我？"

周逸乐了："当然是心疼我了。"

何东生笑："那就下午来吧，到了给我打电话。"

"你不是要上夜班吗？来得及吗？"

"来不及也得来。"他开始满嘴跑火车，"咱这吵一架就冷战成这样，我要是再不识相，你不得踢了我。"

周逸忍不住笑了："我哪敢踢你呀。"

正说着，车子摇晃了一下，她惊得"啊"了一声，手机差点掉了。刚拿稳便听见何东生在那边问："怎么了？"她笑了一下，忙从清晨那场对话里跳出来，轻声说："好着呢。"

何东生不放心她，说："找个扶手抓着，别摔倒了。"

"知道了。"她笑，"我不和你说了，这样拿着手机太难受了。"

他轻声笑笑，"嗯"了一声。

车子在秋天的傍晚里缓缓行驶着，没开多久便上了高速，天也慢慢黑了下来。周逸站在车里摇摇晃晃，看着窗外漆黑的公路，没来由地感到宁静。快要到站的时候接到了他的电话，周逸握着手机，在车站外面等的那些人里寻找他的身影。

何东生说："我看见你那趟车了。"

周逸也看见他了，只笑着不说话。

她最后才从车上下来，躲过他的视线，偷偷地绕到他后边。何东生在电话那头问"人呢"，她笑着说"你在哪儿"，然后看着他四处张望

291

的样子。她轻轻提步走了过去,抬手拍了拍他的肩。

何东生匆忙转过身,挑眉看她。

周逸被他看得有点儿不自在,双手背在身后,目光四下游移。何东生将她自上而下地看了一遍,这女生一身毛衣、牛仔裤,挎个小包就来了。

"你这是来考试的吗?"他故意扬声道,"你是来玩的吧,周大小姐?"

周逸抬头看着他,昏黄的路灯光照在他的身上,可以看见他脸上清晰的笑意是那样熟悉和柔软。她仰着脸静静地看了他一会儿,又使起老招数——转身就走。

她还没走几步就被他拉住手腕,特别紧。

他掌心的温度很快传遍全身,像过电一样。周逸挣脱不开,睁大眼睛瞪他。何东生看了她一会儿,轻轻一笑,慢慢地低下头去。

"再玩这套,今晚就不放过你了。"他咬牙道。

4.

后来周逸总是想起那个秋天的夜晚,他站在她面前,微微俯下身,眼角带笑的样子,从十八岁到二十五岁,他永远都是一副漫不经心的样子。

车站外头刮起冷风,他拉着她坐上车。

何东生一只手搭着方向盘,一只手给她找歌听,周逸懒懒地靠着椅背,看着窗外的夜景。F县看起来并不大,却也有城市那种灯红酒绿的一面,霓虹灯闪烁。

"前面那座广场明晚有个大型晚会,等你考完试刚好可以看。"他一边开车一边说,"这边夜景还不错。"

周逸轻轻做了个深呼吸,看着远方的灯光问他:"还有多久到啊?"

"不远。"他说,"过了前头那条街就到。"

"宾馆距离考点近吗?"她问。

何东生看了她一眼:"你还真住宾馆?"

周逸抿唇笑了一下,目光又落回窗外。没几分钟就到了他住的地方,他带着她上二楼,是个一室一厅的小公寓。

这是她第一次来他这儿，房间小而乱。

"你平时是有多懒呀，何东生。"周逸放下包就开始给他收拾床上散落的衣服，"看着人模狗样的……"

话还没说完，腰就被捏了一把，她惊得一下子跳了起来，惹得何东生低声笑了。周逸揉着刚才被他碰过的地方，瞪了他一眼。

"你不是上夜班吗？还不去？"她问。

何东生无所谓地"嗯"了一声，轻声道："我这就去。明早七点就得醒，你起得来吗？"

"我现在五点就能自然醒。"她还挺骄傲地说，"你忙你的去，不用管我。"

她说得还挺像那么回事儿。何东生看了一眼时间，确实不敢再停留，又给她说了洗澡怎么放水、无聊可以看电视，交代完便走了。周逸等他走后将屋子收拾了一下，洗了个澡就爬上床睡了过去。也不知道睡了多久，她迷迷糊糊地感觉身边有人说话。

她使劲睁开眼，看见他在打电话。

"你怎么回来了？"等他挂断电话，周逸问，"几点了？"

何东生一脸的无奈："八点半了，大小姐。"

周逸："啊？！"

她几乎是瞬间从床上坐起来去看时间，发现他在骗她，这才松了一口气，一抬头却瞧见他在低头看她。

"你故意的，是不是？"她的声音很软。

过了一会儿，何东生捏上她的下巴，低头亲了下去。忽然被他堵住嘴，周逸有些发愣，嘴里还在轻声呓语着："你干吗？"

那软软糯糯的一声，听得何东生的下身都硬了。

他的身上带着秋天清晨那种寒气，让人觉得凉凉的，却又不想离开。周逸被他亲累了，慢慢偎依在他的怀里。何东生抱着她舒坦地靠在床上，轻轻笑了一下。

"以前怎么没发现你还有贤妻良母的潜质？"她穿着他的墨蓝色格子睡衣，何东生的手轻轻摩挲着她的背，"真是长大了。"

293

周逸掐他:"我很小吗?"

何东生微微偏过头,眼睛在她的胸前停了几秒,眼神带着一种审视的意味,半晌道:"还能凑合。"周逸忍不住又掐上他,笑了。

两个人腻歪了一会儿。

"起床。"他说,"吃完早饭送你过去。早上想吃什么?"她说什么都行。

那天他一直等在考点外,中午开始下起雨来。

下午四点那场考试,周逸很快答完,一走出考场就给他发微信,他说在门口等着呢。等到学校开了大门,一群人蜂拥而出。周逸很快就在那群人里找到了他的身影。

熟悉的、挺拔的,笑起来有点坏。

进到车里,他逗她:"答完了吗?"

"反正能答的都答完了。"周逸说,"看造化吧。"

何东生笑:"心态不错。"

或许是下雨的关系,天黑得挺早,何东生问她还要不要去广场玩。周逸难得出来一趟,当然要去。可没有想到雨越下越大,广场那边只寥寥几人。

他将车停在路边,带她走了过去。

一个年轻人抱着吉他站在舞台上在唱黄舒骏的歌,在这个雨夜听得人格外伤感。周逸钻在他的伞下,一只手溜进他的衣兜里。

"这是什么歌?"他问。

"《恋爱症候群》。"

周逸安静地听着雨声,想起她还是高中生时的样子,一群人追着一部电影,路过喜欢的男生时不敢抬头看,到了夜晚将他想了千千万万遍。

周逸好像想起什么似的,拽了拽他的袖子,问他:"你会那个……那个……"她一边说还一边打手势,看得何东生云里雾里。

"什么?"他问。

"就是在嘴里翻烟头、藏刀片。"她越说越激动,"很好看的那部电影《双子神偷》里,吴京做的那个动作知道吗?"

何东生低头看她，一副似笑非笑的样子。

当年，几个少年窝在屋子里看那部片子。为了学吴京的那个动作，他被烟头烫了好几次，就是为了在年少轻狂追姑娘的时候耍酷。

"会不会呀？"周逸急了。

"会的话……"何东生慢慢开口，故意顿了顿，"你要怎么报答我？"

舞台上的那个人还在慢慢唱，舒缓的曲调和窗外的雨声混在一起。周逸仰头看着眼前的男人，双手都插进他的衣兜里。她还没有说话，便看见他慢慢将嘴凑到她耳边，接着低声道："今晚我抱着你。"

5.

周逸开车是何东生教的。

那时她的驾照拿到手才不过两个月，平日里也不常用。清明节假期他们出去玩，周逸开车。她以前有过一个好玩的事，大概是刚拿到驾照一两周左右，有一天她要去昭阳市里办点事，把车停到城外，自己坐公交车进城，被何东生知道后，笑话了很久。

于是那天开车出去玩，她有点发怵。

何东生懒散地坐在副驾驶座上，低头在玩Dota。周逸小心翼翼地开着车，到了一个路口，刚好碰上街道有集会。她觉得手心发热，整个人紧张得都要爆炸了。

她正发愁怎么开过去，就听见旁边的人不咸不淡地开口。

"周逸，"何东生的眼睛都没从手机上移开，手指还在屏幕上滑动，说话也不疾不徐，"开车不能前怕狼后怕虎，知道吗？"

她一看他那副事不关己的样子就来气。

"我这才拿驾照多久，能和你一样吗？"她皱眉道，"玩你的去，别吵我。"

话音刚落，何东生抬头看过来。

"我说什么了，你就气成这样？"他笑问。

"你自己知道。"

周逸都懒得瞪他，一直专心地看着前面的路况，生怕把油门错当刹车踩。窗户半开着，街道喧嚣。

"左拐。"何东生给她指了个方向，"从那儿走。"

周逸："去那里做什么？"

何东生歪着头看她。

"车停那儿，你下来，我开。"他似笑非笑，"我可不想吵架。"

周逸瞪过来。

"你要是气出病来了怎么办？"何东生看着她，故意道，"咱要为下一代考虑。"

周逸的眼睛里都要喷火了。

"往长远了讲，你也得为我考虑考虑，"他不紧不慢道，"这都憋几天了。

周逸大喊："你再说打你。"

有人鸣笛，车流动了起来。

何东生笑起来："不说，您别气坏了。"

周逸冷哼一声，左拐后将车子停在路边，将他赶去了驾驶座，又拿过他的手机，低头愤慨道："这破游戏有什么好玩的？"

何东生笑着看她一眼，打着方向盘掉头。

6.

有一年周逸忙得飞起，好不容易有一个周末闲下来，何东生要带她出去玩。他们那天起了个大早，出发的时候天还未大亮。岭南有小镇和峡谷，可以漂流和爬山。

他开着车，她迷迷糊糊睡着了。

路上醒来，已经行驶在半山腰。

周逸打着哈欠问他："还有多久才到啊？"

他看了她一眼，笑道："一个小时。"

周逸百无聊赖地看向窗外灰沉沉的天空，长长地叹了一口气，说："好像会下雨。"

何东生"嗯"了一声，回她："雨再大也要去。"

过了一会儿，雨真的下了起来。

周逸忽地偏头问他："漂流玩不了了吧？"

"玩得了。"他一边开车一边说。

"这么大的雨怎么玩？"

"会停的。"他说。

"你怎么知道？"

何东生笑笑，也不答，只是说："还有点儿路程，你困的话再睡会儿，等到了我叫你。"

周逸"嗯"了一声，偏过头睡着了。到岭南的时候是十点半，他们俩先去古镇转了一会儿，还游览了荷塘。等他们吃过饭，雨下得更大了。

"还去漂流吗？"她问。

"雨会停的。"

周逸不知道这个人为什么会这么笃定，倒是忽然安下心来。岭南的峡谷很长，可以漂流一两小时。去峡谷的路上雨还挺大，快到的时候雨突然停了，在岸边等着玩漂流的人还不少。

她跟在他后边，轻声问："神棍何，有点道行啊，哪个师父教的，学了几年啦？"

何东生拉着她的手，脸微微偏向她，笑着说："师父姓周，还未幻化成人。"

周逸听得气急，拍他的胸膛，他大笑。

他们乘坐的漂流筏子上一共坐了八个人，还有一个筏子和他们一起出发，上面坐了几个大人和小孩。

周逸觉得不妙，问他："我们要不要买一把水枪？"

何东生笑："再带把伞？"

周逸认同地连连点头。

好像这个时候她才又精神了，何东生松了一口气，眼里都带了浓浓的笑意。最开始他们这个筏子是落后的，划出一段距离，看到另一个筏子在前边停下来，几个小孩拿着水枪对着他们，一场大战即将开始。双方有大人也有小孩，此时已经不管不顾，互相喷水。没有水枪的人则用船桨拨水往对方身上泼，喊声、笑声回荡在峡谷间。

周逸看着何东生满脸的水，大笑："你身上都湿透了。"

何东生："一会儿你躲我后头。"

第二轮大战开始的时候，有几个小孩集中火力朝他们喷水。何东生一边回击，一边抬手挡在她的脸前面，叫她："打开伞。"

玩了很久，小孩们依然充满斗志。

歇了有一会儿，周逸靠在何东生的肩膀上，一边笑，一边看着长长的峡谷。何东生划着船桨，看到有小孩又拿着水枪在准备朝他们喷，他匆忙去拿伞，周逸忍不住笑了。

何东生扬声对那几个小孩喊："休战，休战。"

周逸靠着他，双手握着他的手，看到水面泛起一圈圈涟漪。她抬头去看，天又下起了小雨。雨点慢慢地落在伞上、身上、水上，两旁重峦叠嶂。远方很远，峡谷很长。

7.

那是二〇一七年元旦的前两天，周逸坐高铁从林州回了青城。她刚出站，就看见何东生等在通道旁边的大理石柱下。他穿着黑色的夹克，敞着拉链，正低头玩手机。抬头瞧见她出来，他笑了一下，将手机塞回裤兜，朝她走了过去。

周逸很自然地将行李箱递给他，笑着问："什么时候来的？"

"也就一会儿。"何东生用左手拉着她，"饿不饿？"

周逸摇头："我中午吃得挺多的。"

"着急回吗？"何东生偏头看了她一眼，"带你去个地方玩玩。"

周逸问："去哪儿？"

她完全没有想到何东生会带她去参加他的同学聚会。他们到的时候，大部队已经去了酒店负一楼的KTV唱歌。走廊里灯光闪烁，她跟在他的后头进了包间。

都是他的高中同学，开起玩笑来肆无忌惮。

他被几个人拉过去打牌，周逸刚好出去接了个电话。再回包间的时候,她就看见他身边站了一个陌生的女人,V领雪纺裙配黑色丝袜,漂亮极了。

"听说你最近混得不错。"女人开口,"还以为你今天不来呢。"

何东生扔了一张牌,点了支烟抽。

周逸看见他有些不耐烦的样子,忍不住低头笑了。女人的目光在这时瞟了过来,似是在打量她。周逸仰头含笑。

"站那儿做什么?"何东生偏头看她,忽地开口,"帮我看牌。"

"我?"周逸笑着走了过去,故意嗔道,"那你不得输成穷光蛋。"

他倒是笑了:"随便输。"

牌桌上的人也跟着起哄,周逸余光里瞥见刚才那个女人的表情有点不自然,已经慢慢地退到一旁,不知道在给谁打电话。包间里热闹极了,几个人轮流唱,还有很乖巧的一个女孩子在给身边打牌的男生剥橘子。

那个男生输了好几把,对女孩子说话的口气很不好。

周逸看不下去,忍不住道:"橘子别吃太多,会上火。"

她这话一出,牌桌上的几个人都看向她,何东生咬着烟低声笑了起来。周逸暗地里掐了他一把,他皱着眉头倒吸口凉气,忙吆喝道:"打牌,打牌。"

过了一会儿,她去洗手间,有人逮着空调侃何东生。

"你这个女朋友哪儿来的?"一个男生道,"厉害。"

何东生抬头,笑骂:"你好好说话啊。"

"要我说,真不能太惯着她们。"男生又道,"哪天真骑你头上了,有你好受的。"

何东生打了张牌出去,笑而不语。

后来聚会散了,周逸站在酒店门口等着他出来。她的脸色还是有些不太好,对他也不是之前那种温柔的样子。

何东生问:"怎么了?"

"你那些朋友都是什么人啊。"周逸气道,"对女孩子甩脸子,要是我,转身就走。"

何东生挑眉:"现在脾气见长啊,周大小姐。"

周逸翻了一个大白眼。

"人家女朋友都没生气，你气什么？"何东生笑着拉过她，"咱还是先说说你今晚回哪儿行吗？"

周逸不答，瞪他："有一天你要是那样子……"

"我敢吗我？"他嬉皮笑脸地把她拦腰一抱，"这事儿咱等完了再说行不？"

周逸抿嘴偏头笑。

"要不今晚别回了。"何东生低头哄着，"咱们俩异地恋，见一面容易吗？"

周逸淡定地"嗯"了一声："看你表现。"

说完，她仰头朝车的方向走去。何东生吐了一口烟雾，笑着跟了上去。这才多久没见就管不住了，今晚可得有一番折腾了。

8.
十二月底的时候，昭阳市下了那年的第一场雪。屋顶上铺满白雪，街道两旁的白杨树枝上压着沉甸甸的雪，马路上车来车往，红绿灯在夜晚显得格外耀眼。

何东生开着车，被堵在车流里。

副驾驶座上的吕游看了他好几眼，有些幸灾乐祸地笑道："你说周逸看见你这副样子会怎么样？"

何东生抬头扫了一眼后视镜，看到自己的额头上有道伤口，不是很长，但挺深。刚在会所有人闹事，他跟着打了一架。

"以她的性子，就这么点小伤她肯定也心疼得不得了。"吕游懒懒地靠在椅背上叹了口气，"不知道你是不是因祸得福。"

何东生笑了一声："我谢谢你。"

"看在周逸的面子上，真不用。"吕游笑，"哎，我说你们俩什么时候要小孩啊？这都结婚一年了，怎么还没动静。"

提到这个，何东生的目光一凝。

"你不想要还是她不想要？"吕游猜测。

何东生一只手扶着方向盘,另一只手从裤子口袋里摸出一支烟叼在嘴里。刚好碰上红灯,他停了车,掏出打火机低头点上。

烟雾弥漫,从车窗飘了出去。

半年前他就和她说过想要个孩子,那时候她刚参加工作,还很爱自由,对这个话题直接一笑而过,从此他再没提过。

他抽了一口烟道:"过两年再说。"

"还过两年?"吕游惊讶道,"那你都三十岁了好吗?也不能总由着她的性子来,她对这些什么都不知道,你不说说怎么行。"

何东生没有说话,把烟抽完了。

送完吕游,回到家已经是半个小时后了,他在门口站了一会儿才敲门。听见里面的脚步声越来越近,他扯了扯领带,笑了一下。

打开门的瞬间,周逸却愣住了。

她看着他额头上的伤口,皱着眉头伸出手去,心疼地问:"怎么弄的?"

何东生笑着拉她进了门,将西装外套脱下来后扔到沙发上,随意地说:"闲着没事,我去凑了个热闹。"

"你今晚不是在吕游的会所谈生意吗?"周逸将他的西装外套拿起来挂在门口的衣架上,凑到跟前轻轻闻了闻,"又抽烟了。"

何东生挑了挑眉:"一个例外。"

"你就骗我吧。"周逸转过头看他的脸,"去医院处理了吗?"

"这点小伤,犯得着吗。"他不咸不淡地道,"简单弄了一下,没什么大事。"

"这还算小伤?"周逸没忍住来了气,拔高音量,"吕游就给你涂了点消毒药水吧,她难道不知道……"

她话还没说完,就被何东生拉到了怀里。

客厅的灯光暖黄暖黄的,电视里正放着连续剧。他将她抵在柜子上,故意将声音压低,调侃道:"什么时候变得这么啰唆了?"

周逸强压下一口气:"你自己闻闻,是不是身上全是烟味。"

何东生低头扯过领子轻轻一闻,皱眉"嗯"了一声,很无辜地抬头看她:"有吗?我怎么什么都没闻到。"

"何东生……"周逸气急。

他舔唇笑了一下,俯身将脸埋进她的颈窝,很深很慢地吸了一口气,突然的接触让周逸畏缩了一下。

何东生轻笑:"你身上怎么这么香?"

她慢慢放松下来,无声地笑了一下。

"这些年我一直在想,人为什么要活着。"周逸的话没头没脑,"有时候很痛苦,一点儿都不喜欢这个世界。"

何东生听得一头雾水,只是静静地凝视她。

"其实直到现在,我还没有找到活着的意义。"她轻声说,"但我热爱写作,热爱生活,我愿意为了热爱的东西或喜或悲。"

"而且我的性子还那么差。"周逸又说,"但我觉得至少到现在为止,我已经做好迎接他的准备了。"

何东生的注意力只放在了她的前半句上,不以为然地笑道:"悲观敏感又不是什么坏事,我就抽了口烟、头上碰出道口子,你怎么生出这么多感慨?"

他一说完,周逸就笑了。

何东生看着她,愣了一下,半晌才回过神来,目光下移落在她的肚子上,又慢慢移回到她的脸上,一脸不敢相信的样子。

"真的?"他的声音很轻很轻。

周逸拿手指戳着他的胸膛,抬起下巴努着嘴看他:"你刚说谁悲观敏感呢?"

何东生握着她的手,将她整个人搂在怀里,直接笑了出来,看着她,低着头赔罪:"是我,是我,我悲观敏感。"

电视里正在播放片尾曲,周逸也跟着笑了。

9.

周逸生产的两天前,何东生出差去了。

她嘴上说"你忙你的,我这边医院都安排好了",但心里还是挺害怕的。何东生手上有一个项目,他是主要负责人,不去不太合适,去之前他给吕游打了一个电话。

吕游说:"你放心吧,周逸交给我了。"

医院里,周逸躺在床上,一边吃着苹果,一边和吕游说话。犹豫再三,她还是想顺产,便一直在等肚子有动静。

吕游说:"别到时候顺产不下来,两种罪都受了。"

周逸头疼:"剖腹产会留疤,不好看。"

吕游:"何东生会在意吗?"

周逸:"我会在意。"

生的时候不算太折腾,肚子也没有想象中那么疼,医生将她推进待产室,两三小时后就把她推出来了,生了个女儿。但是她太累了,睁不开眼睛,迷迷糊糊就睡了过去。她只记得,隐隐约约听到有人说话,像是他的声音。

周逸醒来时已经是半夜。

她口干舌燥,缓缓睁开眼睛,偏了偏头想坐起来,看到床边的婴儿,心就软成了一汪水。病房的门被推开,何东生端着一杯热水进来。

他将水杯放在桌上,扶着她坐起来。

周逸:"你怎么回来了?"

何东生给她捋了捋耳边的碎发,轻笑道:"我算着时间你也该生了。今天晚上没什么大事,明天一早我再开车过去。"

周逸揉了揉他的脸颊:"我挺好的。"

何东生轻轻"嗯"了一声。

周逸低头看了一眼小孩:"我记得吕游说孩子挺好看的,怎么这么一瞧,没有想象中好看,也不知道像谁。"

何东生:"女儿像爸,你这是变着法地骂我呢?"

周逸笑了:"我可不敢。"

"还有你不敢的?"

周逸抿唇。

他们低头看了一会儿小孩,何东生缓缓开口:"我们之前不是说好

303

的剖腹产吗？万一顺产太疼你受不住怎么办，只是肚子上多一条疤，我也不嫌弃。"

周逸："你嘴上说得好听。"

何东生"啧"了一声。

周逸："不过还好，一切顺利。"

何东生叹气："真是拿你没办法，妈刚才打电话过来说已经到这边了，我让她们明天早上再过来。你这比预产期提前了一周，她们都没准备，等你再住两天院，就去月子中心。"

周逸："知道，就你啰唆。"

何东生："嫌我啰唆？后悔也晚了。"

周逸笑着低头，看着小孩的眉眼，总觉得不像是她生的一样，感慨真是神奇。静了一会儿，她便问何东生："孩子名字想好了吗？"

何东生一时间沉默了。

周逸："要好听的。"

何东生："真让我定？"

周逸点头。

何东生声音很轻："何花？"

周逸："……"

后来他们查了很久的字典，还是没有选出合适的名字。周逸睡不着，何东生坐在床边一边陪她聊天，一边哄小孩。窗外不知什么时候下起了雨，时光像回到旧时，那时他们还年轻，有很多时间可以浪费。

夜深人静，万籁俱寂。

何东生说："就叫宜宁吧。"

（完）

后记

1.

前言中的"我"是写这个故事的我,周逸便是这个故事里的女主角。我很羡慕她在年少时便遇到了何东生,从今往后人生的选择里都有他。那时候的爱情干干净净,他可能没有钱,不能给你买名牌包包,但他有一颗实实在在爱你的心,里头装着想要给你的全部未来。

2.

朋友曾经问我:"你喜欢什么样的男生?"

"阳光、干净。"我说,"有担当,天塌下来有他顶着。"

很多年后,我问了周逸同样的问题。

"比我自己还了解我。"她轻描淡写地说,"喜欢和我一起过平凡的生活,也支持我瞎折腾。"

我先是愣了愣,然后却觉得,真坦诚。

3.

我曾经问周逸:"你对待感情是什么样子的?"

"我这人很脆弱、爱多想又不愿意主动。"周逸对自己的性格很无语,"但我还是希望,在我任性、固执、自私、不回头的时候……"她顿了一下,又继续道,"他都能坚定地先走向我。"

4.

有一次我们聊到写小说。一个故事总会经历开篇、发展、高潮和结尾，在这个复杂的过程中会出现很多废话，甚至是没有意义的描写，很多时候为了引出一句话，我们得写很多没用的东西，但非写不可。

"还有一个价值。"我说。

周逸问是什么。

我笑道："凑字数。"

5.

有一回我问周逸："'布鲁克林'那本书是他送的吗？"

她没有回答这个问题，只是和我说了几句话。

"在纽约的布鲁克林，长着一棵树，有人称之为天堂树。不管它的种子落到什么地方，都会长出一棵树来，向着天空，努力生长。"

她说："但我那时候还不懂。"

6.

周逸后来给我讲过这么一段故事。

她当时笑着说："我以为在一起睡一觉就会怀孕，你知道吗？为此我提心吊胆了好几天。"

我问："那他碰过你吗？"

她歪着头想了一下，说："他给我盖被子的时候，手擦过我的背，但我觉得他当时有点紧张。"

"他让你别走，他还紧张？"我问。

周逸笑着说总会有一点。

"那时候和他在一起还没多久，我还放不开。"她说，"他本来就是一个嬉皮笑脸的人，多少也有点紧张吧，我没问过。"

7.

至今我都很羡慕周逸。

她和我说过很多写作上的事情，给了我特别多的鼓励。

有一年，我写得很痛苦，考学压力也很大，又不被人看好，日子过得很艰难。

然后，我看到她发过来一段话。

"兴趣不是那件让你轻易就成功的事情，兴趣是那件让你白天痛苦地想，晚上睡不好，早上五点爬起来一边苦笑着骂人、一边咧着嘴干完的事情，那才是兴趣本来的样子。"

我说："简直是真理。"

"忘了是谁写的了。"周逸发了一个大笑的表情，"反正是他和我说的。"

我起了一身鸡皮疙瘩，笑了。

8.

周逸有一天晚上给我发了一条消息："事实上陈迦南说得不对，她说哪有人会永远坚定地朝你走过去，这句话不对。"

那是一个深夜，周逸还在熬夜："给他写书时，我想起来很多事情。"

我发了个问号过去。

"他从来没说过我哪里不好。"周逸说，"哪怕在这段感情里我一味地退缩、丧气，他都没有放弃过我。"

我有点难受地问："当初好好的，干吗分了啊？"

她没有回答这个不算问题的问题，而是发了个哭笑不得的表情，说："你知道吗？他曾经还说过就喜欢我负能量的样子。"

夜晚实在太适合思念一个人了。

我问："现在，想他了？"

不知道屏幕那边的她是不是哭了，过了很久她才发过来一句话，然后QQ头像倏地就暗了。

她说："给他写下每一个字时都在想他。"

9.

我和周逸是通过网络认识的。

那是智能手机开始普及的二〇一二年,微信还没有普及。我们当时共有一个责编,一直隔着屏幕和山海用 QQ 聊天。

有一次她问我:"和爸爸相处,怎么能更轻松一点?"

我很奇怪她为什么用了"轻松"这个词,因为我觉得用"愉快"似乎更合适。

我们讨论了大半天也没总结出个所以然来,她说每次回家都要绞尽脑汁地思考怎么和爸爸搭话,有时候甚至还会害怕回家。

"好吧。"我说,"我一直以为你妈妈严格,没想到……"

她发了个哭笑不得的表情,不再问我什么了。

后来有一次,大概是她刚参加工作那一年吧,她和我说现在回家听她爸妈说话,背后她爸爸还会用"正常"这两个字来形容她。

"这不能怪他们。"我说,"这两年他们为你付出、为你退让不少了。"

很久以后,我看见她回复说"我知道的",突然就有些难过起来。

10.

忽然间想起一件事来。

有一个夜晚我睡不着,从床上爬起来打开电脑上网,然后就看见周逸发来的一条消息,时间是十分钟之前。

她问我:"你写作是为了什么?"

我最初接触这一行是十五六岁时,在地摊上看到《萌芽》,就好像看到了全世界一样,惊讶于原来文章还可以这么写。那时候年纪小,喜欢附庸风雅,写点随笔和小说就觉得整个世界都是我的。

后来真正开始动笔应该是在二十岁的时候,花十三天写了一篇小说,两三个人看了,居然有人说喜欢。

那会儿脑子简单,想的全是"只要有人喜欢看,我就写,多累都不怕"。

二十二岁,我得到了人生中的第一笔稿费,虽然对于大多数写作者来说这个年纪有点尴尬，但对当时的我来说已经很满足了。

事实上我的作品受众很小。

这两年因为学业，我断断续续写下来，只完成两篇小说，迫切地希望有人认可。

在没有人看的时候，我鼓励自己说写作是一件需要你长期战斗的事情，需要有耐心、恒心、信心，还要有忍受孤独的勇气。

于是我熬过了那些一个人敲字的夜晚。

我花了那么长时间让自己不去在乎点击量、留言、收藏，还有那些不善意的言论。我慢慢了解了写作需要真实与坦诚。我不再写那些连我自己都感动不了的故事，而是开始写自己和身边的人，写旅途中遇到的陌生人。

所以当有人问我："你写作是为了什么？"

即使再痛苦，我的答案都没变过："还是因为热爱。"

可能有一天你不喜欢看我的故事了，没关系，既然缘分已尽，那就好聚好散吧。又或许有那么一天我不再写了，也会好好地和大家告别，因为我要重新出发，去寻找新的故事了。

11.
说实话，周逸这姑娘太倔强了。

她对自己的要求一直很高，列的计划中详细到每个学期要做什么，还必须做得漂亮。在我们认识半年后，我才慢慢了解她，何东生是她人生中的一个意外。

毕业后这几年我去过培训班培训别人、做过测量员，在审计公司玩命地搞过三天报表，搞得头晕眼花，过了试用期就闪人。兜兜转转，我现在继承了我妈的衣钵——教育下一代。

学好英语很有必要，只是我一直没用对地方。

我们在写小说的路上互相扶持着一直走到今天，至今对这件事情还一知半解，不能指望写几篇小说就真找到自己了，那都是骗小孩子的。

有一次我写一个有关摇滚少年的故事，在QQ上找周逸讨论故事情节的发展。有一个问题我没弄明白,她跑去问何东生。

过了一会儿,她给我回话,发了一长串笑脸过来。

我着急:"笑什么,赶紧说呀。"

然后她发过来一行字:"摇滚我不懂,至今就听过《一无所有》。"

她又补充:"他说这是王小波说的。"

我差点被他们气出病来。

于是我总结出了一个道理:生活这条路上未知数太多,英语和摇滚可能用处都不大,但装装格调,用来追求心仪的人还是有些好处的。

12.

这一年我和周逸刚认识不久,都被责编拉进了同一个QQ群。

她除了写东西真的什么都不懂,于是经常在群里询问一些事情,我是回答得最多的那一个。于是我们就互加了好友,慢慢熟起来。

在写文方面,她给了我很多建议。

有一次我和她抱怨说写了这么久也没几个人看,要不干脆放弃。我其实也没想过真的放弃,但当时实在是坚持得累了,就想和她倾诉一下。

她给我发过来这样一句话——

"我们坚持一件事情并不是因为这样做了会有效果,而是坚信这样做是对的。"

认识的第二年,她送了我一本书。

那时正是她改变决定、冲刺考研的重要时期,也是我面临人生选择最痛苦的时候。

我问她要送我什么书,她发过来一长串笑脸,然后说:"《万物有灵且美》。"

13.

那一年她过得很痛苦,一无所有的时候总是在抉择,抉择的同时一直在坚持写小说。即使没人看,没人理解,她依然在写。

她拿写作来说:"我花了很长时间才明白什么叫写作、怎么去写、写什么。"她说这样很难得,至少现在是这么认为的。

我们俩那时候的处境特别相似。她明明也过得那样不好,却还鼓励我要坚持下去。

她说:"你只是一个普通人,你身边的人也都过得艰难且辛苦。夜里痛哭都还是轻的,悄悄爬上楼顶又悄悄下来的也不是没有。你得记得你要和别人一样坚强,没困住别人的泥淖深渊同样也困不住你。"

我一个字一个字地读,读得直想哭。

"这是一个读者告诉我的。"她最后说,"我们都一样。"

14.

周逸给何东生写的那本书出版之前遭遇了很多波折。后来她和我说起时,倒挺心平气和的,这让我想起曾经看到过的一封退稿信。

"你写了一部值得认真看待的作品,问题是,这种时候还有谁会出版'认真'的作品?悲哀的是,从以前到现在,这个问题一直存在。"

我和她聊这件事,她有同样的感慨。

"何东生知道这本书是为他而写时,有什么反应?"我更好奇这个。

周逸想了一会儿,只是笑笑,说:"可能更爱我了吧。"

言外之意我能听得出来——这年头还有谁会为夫妻之事脸红?

"书名定了吗?"

"定了。"她说,"《海棠花下》。"

15.

"你现在这个样子,你觉得赢了吗?"

这句话是陈迦南对周逸说的。那是在他们又重逢、何东生对她穷追不舍的时候,她因为怕输,觉得太主动不好,还在犹豫。

那时她刚从一个艰难的处境中熬过来,又掉入了另一个旋涡,觉得人生似乎已没了希望。

我说她:"深陷过去,惶恐未来,焦灼当下。"

这句话也是对我自己说的。我们俩太相似了,二十出头的女孩渴望爱情，追求安全感，一旦失去的爱情回来了，又想证明他有多爱自己。

事实证明，这玩意儿可真累人。

16.

我想，周逸重新面对何东生时，内心更多的是不自信。

她举棋不定、犹豫不决，需要他义无反顾且更加坚定地先走向她。

爱情有点怪，怕输的都耿耿于怀。

处于人生最低谷的那两年里，她都没有像今天这样崩溃过。

后来知道他们重新在一起了，我问她是什么感觉。

她说："就算明天死我都不怕。"

再后来，她在他的支持下，重新开始去寻找失去的梦想。等那一条路走过了，再回头去看，更多的是经历过后的感动。

我说："你应该感谢低谷。"

半年后，这本书做出来了，她寄给了正在西安努力生活的我。

那天的太阳特别好，我一拿到书就迫不及待地打开来看。

扉页上写了一句话："生活越艰难，才越要有走下去的勇气。你看看老天什么时候考验过普通人？这说明你是英雄。"

17.

后来我问周逸："为什么要叫《海棠花下》？"

她给我讲了一个很短的故事，说很久以前有一个姑娘喜欢上一个男子，有一天男子走了，姑娘便每天都站在院墙边的海棠树下苦苦等待男子回来。她等了很多年，都没有等到男子，后来她自己就变成了海棠花。

故事带有古老的神话色彩，听起来很凄美。

于是我跑去查百科全书，书上写海棠无香，是因为海棠暗恋去了，怕人"闻"出心事，所以舍了香。古人叫它断肠花，借此来表达男女别离的哀痛之情。

给各位女读者："我真的不是在做阅读理解。"

18.

看周逸的小说看到最后几万字,我在想后记还需不需要写,因为往后的情节或许除了写他们俩秀恩爱,很难再写出有深度的话来。

于是我对她讲:"你给我说一件写书过程中比较有意思的事吧。"

她沉默了一会儿,给我秀了一场恩爱。

"写完后我一直在修稿,后来他知道了这本书的存在,给了我很多意见。"她这样说,"有时候特别痛苦,晚上忽然冒出一点灵感,我立马爬起来写到半夜。他干脆也不睡了,就看书陪着我。"

我有点羡慕。

"他送我的普鲁斯特那套书我才翻了十几页,"她说,"可他都已经快把第一卷给看完了。"

我非常羡慕了。

"你知道的,这个过程很艰辛,也很痛苦。"她最后说,"有人陪着熬夜的感觉真好。"

我有些后悔问她,于是下了线后,自己发呆。

对于她提到痛苦的这个问题,我感同身受。有意思的是,我曾经在一本很著名的书里看到过这样一句话:"痛苦是财富,这话是扯淡。姑娘,痛苦就是痛苦,对痛苦的思考才是财富。"

19.

周逸的故事读完了,我仍然意犹未尽。

后来听说她考研去了S大,研一的下学期去了林州的S大分校。

何东生跑去那边揽工程了,他们俩继续相爱。

现在是一个没有月亮的深夜,我在敲字。

听她完整地讲起他们之间的事情,还是在今年春天从机场离开的路上,有欢笑、有痛苦、有泪水。

二〇一八年,他们在林州领证了。

这一年我刚找到人生的方向,知道自己想要什么。这一年何东生二十七八岁,周逸还在读研二。

那天在林州见面,我问她:"你毕业了还回青城吗?"

她当时听完这个问题就笑了,偏头看了一眼窗外的车流,然后回过头来对我说:"当然回啊,我们的家在那儿呢。"

这部小说讲了一个女孩的故事。

她敏感善良、倔强坚韧,这让我想起考新闻学研究生的时候曾经读过的一本书。那本书还是柴静年轻时候写的,里面有这样一句话:"如果我有一个女孩,我宁愿她有敏感的心灵,尽管她会感觉到比常人更为尖锐的痛苦,但是她必将拥有明净、坚定的双眼,她必将从某处获得永恒的安慰。"

愿你一直有人等,永远有人爱。